台灣現代散文詩新論

【2001】

陳巍仁 著

詩

鴿子　胡適

雲淡天高，好一片晚秋天氣！
有一羣鴿子，在空中遊戲。
看他們，三三兩兩，
　迴環來往，
　夷猶如意，——
忽地裏，翻身映日，白羽襯青天，鮮明無比！

鴿子　沈尹默

空中飛着一羣鴿子，籠裏關着一羣鴿子，街上走的人，小手巾裏還兜着兩個鴿子。

飛着的是受人家的指使，帶着鞘兒，翁翁央央，七轉八轉，遶空飛，人家聽了歡喜。

關着的是替人家作生意，青青白白的毛羽，溫溫和和的樣子，人家看了歡喜；有人出錢便買去，買去喂點黃小米。

只有手巾裏兜着的那兩個，有點難算計。不知他今日是生還是死；恐怕不到晚飯時，已在人家菜碗裏。

人力車夫　沈尹默

日光淡淡，白雲悠悠，風吹薄冰，河水不流。

出門去，雇人力車。街上行人，往來很多；車馬紛紛，不知幹些甚麼？

人力車上人，個個穿棉衣，個個袖手坐，還覺風吹來，身上冷不過。

車夫單衣已破，他却汗珠兒顆顆往下墮。

人力車夫　胡適

「車子！車子！」
車來如飛。

附錄一　：名符其實的文學史新頁。一九一八年元月，《新青年》第四卷第一號刊載了新文學史上最初的新詩作品，包括了分行詩與不分行詩，其中沈尹默的〈鴿子〉應該可算是我國「形式」上的第一篇散文詩。詳見本文第二章第三節，頁27～28。

客看車夫，忽然中心酸悲。
客問車夫，「你今年幾歲？拉車拉了多少時？」
車夫答客，「今年十六，拉過三年車了，你老別多疑。」
客告車夫，「你年紀太小，我不坐你車。我坐你車，我心慘悽。」
車夫告客，「我半日沒有生意，我又寒又飢。
你老的好心腸，飽不了我的餓肚皮。
我年紀小拉車，警察還不管，你老又是誰？」
客入點頭上車說，「拉到內務部西！」

相隔一層紙　劉半農

一、屋子裏攏着爐火，
老爺分付開窗買水菓，
說「天氣不冷火太熱，
別任他烤壞了我。」
二、屋子外躺着一個叫化子，
咬緊了牙齒對着北風呼「要死！」
可憐屋外與屋裏，
相隔只有一層薄紙！

月夜　沈尹默

霜風呼呼的吹着，
月光明明的照着。
我和一株頂高的樹並排立着，
卻沒有靠着。

題女兒小蕙週歲日造象　劉半農

你餓了便啼，飽了便嬉，
倦了思眠，冷了索衣；
不餓不冷不思眠，我見你整日笑嘻嘻。
你也有心，只是無牽記；

你也有眼耳鼻舌，只未着色聲香味；
你有你的小靈魂，不登天也不墮地。
呵呵，我羨你，我羨你！
你是天地間的活神仙！
是自然界不加冕的皇帝！

一念 有序

胡適

今年在北京，住在竹竿巷。有一天，忽然由竹竿巷想到竹竿尖。竹竿尖乃是吾家村後的一座最高山的名字。因此便做了這首詩。

我笑你繞太陽的地球，一日夜只打得一個回旋；
我笑你繞地球的月亮兒，總不會永遠團圓；
我笑你千千萬萬大大小小的星球，總跳不出自己的軌道線；
我笑你一秒鐘走五十萬里的無線電，總比不上我區區的心頭一念。
我這心頭一念：
纔從竹竿巷，忽到竹竿尖，
忽在赫貞江上，忽到凱約湖邊；
我若真個害刻骨的相思，便一分鐘繞遍地球三千萬轉！

景不徒 有序

胡適

墨經云，「景不徙，說在改為。」說云，「景：光至景亡。若在，盡古息。」此即莊子天下篇所謂「飛鳥之影未嘗動也」之說。讀之忽得妙解，遂成此篇。

飛鳥過江來，投影在江水。鳥逝水長流，此影何曾徙？
風過鏡平湖，湖面生輕縐。湖更鏡平時，畢竟難如舊。

附錄二：許多論者依照康白情的說法，認為沈尹默的〈月夜〉是我國第一篇散文詩，其實康氏指的是「運用散文」寫的新詩，與現今「散文詩」定義大有不同。從原刊看來，〈月夜〉無疑還是分行詩，其「散文語法」，也未必比〈鴿子〉高明。詳見本文第二章第三節，頁27～28。

生理的關係？我也不忍想到這地方呵！

一九二四•八•八•下午

即興(詩)

雲萍

流着的黑壓々的雲團破了麼？喲——！
那末、像死屍的灰色般的月痕？唉！唉！
來了！來！魔鬼底假做地冷笑——、青
牙、舌焰、狂歷！惡血熔解在鮮血、浮游
這血管裏了！腦袋浮着那冷圓的月兒！
唉！急！急！那、那、閃々的光——！？

一九二四•一〇•三•夜半

月兒(詩)

雲萍

月兒將出呵、快把燈火吹滅、不可使這混
濁的光線污他！那末？勿悲！這燈光和我
月兒何干？

× × × ×

頻々地、皎々地、出來了！潔白、端嚴、
純真的光線、透入山川草木的心脾、是麼
？山川草木和我月兒何干？

× × × ×

蛙兒鳴了麼？是末？蛙兒呀！請停奏罷、
汝們閣々的調子、不合這月兒出演之喜
呢、勿、勿急、那蛙兒和我月兒何干？

× × × ×

呵！漸高了、——輕々地宛如浮的、圓圓
像案綴般、說的、「亢龍有悔。」？那末、
又說和我月兒何干？

× × × ×

高了、高了、是末？那地來了一團暈、
烟似的雲、把月兒遮蔽了、——朦朧地！
那、黑雲和我月兒何干？

× × × •

徐々地一陣清風、——月兒又光亮了！
那些說——是麼來自何處？——後羿妻？——
吳剛？不、不、是在歷史、傳說、口碑、
和我月兒何干？

× × × ×

騰到中天了、那天文家裏的他們、說——、
是麼地球、衛星？冷光、這冷血的東西？
然而他們和我月兒何干？

× × × ×

漸々、漸々、行到西方的天空了、「東方
將白。」？「曉風殘月。」？那詩人傷感的淚
！奔波又奔波、那遊子思家思鄉的淚！
征衣渡過、軍馬的長嘶、那壯士切齒的淚
！是、是、是末與否、也和我月兒何干？

× × × ×

沒、將沒、沒呵、己底沒入地平線上去、
——那裏去？去？愛情、追逐、尤求、
去來升沈和我月兒何干？

× × × ×

唉！月兒呵！月兒！好！好！超越萬有實
在！然而超越、也和我月兒何干？

× × × ×

月兒呵！月兒！好！好！無虛無
然而虛無也和我月兒何干？

× × × ×

哲學家看時、是哲學家的月兒、宗教家看
時、是宗教家的月兒、藝術家看時、是藝
術家的月兒、科學家看時、是科學家的月
兒、那末、千々萬々的月兒？那末、真
々假々的月兒？

× × × ×

月兒呵！月兒！汝的正體何在？然而
這也和我月兒何干？那末、說甚末何干
也是麼和我月兒何干呵？

一九二四•八•九夜

小鳥兒(散文詩)(一)

雲萍

數天前、我的兄弟、捕着一隻的小鳥兒、全身包着青色美麗、光澤的羽毛、就是世俗所叫做青吝仔的。

那末、有這青色的保護色、就可知他是個無束縛、自由、幸福、日日在那和煦太陽給和煦光線、溫柔空氣包着溫柔的森林中、放歌、快樂的小鳥兒。

× × × ×

我兄弟把他放禁在尺四方的小籠裏、給了他清冽的水、和美味的果子——香蕉——

然而他在那籠裏、似覺的無限地痛苦、恐怖、不自由、出了他盡有的腦力和體力、要逃出這個束縛、要逃出這我兄弟所設、「有清冽甘美的水可飲、有爛熟美味的香

愛可憐。」的天空。他把他兩隻眼光放的閃閃、張開他的双翼好利害、和叫得不止、好若日光映照地方要透去——。

× × × ×

然而我兄弟已經把小籠修的十二分堅固、實在全城湯池般的、那末、他的努力完全失効！

× × × ×

而時間刻一刻流去——。那末、和這時間正比例、他的腦袋中發見若一陣的冰似的暗影——灰色的絕望——了。然而未幾、他不知怎樣、再和這暗影——灰色的絕望——正比例、他對那生的愛着意識所導出來的一種自己辯護的念頭、也就漸漸盤据了他的頭袋中——。

「不是這孩子捕我的、是天捕我的、何以天捕我的？就是天賜我這是生保護色背色的羽毛、就是天使是生人類們有自己主張的本能——！權利——。這難道不是運命嗎？宿命嗎？何况我的腦力和體力有限——。」

× × × ×

他似是一樣的光明、片絲的希望。忽然瞥見那燃點美味的香蕉、清冽甘美的水、就是來「周案。」呢？他把那香蕉啄了幾下、把那水喝了幾啖、覺的香甘猛烈、實在痛快的很。那一樣的光明、片絲的希望、漸漸擴大了——。

既然的時候若恐地位覺若他自己的地位、張狀、再鼓了他的精力、要逃出去。

× × × ×

然而那宿命的觀念、和那認識絕對的不能透出這小籠的觀察、把那一樣的光明、片絲的希望漸漸擴大了、把這對于自己的地位、環境之感覺也漸漸消亡了。這尺四方的小籠、他覺若天賞地闊了、是天堂了。香蕉的味、清冽冰似的水的對於時的快感！他漸漸覺的順從我兄弟的有利了、順從我兄弟、就是信他的道德、宗教、哲學了！

× × × ×

被我兄弟說是是虛劈順的小鳥兒、他卻也覺的很光榮！

× × × ×

然而那末、我的兄弟呢？他沒些兒虛心、些兒鬆了他的監視之目。

× × × ×

他今天還在那尺四方的籠裏、對我兄弟、献媚是短、故啾々々不已——。

一九二四・一〇・一七夜

車中勝景（詩）

器　人

伊也是人、
吾也是人、
我也是人、
伊的父親窮窮、
相憐的世况很多、
大約是令伊去時花天酒地的工課、
正不知定伊的月給幾多？
若無給伊的月給多、
伊那肯夜夜在花天酒地劬勞、

× × × ×

伊也是人、
吾也是人、
我也是人、
伊乘車、
吾步行、
伊改札、
吾穩談、
伊伴侶是個美女、
動不動屈來眼去、
吾伴侶是個人人雜誌、
親親不是接着器人的文就是接着雲萍的詩

× × × ×

伊也是人、
吾也是人、
我也是人、
伊和美人的車券貳圓伐貳角到松山、
吾和人人的車券壹圓伐五角半到臺北、
大約伊是三等人搭車也著多賠若干、
唉！
三等人阿……………！

× × × ×

伊也是人、
遠也是人、
我也是人、
伊模仿一等的人搭一等的車、
諒想伊的心理是光榮、

Orient

附錄三：一九二五年三月，《人人》雜誌刊載台灣新文學第一篇散文詩，也是第一篇「宣稱」(見本文第四章第一節)性質的散文詩。有趣的是，同期雲萍的〈即興〉與〈月兒〉都未分行，卻只稱「詩」而不稱散文詩，可見作者對於散文詩的定義，並不只侷限在形式（不分行）或語言（白話文）上。詳見本文第二章第四節，頁 34～36。

序

楊昌年

臺灣的現代文學發展，自一九四九年以後迄今，已有無慚於前（除了戲劇文學以外）的表現。舉凡現代詩、現代散文、現代小說，三道溪澗均都已超越了曩昔的三十、四十年代而開展奔馳。迢遙長路不僅已由鄉間小徑開拓爲康莊通衢；甚且也已形成爲各具洪峰的滾滾江河。遂使近年筆者在編寫《二十世紀中國新文學史》之時，足能有此堪慰的信念。

而在詩文學王國之中，一樹繁英的眾多繽紛之中，散文詩（詩人們又常稱他爲分段詩）這一類較爲少見的品種，又已漸由附庸而蔚爲大國。這種形似散文而詩質精緻的文學之葩，在商禽、蘇紹連、渡也等詩人的悉力灌溉之下，不僅已能使人瞿然注意，而且能予人以心靈深密的饗宴；更且因她的采姿獨具，寖寖然顯示大有發展爲獨立文體的趨勢。

魏仁君是一位創作、理論兼擅的兩棲類健者，屬於他勤力的表現，在師大國研所的課程中，曾經多次使我滿意，作品被提出來與諸生討論。他想做散文詩研究，請我擔任指導，對這位可喜、可許的「後浪」，我是只有欣然同意的了。果然他能不負期望，論文口試獲得最高評價。更上層樓，又以第一名考進了博士班。新的研究計劃是要做「文體綜合」，也正是時下亟需彙整、探討的新向。這位臉孔老是紅紅的「紅男」，正穩健地在走他的志業之途，預卜今後，成就似已分明可期。

爲他的才力，又爲他是我所重視、期望者之一，際茲他的論文付梓，應邀綴此小文。但願他能勿驕勿惰，精益求精，真能有不錯的成績，來讓我不但欣喜，甚且驚詫。果若能使我有「汗發沿衣」的感覺，則巍仁君的自樹已立，薪傳有繼，固所願也。

是爲序。

二〇〇一、九、廿三於台北

目錄

第三章 台灣現代散文詩文類論

第四章　台灣現代散文詩與其他文類之關係

第五章　台灣現代散文詩藝術論

第六章 台灣現代散文詩主題論

第七章 結論

參考資料編目

、

第一章 緒論

第一節 寫作本書之目的

散文詩，是一個看起來就頗爲矛盾的名詞。在這樣一個古怪名稱的背後，到底透露了什麼訊息，其本質究竟如何，相信是很多人共同的疑問，筆者自然也不例外。

其實當初之所以會對散文詩產生好奇心，是從「詩到底需不需要分行」這個問題衍伸出來的。喜愛現代詩的讀者在一開始閱讀作品時，總是很容易看到幾篇著名作品如商禽的〈長頸鹿〉，瘂弦的〈鹽〉等等。這些作品堂而皇之地和其他分行詩並列在諸多入門選集或導讀刊物裡，一開始我們的疑問是：「咦？詩也可以不分行嗎？」後來類似的詩讀得多了，便漸漸知道原來「現代詩」也是可以不分行的，更進一步，還會得知這種作品叫做「散文詩」。如果對這個問題再作深入一些的思考，我們就會得到一個結論，原來能不能稱爲「現代詩」與分不分行並沒有關係，只要其「本質」是詩就可以了，也就是具有「詩質」就可稱作「詩」。

這個結論，幾乎可以說是眾所公認的。許多詩人及研究者努力分別「散文」與「詩」之間的差異，並認爲只要將這個界線分清楚，散文詩的文類歸屬，也就無所爭議了。因此，散文詩無論從各方面分析起來，都是一種以散文爲形式（表），詩爲實質（裡）的文學作品，這樣的說法，顯然又較從分不分行入手更精闢。

近年來，或許是散文詩的數量已經足夠引起注意，關於散文詩的研究也漸漸多了起來。散文詩的文類問題，當然一直都是研究者關心的焦點，將散文詩明確定義於「詩」這個範疇之內的理論，更日趨縝密。筆者亦曾在一九九七年十一月於台灣師範大學國文系研究生論文研討會上發表〈散文詩析論——一個以文類爲中心的考察〉一文，試圖從各個角度分析散文詩的「詩質」，從而認定散文詩仍不脫「現代詩」的範疇。大體說來，這一篇舊作只是提供了一些判別「詩質」的方法，在文類的基本立場上，並沒有太多不同於前人之處。在撰寫這篇小論文之前，自己在面對散文詩時，並不曾以非常嚴謹的態度加以細究，只是把它當作一般文學作品來閱讀，但是自從看到一些有關散文詩文類的討論之後，才漸漸發覺看似簡單的文類，其中竟有極大的探索空間。在第一篇論文寫成之後，一方面自覺還有未盡之處必須加以擴充，更重要的是，在經過更廣泛地蒐集、閱讀散文詩作品，並吸收相關理論之後，竟然發現自己對於散文詩文類的看法大幅改觀，甚至和以前的觀念起了衝突。爲了將這個問題的癥結弄清楚，且進一步充分說明心中的想法，也許，將其寫成一部專論是最好的方式。

筆者初步的看法是，散文詩的文類，大概沒有「散文爲形、詩爲質」的說法這般單純。在對所謂「文類」的定義作深入解析後，我們便會發現這其中交纏著種種複雜的因素，並不如我們原本所想像的那麼清晰。簡而言之，在目前的文類網絡中，散文詩不是「散文」，但也不能算是「詩」，散文詩其實是一種「獨立文類」，散文詩也可以稱爲「？」，這從有些論者曾企圖重新爲其命名可證，只是目前大家慣稱「散文詩」。而且，筆者以爲保留「散文詩」的名稱，對於剖析此一文類，具有極重大的意義，這將有助於我們瞭解其構成，另外在發展此一文類的相關理論時，更是大有裨益。本篇論文，便是從這個概念出發，嘗試建立一個以新興獨立文類爲核心，包括發展、本體、創作藝術，以及內涵的粗略理論。範圍看來十分廣泛，也必定因而疏淺，但是只要能提供一個不同於以往的審視角度，本文的目的也就達到了。

第二節　研究範圍及前人研究成果

散文詩的歷史並不算短，除去我國古典文學中相類似的作品不算，散文詩自法國波特萊爾正式定名以來，也已有一百三十餘年了。這其間散文詩輾轉流佈演變，作品之繁盛不在話下。本書既名爲《台灣現代散文詩新論》，對研究題材之範圍自然有所限定。以地域而言，本文針對的乃是台灣地區作者的作品，這些作者的身份並不限於必須出生或目前居住於台灣，只要曾經在台灣生活，以及發表或出版過散文詩者，均在本文觀察之列。以時代而言，「現代」一詞主要依據學界及詩界的共識，指一九四九年之後出現的散文詩作[1]。雖然「散文詩」並不等同於「詩」，但是因散文詩作者絕大多數都兼具詩人身份，故勉強借用現代詩的分期方式，以求時間的準確。另外，爲了觀察較爲完整、較無重大變數介入的時代文學特徵，日治時期的散文詩作品暫時不列入討論，這並不是不肯定當時本土詩人的努力，而是牽涉到時代環境及語言因素，不宜將兩種不同背景的作品置於同一脈絡，以免產生誤解。事實上，當時散文詩作的藝術成就已經不可小覷，十分值得專文研究，只是本文範圍有限，只好暫且割捨。

以上範圍內的散文詩作，筆者絕不敢誇稱全都閱讀過，但是已經盡力蒐集可見資料，除了內文時有引錄之外，也將目前所收得的書目及出處詳列於文後參考資料部分，方便讀者進一步尋檢。至於，在眾多文學作品中，如何區分出一般散文與散文詩，本文採取的標準是大概是，除了少數幾本散文詩專輯外，只要是收在「詩集」中的「不分行詩」，就暫且視其爲「散文詩」，這當然也是先依循「散文詩」是「詩」的一種類型的文類觀，以方便樣本的採集。另外已經標明是「散文詩」的作品，當然也在觀察名單之內了。

---

[1] 此一分期方法雖有爭議，但以一九四九年爲分界點則是大多數人的共識。一般而言，台灣學界的習慣是以該年爲分界，稱新詩及現代詩，大陸則分爲現代及當代。狹義而言，「現代」一詞指的是「現代主義」，現代詩即「現代主義的詩」，但這個方法不適用於本文，故不取。對於現代詩名詞的討論可參看孟樊《當代台灣新詩理論》（台北：揚智，1995），頁 95-97。

在散文詩研究成果方面，除了紀弦、商禽、蘇紹連、渡也幾位散文詩作者，或多或少在序文或後記提過自己對於散文詩的看法之外，瘂弦、余光中、桓夫等人也有零星的對於散文詩的意見。但要是說到討論散文詩的專著，目前就只有兩本，一是莫渝在一九九七年底由苗栗縣立文化中心出版的《閱讀台灣散文詩》，另一本則是暨南國際大學中語所蔡明展於一九九八年撰寫的碩士論文《台灣「散文詩」研究》。另外還有一些重要的單篇論述，如林以亮〈論散文詩〉[2]、羅青〈白話詩的形式〉分段詩部分[3]、葉維廉〈散文詩探索（一）〉[4]、清維〈在詩與文之間遊走——散文詩的歷史回顧〉[5]、秀陶〈簡論散文詩〉[6]、蕭蕭〈台灣散文詩美學〉[7]、楊宗翰〈〈台灣散文詩美學〉再議〉[8]等等。總體看來，這樣的研究成果並不算豐碩，許多散文詩

---

[2] 原載《文學雜誌》第一卷第一期，後收入《林以亮詩話》（台北：洪範，1976），頁 32-45。

[3] 見羅青《從徐志摩到余光中》（台北：爾雅，1978），頁 38-53。

[4] 原載《創世紀》詩雜誌第八十七期（1992 年 1 月），頁 102-109。後改寫爲〈散文詩——爲「單面人」而設的詩的引橋〉，收錄於同作者《解讀現代・後現代——生活空間與文化空間的思索》（台北：東大，1992）一書，頁 196-209。

[5] 見一九九五年三月一日中央日報第十九版（長河版）。

[6] 見一九九六年十二月號《新大陸》詩雜誌。

[7] 共分上下兩篇，上篇載於《台灣詩學季刊》第二十期（1997 年 9 月），頁 129-142。下篇載於《台灣詩學季刊》第二十一期（1997 年 12 月），頁 121-127。

[8] 見《台灣詩學季刊》第二十三期（1998 年 6 月），頁 93-98。

的面向，都還未被討論到。尤其在文類的辯析方面，仍然一直有爭議，未獲得普遍的共識；在史料整理及創作理論上，也著墨較少。不過，這些論述已經爲後繼的研究奠定了相當可觀的基礎，本篇論文有許多關鍵，也必須藉此才能順利進行，許多重要觀點，也是自其中獲得激發。本篇論文之所以在這些前賢（特別是兩部份量不算少的專著）之後，仍執意探索這個領域，就是因爲對散文詩這個文類，有些不同於前人的想法，再者，也是想將這些觀察散文詩的心得，與散文詩研究者交流、共享，更重要的是接受批判，修正缺失。若是本文能有些許新意，也必須歸功於前人的努力，筆者只是就地取材，略加巧變而已。

第三節　研究方法與章節安排

在以往的散文詩論述中，我們可以發現一個特殊的現象，那就是他們大部分都將討論的焦點，集中在商禽、蘇紹連、渡也幾位產量最多的「名家」身上，並隱然有將他們的作品視作台灣散文詩「正典」（canon）的趨勢。無論從創作的質或量來說，這幾位作者毫無疑問都是散文詩界中的模範，不過，因爲作者所偏愛之風格題材各有不同，若以幾人的作品代表台灣現代散文詩近五十年的發展，則恐有見樹不見林的危險。爲了論文結果的公正及普遍，本文不得不先作一些限制，在整篇論文之中引用作品時，不論是作理論驗證或文本分析，每位作者都不會超過三篇，每章至多也只引一篇。這三篇的上限其實也是爲了更靈活使用多產作者的作品，並在這樣些微的彈性中，兼顧取材的豐富及公平。

其次，在安排章節時，本篇論文的目的是希望獲得一個較爲全面的理論結果，因此除了史論之外，其他的部分便都是依據章節主題，引用實例應證，單一作者的專論，並不在規劃的範圍之內。如果需要這方面的資訊，莫渝及蔡明展兩本散文詩研究專著中都有十分詳細的整理，可加以參看。接下來便依照章節順序，預先作個簡單的說明。

除了緒論及結論之外，本篇論文的重點約可分爲四個部分。第二章是散文詩史論，主要內容是考察散文詩這樣一個文學現象的發展。由於史料不夠完備，要建立一個較完整的散文詩史仍有困難，因此本文只能作「片面」的呈現，甚至刻意保留一些「斷裂」，即使是本章四節（四個時間區段）之間也不具明顯的連結關係，因爲目前的情況確實就是如此，除了一些可考的線索之外，作任何其他形式的連結都不免有武斷之嫌。雖然說是史論，但本章在寫作時卻沒有採用任何史觀，特別是避免採用「演進」、「進化」的觀點，散文在某時某地的興起，只能說跟文學環境（當然涉及了社會、政治等因素）有關，後作是否比前作優異，後作是否一定受前作影響，其間關係並不必然，同名爲「散文詩」的作品，也會因時地不同而有不同的意義。所以，當整個發展寫到台灣散文詩時，作者將就此打住，並將原先近似貫時（diachornic）的觀點，完全轉變爲並時（synchornic），也就是說，將整個台灣現代散文詩視爲一個整體。爲了避免增強以經典作品爲主流的效應，本文還是得抱持既定的「去中心」原則，其中的繫譜問題就不再追究了。

第三章及第四章所討論的主要是散文詩的文類問題，也可以視作散文詩的本體論。幾十年來，台灣現代散文詩的重大爭論都是針對文類而起，本文也擬使用最多的篇幅來加以辯析。筆者的方法是，先從「文類」的概念入手，再以諸家論說加以比對，一邊輔以實際作品的解析，另一方面則援引中西相關理論相互參照，最後在從文學權力與文學史的角度，重新歸結散文詩爲一獨立文類之意義。因爲散文詩本身具有跨越文類的意義，因此爲了將散文詩的地位詮釋得更清楚，本文特別再以一章來舉出其他文類中與散文詩相近，但又非獨立文類的例子，來與散文詩這個獨立文類相參照比較，並由此處觀察文類互相跨越、滲透的現象。這種現象在文類界線越來越不清楚的（後）現代文學中，日益具有考察的價值，這是除了思索文類的名稱、定位之外，繼續衍伸出來的重要問題。

第五、六兩章，主要目的是回歸文本，仔細分析台灣現代散文詩的種種風貌。第五章討論的是散文詩的創作藝術，將近半世紀來的散文詩作品作一粗略的歸納，重點主要放在散文詩最重要的情境設計以及形式結構上，方法是從最基礎的閱讀之中，設法歸納出散文詩在創作時最常使用的手法、技巧，並且探討其原因及優劣，這不但可作爲分析散文詩時的借鑑，更能提供寫作散文詩的基礎門徑。另外，本文特別提出散文詩中「普遍意象」的存在，這其中雖然略具「原形」說的雛形，但是因爲十分有趣，筆者仍將散文詩的創作原理和意象意義作比較，聊備一說，置於藝術論下供作參考。

以「主題論」爲名的第六章，自然是以散文詩的內涵訴求爲探討對象。不過本章不是要將所列的四種主題當作主流、正宗，只是台灣現代散文詩在表現這些主題時有相當優異的成績，這些主題跟散文詩的創作以及時代環境也有密切的關係。在這一章，主要是以不同作者的作品實例，輔以對作品的解析，將多角度多層次的散文詩概況，作一次整體的瀏覽；另外，也為散文詩的閱讀方式，提供一些不同的經驗。整體看來，本篇論文的章節安排在前半段會顯得比較嚴肅，在後半段則較為活潑。不過這也因為史論及文類論可說是後面所有論述的基礎，若不先將幾個重要概念釐清，藝術論和主題論便無法順利進行，這種頭重腳輕的狀況，也只能說是有些不得已的。

第二章 散文詩發展史論

緒言

「散文詩」此一名詞，在今日已爲文學界所慣用，但是若論起「散文詩」的來頭，則恐怕絕大多數人都說不出個所以然。當然有些人會想到，法國也有「散文詩」，新文學運動時期也有「散文詩」，他們跟台灣現代的「散文詩」之間，難道沒有一點關係嗎？甚至有人會問，「散文詩」不就是一種既存現象嗎？難道還會有什麼源流與發展過程？這些疑問，其實都是非常基本、也非常重要的。在文學史中，任何一種文體文類的發展，都是值得研究的課題。隨著時間的推移，文學史家所感興趣的，是文學本身所發生的變化。從分散的作家、作品個體中，加上其他龐雜的資料[1]，文學史家試著找出線索，並輔以個人的詮釋，編織出一套特定的史觀，完成整個單一作者作品間的連結，使「文學史」成爲一完整的有機體。如果文學

[1] 通常是政治、社會、經濟、學術等等的正式記載，或其他軼事、筆記等較爲細瑣的書面資料。當然也包括文物，不論出土或輾轉流傳收藏的。

有跨國（或種族、語言）流傳的現象，則比較文學中也有所謂的「影響研究」。

那「散文詩」呢？以目前可見的參考資料來說，的確沒有任何關於「散文詩史」的建構嘗試，一方面固然是已將「散文詩」納入整個「詩」的範疇去談，另一方面卻也是因爲「散文詩」本身史料的零散以及不受重視。但是，最重要的一點，應該是如葉維廉先生所言[2]，因爲名爲「散文詩」的作品太多太雜，幾乎沒有一條可明朗可依循的線索。我們只能把整個散文詩出現的時空，慢慢以「台灣現代散文詩」爲終點來收束。因此，本章要談論的「散文詩史」不免是比較片面的，甚至無法完整呈現「線性」的脈絡。然而話說回來，從這些空白斷裂中，我們也許更能思考所謂「散文詩」的發展，究竟是怎麼一回事。

第一節　外國文學中的散文詩

「散文詩」這個名詞，並非我國所固有，在新文學運動時期，因爲西方作品的譯介，「散文詩」才逐漸受到重視。西方散文詩的發展，一般公認是緣起於法國，然後再向其他的歐陸國家以及美洲傳佈。目前在許多國家都有類似的作品，不過我們卻不能認爲他們

---

[2] 見葉維廉〈散文詩——爲「單面人」而設的詩的引橋〉，收錄於同作者《解讀現代・後現代——生活空間與文化空間的思索》（臺北：東大，1992）一書，頁 196。

都是同一個源頭，比如印度及日本，其詩歌美學就自成一系統。本節雖將外國文學放在一起討論，但只作呈現，國與國之間，除了有證據、線索之外，並無必然的聯繫，這是必須預先說明的。

一、法國的散文詩

西方「散文詩」的發展，通常得從波特萊爾（Charles Baudelaire，1821-1867）開始談起。波特萊爾的重要性，在於「散文詩」此一名詞的定名以及「散文詩」此一詩型的奠基。在波氏之前，並不是沒有人寫散文詩，只是波氏在文學史上是第一個使用「散文詩」這個專有名詞的詩人。他在一八六二年八、九月間以〈小散文詩〉（Potits poèmes en prose）爲名開始陸續發表二十篇散文詩，此後又繼續累積至五十篇。作者去世後兩年，也就是一八六九年才以《巴黎的憂鬱》（Le Spleen de Paris）爲名正式出版[3]，這部詩集是波特萊爾除了《惡之華》（Les Fleurs du Mal）之外最重要的詩著作，它同時也代表西方散文詩的里程碑，往下開啓了更多詩人效法此一詩型的創作。

前面我們曾經提到，波氏並非第一個創作「散文詩」的詩人，那麼在波氏之前還有哪些散文詩作品呢？散文詩的開端能夠上溯到哪裡？關於這個問題，法國文學研究者曾經經過一番討論，有論者以爲散文詩的形式可以追溯至十七世紀以寓言體詩[4]著名的拉封登

---

[3] 此處所引資料係參照莫渝《法國詩人二十家——中世紀至十九世紀》（臺北：台灣商務，1983）波特萊爾部分。

[4] 《寓言集》（Fables）是拉封登最不朽的作品，所謂「寓言」，即「通常

（Jean de La Fontaine，1621-1695），但比較能爲學者所公認的則是貝特朗（Aloysius Bertrand，1807-1841），他的成名詩作爲《夜之加斯帕爾》（Gaspard de la Nuit），在他死後才經整理出版。此部詩集對波特萊爾產生了非常直接的影響，波特萊爾在《巴黎的憂鬱》前的題詞〈致阿爾賽納・胡賽〉[5]中，便曾自承道：

> 我想向您作一小小的坦白，我把阿洛伊修斯・貝特朗著名的《夜之加斯帕爾》（這本書，您、我以及我們的一些朋友都很熟悉，難道它不配稱為著名嗎？）翻閱了至少二十遍，才萌生了這個念頭，即試寫一部類似的作品，用他如此多彩地描繪古代生活的手法來描寫現代生活，更確切地說，描寫更抽象的現代生活。[6]

由此觀之，貝特朗《夜之加斯帕爾》對波特萊爾以降的詩學有兩點影響，第一是以優美的散文形式來描寫詩人內心極爲細膩的感受，這種大膽而富創造性的革新，造就了散文詩日後的勃興。第二是在美學觀念上，以幽默的嘲諷對待當時的傳統美學，開了波特萊

以詩的形式，描述一篇短文、故事、辯論等，將道德隱藏於背後」，詳見註３莫渝書拉封登部分。

[5] 阿爾賽納・胡賽（Arsene Houssaye，1815-1896）即當時波特萊爾發表〈小散文詩〉的《新聞報》之主編，亦爲著名作家。

[6] 見胡小躍譯《波德萊爾詩全集》（浙江：浙江文藝，1996），頁 275。

爾反傳統美學的先河[7]。這兩點的結合，也可看做是接下來法國散文詩共具的特色。在此舉一篇波特萊爾的散文詩作品以相應證：

多麼美好的日子呀！寬闊的公園在太陽灼熱的目光下神魂顛倒，就像被愛情所俘虜的年輕人。

萬物都心醉神迷，但沒有發出任何聲音；甚至流水也像是睡著了。與人類的喜慶大不相同，這是靜謐的狂歡。

好像有一種不斷增強的光使萬物華光煥發，興奮的百花也似乎燃起一種渴望，要以其色彩與天空得蔚藍相媲美，炎熱把花香變的依稀可見，使之像輕煙一樣升向太陽。

可是在萬物歡欣之中，我卻看到了一個傷心人。

在一尊巨大的維納斯雕像腳下，一個偽裝的瘋子，一個在帝王懊悔和厭煩時負責逗他們發笑的志願小丑，穿著鮮豔奪目，怪裡怪氣的服裝，頭上帶著繫有鈴鐺的尖角帽子，蜷縮著靠在雕像的台坐上，擡起充滿淚水的眼睛，望著不朽的女神。

---

[7] 見葛雷、梁棟《現代法國詩歌美學描述》（北京：北京大學，1997），頁37。

他的眼睛好像在說：「我是人類中最下等、最孤獨的人，沒有愛情，也沒有友誼，在這一點上，我連最下等的動物都不如。可是，我也是為了理解和感受不朽的美而生的呀！女神啊，請憐憫我的哀傷和狂妄吧！」

可是，無情的維納斯張著他那大理石眼睛，不知凝望著遠處的什麼。

——波特萊爾〈瘋子與維納斯〉[8]

從波特萊爾開始，「散文詩」與「象徵主義」似乎產生了不可分割的連結，波氏在文學史上更被認爲是「象徵主義」的先驅者。十九世紀中葉之後，由於科學精神的盛行，原本自十九世紀初開始風行的浪漫主義，開始被冷靜的理智冷卻下來。在科學精神的影響下，新古典主義的寫實風潮應運而起，在法國詩學上，即誕生了所謂的「巴拿斯派」（Parnassiens）[9]，此派詩主張從科學與哲學中追

---

8 同註6，頁283

9 巴拿斯（Parnasses），爲古希臘東北之山名，詩神謬思所居之處。巴拿斯派詩人因崇尚古典，故以此爲名。並自一八六六年至一八七六年間陸續出版合集《今日巴拿斯》三卷。巴拿斯派的重要詩人有李勒（Leconte de Lisle，1818-1894）、艾雷迪亞（Jose-Maria de Heredia，1842-1905）、普綠多姆（sully Prudhomme，1839-1907）、龐維勒（Theodore Bamville，1823-1891）等人。此外，象徵主義詩人如馬拉美、魏崙等人的早期詩作也登載於此處；因此「巴拿斯」派並不是一個嚴格的派別，只是一群年輕人理念下的非正式文學組

求真理，強調效法古典主義中的嚴密章法格式，要求詩的「非個性」，以人類共同感情爲依歸，追求雕塑般冷澈的美感。此一文學理念歷經將近二十年的發展，並不能滿足許多年輕人的要求，「巴拿斯」派所謂的客觀寫實、科學的思維、枯燥的形式並無法將浪漫主義之後的詩壇提升到更高的層次，因此，另一次革命再度發起，也就是「象徵主義」。

波特萊爾即是第一個衝擊古典美學的詩人，他將「神秘」的理念引入了詩學。認爲詩的目的在物事的「本質」，要將其表現出來靠的不是客觀的描繪，而是要靠「感受」，特別是利用圖影的象徵和音樂的暗示。又標榜詩的美就是超越常軌所造成的驚訝，重新回到了詩的主觀性。在形式和音律上上更打破了所有傳統，僅僅要求「詩語言」的純粹。在此一理念的導引下，詩的語言及形式就成爲非常多變的實驗，這樣一來，「散文詩」的產生也是不讓人意外的。

接續波特萊爾之後，象徵主義的理論大師是馬拉美（Stéphane Mallarmé，1842-1898），他不僅在「象徵主義」理論的建構上有極大貢獻，在創作方面也極其用力，他的作品雖然不多，但都足堪作爲「象徵主義」詩作的典範。散文詩作在他不多的作品中顯得更稀少，但每一篇都表現出馬拉美對於詩「音響暗示」的要求，這種應用作曲的嚴苛方法作出來的詩，是馬拉美把詩當交響曲經營的範

織，每人的創作觀念也未必完全吻合。關於「巴拿斯」派的討論，見覃子豪〈巴拿斯派作品之研究〉，收錄於《覃子豪全集 II》（臺北：覃子豪全集出版委員會，1968），頁 570-575。以及註 7 書第二章〈巴那斯派詩歌集其美學理論〉。

例。他的著名作品有〈白睡蓮〉、〈秋怨〉等篇。[10]

另外一位與馬拉美同時的象徵主義大家是韓波（Arthur Rimbiud，1854-1891）。韓波的創作生涯極爲奇譎，他的詩作都寫在一八六九年至一八七四年，也就是十五到二十歲之間，從此之後便封筆不寫，直到三十七歲病逝爲止。這些早熟而才華洋溢的詩作對照於他的人生，使其人其詩一直像個謎。散文詩在他的作品裡佔大多數，共集結爲《在地獄裡的一季》（Une saison en enfer）、與《彩繪集》（Les Illuminations）二書，對於後世的詩派，這兩部散文詩集也有十分重要的影響。[11]

約與韓波同時的散文詩人還有洛特阿蒙（筆名 Lautreamont，本名 Isidore Ducasse，1846-1870），他在一八九六年也寫出了《馬爾多侯之歌》（Chant de Maldoror），這是一部類似作者自傳的散文詩集，共有六個章節，象徵意味極濃，學者甚至認爲此書可看做向超現實主義的過渡。象徵主義散文詩，一直到梵樂希（Paul Valéry，1871-1945）都還有很好的表現，梵樂希是後期象徵派的中堅，也是一位天才型的詩人及理論家，詩以精密哲理見長，散文詩代表作有〈時刻如此安靜〉、〈年輕的母親〉等篇[12]。若以現代主義的發展路線來看，一直到超現實主義健將布勒東（André Breton，1896-1966），都仍繼續保持散文詩的創作。

---

[10] 詩作及生平見莫渝譯《馬拉美詩選》（臺北：桂冠，1995）。

[11] 詩作及生平見莫渝譯《韓波詩文集》（臺北：桂冠，1994）。

[12] 兩篇詩作與作者資料可參見莫渝編譯《白睡蓮——法國散文詩精選》（臺北：桂冠，2001）梵樂希部分，頁 97-100。

然而值得我們注意的是，除了「象徵主義」手法，還有些散文詩作的走向是不同的。例如魯易（Pierre Louÿs，1870-1925）在一八九四年出版的《比利提斯之歌》（Les chansons de Bilitis），不但註明是「散文抒情詩」（Poe'mes lyriques en prose），還冒稱是翻譯自西元前第六世紀的希臘文作品，整個作品模仿希臘短詩，有一定的規律和格式，傷感抒情成分非常濃，感覺上比較能跟貝特朗的風格相呼應。

不論如何，散文詩的傳統在在法國一直不乏人延續，著名的詩人還有以《地糧》（Les nourritures Terrestres）、《新糧》（Les Nouvelles Nourritures）聞名的紀德（Gide André，1869-1951）、以及克洛岱爾（Paul Claudel，1868-1955）[13]、福爾（Paul Fort，1872-1960）、賈克坡（Max Jacob，1876-1944）、何維第（Pierre Reverdy，1886-1960）、卡柯（Francis Carco，1886-1958）、佩斯（St-John Perse，1887-1975）、蓬熱（Francis Ponge，1899-1988）、米修（Henri Michaux，1899-1984）、夏爾（René Char，1907-1988）等人，其中佩斯更以其散文詩的成就獲頒諾貝爾文學獎，瑞典皇家學院對他的得獎讚詞中提出他「把韻文與散文匯成一條聖河」[14]，也可視作對此一創作形式的稱頌。法國散文詩在此時達到了輝煌時代，「不再只是韻律詩和散文的妥協物，也不是突有詩歌色彩的散文，而是獨立的、有獨特型式的詩歌類型」

---

[13] 即「高祿德」，此係詩人於一八九五至一九〇九年在中國任外交官時所用的中文名字。

[14] 見莫渝譯、佩斯著《聖約翰・佩斯詩集》（諾貝爾文學獎全集 36，臺北：遠景，1981），頁 4。

[15]。莫渝先生曾經將法國散文詩的表現方式分爲三類，第一種是格式整齊、篇幅短小，抒情意味較濃，以貝特朗和魯易爲代表，第二是篇幅冗長，意象繁複奇詭，思想深邃磅礴，以克勞岱爾及佩斯爲代表，至於介於此二者中的，則是大部分的詩人。[16]從今日回顧起來，散文詩在法國的發展，不但是最有系統，也是最豐富的。

二、法國以外的散文詩

除了法國之外，其他國籍的作家也對整個散文詩史產生了重大影響。其中尤以屠格涅夫（Ivan Sergeevic Turgenev，1818-1883）、王爾德（Oscar Wilde，1854-1900）、泰戈爾（Rabindranath Tagore，1861-1941）爲最。屠格涅夫本身是著名的俄國寫實主義小說家，他在小說方面的成就舉世公認；然而除了優美的小說文字之外，晚年寓居巴黎的他可能也受到法國詩壇的影響，寫了不少精美的散文詩作，他的最後一部作品即名爲《散文詩》[17]。內容主要是表現俄羅斯語言的美感，也是他身在異鄉而擔心祖國命運的感懷抒發。王爾德是一位以戲劇及童話著名的英國唯美主義作家，同樣因爲留學巴黎

---

[15] 見張容著《法國當代文學》（臺北：遠流，1993），頁 143。

[16] 莫渝編《情願讓雨淋著》（臺北：業強，1991）序文，頁 12-13。

[17] 屠格涅夫的散文詩最初發表在《歐洲的使者》刊物上時，用的標題本爲《Sanilia 一個老人的手記》，Sanilia，拉丁文「衰老」之意。後來刊物編輯 Stasulivitch 徵得作者同意將標題改爲《散文詩》，之後沿用至今。見巴金譯屠格涅夫《散文詩》（臺北：東華，1990）後記，頁 140。

的關係，王爾德也受到散文詩風的薰陶，不但將法國散文詩譯介到英國，更親身參與散文詩的創作，寫下了爲數不多（七篇）但篇篇精巧的散文詩，其中大多含有童話式的美感，與法國象徵主義的散文詩作有截然不同的表現。從以上的敘述看來，散文詩似乎是以法國爲中心，漸漸擴及歐陸其他國家的作家，但是事實上，另一座散文詩的高峰在亞洲已然升起，並且早就受到世界的重視，那便是印度籍的詩人泰戈爾。泰戈爾一生的創作極多，除了詩，也寫了不少小說戲劇，但不論如何，詩還是他最受重視的文類，特別是散文詩。泰氏素有「詩哲」之譽，他的詩籠罩著東方泛神論和印度婆羅門教的玄理精神，但卻又處處表現他對土地人民的關懷。一九一三年，泰戈爾榮獲諾貝爾文學獎，比一九六〇年獲獎的佩斯更早了四十七年。自此之後他的散文詩及思想在世界各地流傳，此一東方心靈與精神對西方文化的影響層面極爲深廣，對文學的發展更是多有啓發。著名的詩作有《新月集》、《園丁集》、《漂鳥集》、《祭壇佳裏》等[18]。上述三人的散文詩作，在新文學運動時期都經過翻譯傳入我國，泰戈爾更曾來華訪問講學，對於我國散文詩的發展有不小的影響。關於這個部分，本文在後面兩節還會再討論。此處徵引泰戈爾作品一篇做爲代表：

孩子們會集在無垠世界的海邊。

---

[18] 作品譯名悉依梁錫華、鍾文譯《泰戈爾詩集》（遠景版諾貝爾文學獎全集8，臺北：遠景，1981）。

遼闊的天穹靜止於頭上，流動的海水在足下洶湧。孩子們會集在無垠世界的海邊，叫著，跳著。

他們拿沙來造房屋，用空貝殼來作遊戲。他們把落葉編成了船，笑嘻嘻的把它們放到大海上。孩子們在世界的沙灘上，做他們的遊戲。

他們不知道怎樣游泳，他們不知道怎樣撒網。採珠的人為了珠潛水，商人在他們的船上航行，孩子們卻只把卵石聚了又撒散。他們不搜求寶藏，他們不懂怎樣撒網。

大海嘩笑著湧起波浪，而海灘的微笑蕩漾著淡淡的光芒。致人死命的波濤，對著孩子們唱無意義的歌曲，就像一個母親在搖動她孩子的搖籃時一樣。大海和孩子們一同遊戲，而海灘的微笑蕩漾著淡淡的光芒。

孩子們會集在無垠世界的海邊。狂風暴雨飄遊在了無痕跡的天空上，航船沈碎在無轍跡的海水裏，死神已出來活動，孩子們卻在遊戲。在無垠世界的海邊，孩子們會集著。

——泰戈爾〈海邊〉[19]

---

[19] 見梁錫華、鍾文譯《泰戈爾詩集》（諾貝爾文學獎全集 8，臺北：遠景，1981），頁 2。

除了歐陸作家和泰戈爾，散文詩其實也已經傳布到美國，一八九〇年美國便出版了介紹散文詩的專著及詩選《散文粉筆畫》（Pasteles in Prose），由米瑞爾（Stuart Merrill，1863-1915）主編，內容大部分是法國主要詩人的作品。接下來美國很也很快有了散文詩作家，如著名的惠特曼（Walt Whitman，1819-1892）、桑德堡（Carl Sandbury，1887-1967），甚至早一些的梭羅（Henry David Thoreau，1817-1862），都有爲數不少的創作。

散文詩發展至此，已經跨越了數個國家、語言，成爲一種世界性的文學類型，不但在數量上已經足以自成一類，在品質上也已經通過了考驗。另外在內容技巧上，更由於許多傑出詩人作家的嘗試、開發，從象徵、超現實的現代主義，乃至於唯美浪漫甚或諷刺勸喻以及理念哲思等種種內涵，無不包羅融合。散文詩的誕生，不但徹底瓦解了西方文學中韻文和散文的對立，也創造了無數思辨的空間，促使這個文類繼續改造變化。目前除了西方，連鄰近我國的日本，也都有不少優秀的散文詩出現，如川端康成、井上靖等小說作手，在散文詩方面也有搶眼的表現。最後便引一篇井上靖的作品，來觀察它與現代散文詩的相似之處：

草坪上有一個紅色的球。是越牆而跳進來的球。紅色小小的球體所帶有的孤獨感，是不得了的。這是一片失去了球的孩子的無法救助的心情。在那近處飛舞的蝴蝶，也有所顧慮而不停在那裡。狗，雖走到近處，也持有警戒地立刻就返回來。

夜闌更深以後，球變成了個黑黑的隕石。是從何處掉下來的天體的破片。此時，孩子正在什麼地方，和圍繞著隕石同樣的黑暗之中睡眠。

——井上靖〈球〉[20]

我們在讀完之後，將會發現其技巧跟語言的運用，跟台灣很多散文詩的手法十分接近，這些國外的作品，與我國的散文詩之間的影響及互動，應當是我們往後可以繼續觀察的。

第二節　我國古典文學中的類散文詩

「散文詩」雖然是一個外來名詞，但是其本質是否也完全承襲自西方而來呢？其實這一直是討論我國「散文詩」時的棘手問題。就各種史實客觀地來看，目前的「散文詩」確實是爲西方散文詩的精神所啓發，使其成爲一種「自覺性」的獨立文類；並且進一步強化理論及創作的實踐，使其與其他文類的分別更加明顯。這一條軌跡，是現代散文詩作家「有意識」地去發展的。

不過要是我們將角度放廣一些，從散文詩的「跨文類」本質去

[20] 井上靖著、喬遷譯《乾河道》（臺北：九歌，1998），頁 33。

觀察，我們便會發現，此一「融合文類」的嘗試，在我國古典文學中已經有不少實驗出現。這些作家們創作的「心態」或許與西方或現代散文詩作者們不同，但是作品的本質與精神卻能夠相通。雖然「散文詩」在古典文學裡並沒有明顯地成為一個系統，但是在千百年的各種嘗試中，卻使不少作品跨入了「散文詩」的境界。因此，「散文詩」雖不是我國所發明，但是在創作的精神上，乃至於實驗上，我國古典文學中都能舉出不少例子。

王國維在〈屈子文學之精神〉一文中嘗雲：「莊列書中之某部分，即謂之『散文詩』，無不可也」。郭沫若也曾表示：「我國雖無『散文詩』之成文，然如屈原的《卜居》、《漁父》諸文，以及莊子《南華經》中多少文字，是可以稱為『散文詩』的。」可見在王、郭二位眼中，「散文詩」在中國可說是「古已有之」，只是沒有定名而已。中國大陸在一九九二年曾編纂《中外散文詩鑑賞大觀》，其中亦選編我國古典文學中具散文詩特質者，合為《中國古代類散文詩卷》，其中從先秦《論語》乃至於清代龔自珍〈病梅館記〉一舉網羅。但既名為「『類』散文詩」，在編選體例上自然十分寬鬆，因此有些作品的散文詩性格便很難判定，許多只要具有詩意的文章都被選錄，如《論語・先進》篇中四子侍坐一段，乃至於袁枚的〈祭妹文〉，其實都頗有可議之處，「散文詩」的真正精神反而比較無法凸顯。

準此，本文要採取的立場，主要擺在「文類融合」的重點上，並參照當代散文詩的特點，挑選出具有「跨文類」現象的古典文學作品，以方便古今散文詩作品兩相參照。經過考察歸納後，我們大致可以從四個方向切入，以下便一一加以說明。

一、《莊子》與《列子》

第一種即是靜安先生所謂的「莊列之書」，亦即《莊子》、《列子》兩部著作。「莊列」二書極有淵源，二者關係之考釋在此姑且不論，《莊子》既為先秦散文中不可多得之珍品，《列子》類似《莊子》的筆調更是所在多有。以《莊子》而言，書中將道家思想以極富浪漫主義的文字，加以充分運用想像力，發展出一套獨特的文體，不論是在修辭的技巧或是在意象的營造上，都有很高的藝術成就。而高度的想像力、特殊的修辭以及豐富的意象，都是構成詩歌的重要條件。因此，我們在《莊子》一書中常常可以發現超乎一般散文的表現。相對於其他散文所力圖呈現的真實明朗，《莊子》的行文則常透露一股「虛幻」的氛圍，這個特質便使得這部書具有「詩化」的傾向，而《列子》同樣具有善用想像、誇飾以及諸多意象來造成距離美感的特點[21]。比如：

> 北冥有魚，其名曰鯤。鯤之大，不知其幾千里也。化而為鳥，其名為鵬。鵬之背，不知其幾千里也；怒而飛，其翼若垂天之雲。是鳥也，海運則將徙於南冥。南冥者，天池也。

---

[21] 黃美媛《列子神話、寓言研究》（師大國文所七十四年碩士論文）第五章第一節。

齊諧者，志怪者也。諧之言曰：「鵬之徙於南冥者，水擊三千里，摶扶搖而上者九萬裏，去以六月息者也。」野馬也，塵埃也，生物之以息相吹也。天之蒼蒼，其正色邪？其遠而無所致極邪？亦若是則已矣。

且夫水之積也不厚，其負大舟也無力。覆杯水於坳堂之上，則芥為之舟；置杯焉則膠，水淺而舟大也。風之積也不厚，其負大翼也無力。故九萬裏，則風斯在下矣，而後乃今培風；背負青天而莫之夭閼者，而後乃今將圖南。

蜩與學鳩笑之曰：「我決起而飛，搶榆枋，時則不至而控於地而已矣，奚以之九萬裏而南為？」適莽蒼者，三餐而反，腹猶果然；適百里者，宿舂糧；適千里者，三月聚糧。之二蟲又何知！

小知不及大知，小年不及大年。奚以知其然也？楚之南有冥靈者，以五百歲為春，五百歲為秋；上古有大椿者，以八千歲為春，八千歲為秋。而彭祖乃今以久特聞，眾人匹之，不亦悲乎！

——《莊子・逍遙遊》[22]

周穆王時，西極國有化人來，入水火，貫金石，反山川，移

[22] 見郭慶藩輯《莊子集釋》（臺北：華正，1991），頁2-14。

城邑，乘虛不墜，觸實不礙，千變萬化，不可窮極；既已變物之形，又且易人之慮。穆王敬之若神，事之若君，推路寢以居之，引三牲以進之，選女樂以娛之……日月獻玉衣，旦旦薦玉食，化人猶不舍，然不得已而臨之。居亡幾何，謁王同遊；王執化人之祛，騰而上者，中天迺止，暨及化人之宮。化人之宮，構以金銀，絡以珠玉，出雲雨之上，而不知下之據，望之若屯雲焉。耳目所觀聽，鼻口所納嘗，皆非人間之有，王實以為清都、紫薇、均天、廣樂帝之所居。王俯而視之，其宮榭若累塊積蘇焉；王自以居，數十年不思其國焉。化人復謁王，同由所及之處，仰不見日月，俯不見河海；光影所照，王目眩不能得視；音響所來，王耳亂不能得聽；百骸六藏，悸而不凝，意迷精喪，請化人求還。化人移之，若隕虛焉，既寤而坐，猶嚮者之處，侍禦猶嚮者之人；視其前，則酒未清，肴未昲，王問所從來，左右曰：王默存耳。由此穆王自失者三月。而復更問化人，化人曰：「吾與王神遊也，行奚動哉？且曩之所居，奚異王之宮；曩之所遊，奚異王之圃；王閒恆疑蹔亡，變化之極，徐疾之間，可盡模哉！」

——《列子・周穆王》[23]

以上《莊子・逍遙遊》中寫大鵬鳥一段，或《列子・周穆王》寫西極之國化人一段，皆窮極想像與修辭之精巧，卻又澎湃洶湧淋漓盡致，使人讀來極具興味，這種高度濃縮的書寫語言，我們可以

[23] 見張湛注《列子》（上海：上海古籍《二十二子》版，1986），頁 202

說已經隱隱具有跨越文類的架勢了。

二、辭賦

第二種就是所謂的「辭賦」。從屈子「楚辭」開啓我國南方浪漫文學，一直到「漢賦」的大興，其譜系還一直延續至宋代的「散賦」及明清的「股賦」。此一上下縱貫近兩千年的文類，是我國古典文學裡足堪與「詩」並舉的重點文類。「辭賦」，指的就是「辭」與「賦」。屈原的〈離騷〉首創「楚辭」之體，《史記·屈原列傳》：「屈原既死之後，楚有宋玉、唐勒、景差之徒皆好『辭』，而以『賦』見稱，然皆祖屈原之從容辭令。」，劉向即取以上諸家合爲《楚辭》。《漢書·藝文志》卻將〈離騷〉稱爲〈屈原賦〉，列於〈詩賦略〉，則劉、班二氏鹹認辭賦同義。「賦」本爲詩六義之一，《文心雕龍·詮賦》：「賦者，鋪也，鋪采摛文，體物寫志也。」又雲：「賦也者，受命於詩人，拓宇於楚辭也」，說明瞭「賦」是「詩」加強了敘述鋪陳、「不歌而誦」而產生的新文體，特別是屈宋等人的成就，使得「辭賦」得以確立。

不過亦有學者如劉大杰、陳鐘凡認爲屈宋諸家方可稱「辭」，賈誼、枚乘以下才稱「賦」，標榜「辭」是由「詩」過度至「賦」的重要關鍵[24]，《文心雕龍》亦分〈辨騷〉、〈詮賦〉兩篇。總而言之，「賦」可以說是詩漸趨「散文化」的新文類，而因「散文化」

---

[24] 見劉大杰《中國文學發展史》（臺北：華正，1991），頁129。李曰剛《中國辭賦流變史》（臺北：國立編譯館，1997）總論，頁9。

的方式、程度有別，則有各式「賦」體產生。劉大杰即解釋說：「賦這種體製是較爲特殊的，由外表看去，是非詩非文，而其內含，卻又有詩有文，可以說是一種半詩半文的混合體。」[25]由此看來，「辭賦」的文類融合，正與「散文詩」的特質相符。

細究我國「辭賦」的的發展，則屈原不但是源頭也是座高峰，其中〈離騷〉更被後世推爲千古詞宗，屈子文學之至美，幾乎盡涵於此篇，其中無論文采敘事，甚至個人之抒懷，都足爲我國詩歌的典範。另外郭沫若所舉〈卜居〉、〈漁父〉兩篇，型製雖然較短，但除了文字之美，更有深刻的思想，也可看做是成功的詩文綜合體。屈原以下，接續此一傳統的則是宋玉，宋玉作品進一步將「辭賦」散文化，因此他的作品較接近漢賦。著名作品除了〈九辯〉外，尙有〈風賦〉、〈高唐賦〉、〈神女賦〉、〈登徒子好色賦〉、〈對楚王問〉等等。以上屈宋作品，一般稱爲「騷賦」。「騷賦」以下又有「短賦」，以荀子「禮」、「知」、「雲」、「蠶」、「箴」爲代表。此五賦首創以賦爲謎，善用暗示問答，具「諧隱」之效。

「賦」發展到漢代，蔚爲風氣，作者及作品十分可觀。由於散文自先秦以來早已發展成熟，因此文類融合的趨勢更加明顯，屈宋之作，抒情浪漫仍爲辭賦主要成分，但是一到「漢賦」，「損詩增文」的傾向變本加厲，「漢賦」與「騷賦」的界線就越來越明顯了。再加上賦家多崇尙文采，「鋪采摛文」者多，「體物寫志」反而少了。漢賦之流變，約可分四期[26]，第一是「形成期」，賦的風格大致

---

[25] 同前註劉書。

[26] 見註 26 李書第三章第四節，頁 164-249。

不脫屈宋之影響，著名者有賈誼〈鵩鳥賦〉、枚乘〈七發〉等等。第二便是「全盛期」，因武、宣、昭、元大力獎掖文風，使得諸家並出，著者有賦聖司馬相如〈上林〉、〈子虛〉、〈長門〉、〈美人〉等篇，東方朔〈答客難〉、〈非有先生論〉另創別體，王褒〈洞簫賦〉之巧密則已有六朝駢麗之風。第三期爲「模擬期」，因漢賦之發展已臻極至，後出者難以超越，故多只能模擬並將原本特質發揮淋漓，如揚雄〈甘泉〉、〈羽獵〉、〈長揚〉三賦，以及班固〈兩都賦〉等等。最後則是「轉變期」，隨著國運的衰微，賦的創作精神也由頌揚轉向批判，著名的有趙壹〈刺世嫉邪賦〉、禰衡〈鸚鵡賦〉、蔡邕〈述行賦〉、以及張衡〈二京賦〉、〈骷髏賦〉、〈思玄賦〉等等。

到了魏晉南北朝，辭賦雖非文學主流，不過仍然延續蛻變，長篇鉅製已不復多見，清新之短篇則取而代之。再加以聲律的昌盛，不論詩文辭賦都受到明顯的影響，此一唯美的形式主義風尚，表現在辭賦上便是「俳賦」，亦稱「駢賦」。「俳賦」除了俳偶四六，偶句還必須協韻。因此，原本自漢代逐漸傾向散文化的賦，在此時又重新回歸「詩」的懷抱，若以「散文詩」的角度來看，自然不無「走回頭路」的遺憾。不過所幸「俳賦」無論在題材、結構、乃至於作者性情的表現上都大有進展，字句更遠較漢賦輕盈俐落，一掃漢賦的板重冷澀。名作如曹魏時期的曹植〈洛神賦〉、王粲〈登樓賦〉、嵇康〈琴賦〉、兩晉期的陸機〈文賦〉、潘嶽〈秋興賦〉、左思〈三都賦〉、陶淵明〈歸去來辭〉，南北朝則有鮑照〈蕪城賦〉、謝惠連〈雪賦〉、江淹〈恨賦〉、〈別賦〉、庾信〈哀江南賦〉等名篇。

俳賦繼續發展至唐代，則變本加厲而成「律賦」，其最大特色是「限韻」，即作者或主考官於出題時限定應押之韻字；另外又具有一定之「程式」，如「起首二句必須破題」、「結尾二句必須頌聖」等等，對創作自由之扼殺可想而知。律賦與唐詩相同，亦分「初盛中晚」四期[27]。初唐風格多沈鬱古拙，名家有虞世南、劉知幾、初唐四傑等人。盛唐辭賦則自然渾成，李白、杜甫、張九齡、李華等皆善於此道。中唐辭賦變爲清新典雅，元稹、白居易、蔣防等人都十分著名。晚唐詩賦皆巧密流麗，名賦家則有王棨、黃滔、周繇、徐寅等人。宋代「律賦」在形式上亦承襲相沿，但風格卻與唐人不盡相同。一般而言，歐陽修前多墨守唐人，之後則發展出「氣盛於辭、汪洋恣肆」之宋調。前期有文彥博、范仲淹等人，後其則以歐陽修、蘇軾、秦觀爲代表。

真正要談到「散文詩」風格的發揚，還是要屬宋代的「散賦」，或稱「文賦」。因爲「律賦」之格調過嚴，限制過多，文人在創作時多有束縛，在宋代古文運動的衝擊下，賦的風貌便不得不跟著改變。故自歐陽修起，遠祖屈原之〈卜居〉、〈漁父〉，近效杜牧〈阿房宮賦〉、韓愈〈進學解〉，從而發展出一種超脫格律、以意境爲尙的新賦體。名篇如歐陽修〈秋聲賦〉、蘇軾〈前赤壁賦〉、〈後赤壁賦〉，不但是「散賦」之精品，更是古典文學中的曠古傑作。以下引錄蘇軾〈前、後赤壁賦〉爲參照：

壬戌之秋，七月既望，蘇子與客泛舟，遊於赤壁之下。清風

[27] 見註 26 李書第五章第四節。頁 355-368。

徐來，水波不興。舉酒屬客，誦明月之詩，歌窈窕之章。少焉，月出於東山之上，徘徊於鬥牛之間。白露橫江，水光接天。縱一葦之所如，淩萬頃之茫然。浩浩乎如憑虛禦風，而不知其所止；飄飄乎如遺世獨立，羽化而登仙。

——蘇軾〈赤壁賦〉節錄

予乃攝衣而上，履巉巖，披蒙茸。踞虎豹，登虬龍。攀棲鶻之危崖，俯馮夷之幽宮。蓋二客不能從焉。劃然長嘯，草木震動。山鳴穀應，風起水湧。予亦愀然而悲，肅然而恐，凜乎其不可久留也。反而登舟，放乎中流，聽其所止而休焉。

——蘇軾〈後赤壁賦〉節錄[28]

我國韻文散文長期以來各具風格，文筆之分涇渭分明，辭賦雖然兼合二者，但是一直沒能達到圓融的境界。然而歐蘇二子，卻以本身過人的才力，輔以時代之風，相繼突破此一困境，達到了所謂「神品」[29]的境界，不但創造出辭賦此一文類的最後高潮，更為我國古代散文詩作品，立下了完美的典範。

三、樂府民歌

[28] 均見孔凡禮點校《蘇軾文集・卷一》（北京：北京新華，1986）。頁 5-8。

[29] 見黃瓊英《宋代散文賦研究》（師大國文所八十年碩士論文），頁 185。

詩歌原本便是發自於民間，原初時期詩與歌的界線並不清楚，詩與歌都是可唱的，在此一時期，詩歌很明顯地具有口語化的性格。直到後來詩爲士大夫階級所整理吸收，並發展出專有格律，才與民間歌謠漸行漸遠。我國古代很早（漢武帝元鼎六年，紀元前 111 年）便有專職蒐集民歌的機構，即「樂府」。「樂府詩」本來皆蒐集自民間，而後代又繼續有文人用各種方式仿作，使得「樂府詩」在我國文學的定義始終十分複雜。宋郭茂倩所編《樂府詩集》便分爲十二類，彼此間的內容風格都大不相同。然而，我們在此要討論的，僅止於來自民間、帶有濃厚口語風格，未經修整的樂府民歌。這些詩歌因爲未經修改，得以保存其質樸的本來面貌，它們本身都具有詩歌的韻律，但又保有原始的口吻與自由的句式，這些特質當然可讓我們視其爲最原始的「散文詩」。例如：

> 有所思，乃在大海南。何用問遺君？雙珠玳瑁簪，用玉紹繚之。聞君有他心，拉雜摧燒之。摧燒之，當風揚其灰。從今以往，勿復相思。相思與君絕！雞鳴狗吠，兄嫂當知之。妃呼豨！秋風肅肅晨風颸，東方須臾高知之。
>
> ——〈鼓吹曲辭一・有所思〉[30]

> 上邪！我欲與君相知，長命無絕衰。山無陵，江水為竭，冬雷震震夏雨雪，天地合，乃敢與君絕。
>
> ——〈鼓吹曲辭一・上邪〉[31]

---

[30] 郭茂倩《樂府詩集》（北京：中華書局，1979），頁 230。

出東門，不顧歸。來入門，悵欲悲。盎中無鬥米儲，還視桁上無懸衣。拔劍出門去，舍中兒母牽衣啼。他家但願富貴，賤妾與君共餔糜。上用滄浪天故，下當用此黃口兒。今非，咄！行！吾去為遲，白髮時下難久居。

——〈相和歌辭十二·東門行〉[32]

以上三首民歌，不但每句字數不定，而且內容極端白話，人物特色更是鮮明無比，無論是失戀或處於戀情中的女子，或是陷於窮困，迫不得已違法犯紀的丈夫，以及真情流露亟欲勸阻的妻子，都在簡短而淺顯語句中，表現出每個人的性格及情緒。此一文字的表現力屬於詩，應無可疑。雖然口語和散文的意義不盡相同，可是從「樂府詩」中，我們卻可以發現，詩的質素也可以發自天然，詩的界線也不是那麼嚴格的。這些樂府民歌，正是我國詩文類尚未定型時的模糊狀態，從「散文詩」融合文類的角度來看，樂府民歌便可以說是最早的例子了。

四、小品文

我國散文早在先秦時代，便已經有高度的發展，不論在諸子或史傳中都不乏佳作。隨著時代的演變，散文在我國文學史中，也漸

[31] 同前註，頁 231。

[32] 同註 30，頁 550。

漸展現出各式各樣的新風貌，而其中特別值得我們注意的是，就是散文逐漸脫離了說理敘事的單一功能，而開始具有表現作者情感的功用。在心爲志，發而也可爲文了，詩文同樣都可以具備抒情的性格。爲了達到表達抽象感情活動的效果，散文不論在文法或修辭的技巧上都有長足的進步。而小品文，常常就是抒情散文最好的表現方式。一方面是因爲情感的抒發慨嘆不需長篇大論，「性靈」的表現尤其無關乎篇幅。另一方面則是在短篇幅中，容易將文字意象凝鍊，達到近似於詩的精美程度。我們可以看到許多名家，本身就是兼擅詩文，因此小品文的所表現的文類融合，本來就是十分自然的。

魏晉南北朝大約是各體散文發展齊備的年代，因此抒情散文我們也可以從此處看起，其實在酈道元《水經注》及楊衒之《洛陽伽藍記》中我們就已經可以隱約感覺到抒情散文精巧的特質，接下來的如王羲之〈蘭亭集序〉所展現的清麗脫俗，在僅僅兩三百字中，便將蒼涼傷感與輕快歡愉兩種情緒巧妙融合，其中所表現的境界遠超過文字之外，輕易地便跨過了詩文間的界線。即使是當時流行的駢體文，也未必都巧麗無實，當作家用駢文將自然與情感融合時，同樣能成爲佳作，如吳均〈與宋元思書〉。

唐宋時期除了古典詩歌的不朽成就，在散文上也是個高峰，在古文運動的風潮下，許多不靠修辭而能明心見性的精品紛紛誕生，古文大家的作品在此時自然有極重要的地位。不過早在唐朝幾位著名詩人手中，就已經出現了不少近似於散文詩的小品文，如李白〈春夜宴桃李園序〉、王維〈山中與裴迪秀才書〉，以及劉禹錫的〈陋室銘〉，作品中似說非說之理，恐怕都得從詩的意境去體會。古文運動健將柳宗元，其名作〈永州八記〉也都是小品文中的經典。宋代歐陽修在散賦上寫出〈秋聲賦〉此一千古名作，在散文上也有〈醉翁亭記〉、〈豐樂亭記〉以意境著名。蘇軾於文類無所不精，除了名篇〈前赤壁賦〉、〈後赤壁賦〉外，〈記承天寺夜遊〉可說是最形似當代散文詩的作品，全文不過八十餘字，除了描寫月色，更表現了作者胸懷的清新脫俗，表現出一種難以言傳的境界。

明清時期，小品文的創作更爲發達，不論是講求文從字順、樸素自然的唐宋派，或是標榜「性靈」的公安派、竟陵派，都有不少小品文作品頗有可觀，舉例如下：

> 湖上由斷橋至蘇公堤一帶，綠煙紅霧，瀰漫二十餘裏；歌吹為風，粉汗為雨，羅紈之盛，多於堤畔之草，豔冶極矣。然杭人遊湖，止午、未、申三時；其實湖光染翠之功，山嵐設色之妙，皆在朝日始出，夕舂未下，始極其濃媚。月景尤為清絕，花態柳情，山容水意，別是一種趣味，此樂留與山僧遊客受用，安可為俗士道哉。
>
> ——袁宏道〈晚遊六橋待月記〉[33]

袁中郎此作用字雖不濃豔，但自有一份獨到的清新韻味，明清小品之重視情感醞致可見一斑。其他如歸有光〈項脊軒志〉、〈寒花葬志〉、張岱〈西湖七月半〉、清代蒲松齡〈山市〉、龔自珍〈病梅館記〉、張潮〈核舟記〉等等，也都是受人稱頌至今的名篇。

以上「莊列之書」、「辭賦」、「樂府民歌」以及「小品文」

---

[33] 見劉延陵編註《明清散文選》（臺北：正中，1980），頁 124。

四類，是以當代散文詩爲依歸，往我國古典文學溯源所歸納出來的四條線索。我們大概可以這麼說，「莊列之書」所運用的想像力與象徵手法，特別是象徵手法，與今日許多受現代主義影響的散文詩相近，因此其「技巧」值得繼續加以比對研究。「辭賦」是明顯的詩文融合體，是跨越文類的新文類，而且此一新文類又擁有完整的發展及演變歷程，因此無論是在文類融合的「精神」上以及「文學史」的觀摩上，對現代散文詩都有參考的價值。「樂府民歌」在自然的語言中表現出詩的質素，這對於如何用散文來表現詩有很好的啓示，我們可以由此思考「詩質」應如何表現。至於「小品文」在外貌上便極類似散文詩，「形式」之間的神似便不用多說了，然而小品文終究不是詩，詩文的差異在此時又再度浮現，我們由此可知，散文詩除了「形式」之外，必定還有別的要素，在一些幾近散文詩的小品文中，我們也許可以看出些原因來。綜合上面的討論，我想，在西方散文詩之外，在研究現代散文詩時，中國古典文學中的「類散文詩」，應該可以給我們更多的啓示。

第三節　新文學運動展開後的散文詩

一九一七年一月，胡適在《新青年》第二卷第五期上發表〈文學改良芻議〉，新文學運動從此正式展開。整個新文學運動的主要重心，即是建立以白話文爲書寫工具的文學，不論是詩、文、小說，新文學運動論者都希望能夠完全使用白話文來創作，這個觀念對歷經千百年歷史的古文體制，產生了極大的衝擊。因爲契合了整個時代的變革之風，白話文運動進展的速度極快，以林紓、辜鴻銘、嚴復及《學衡》[34]諸人爲代表的保守派幾乎起不了太大的作用，胡適等人所預測新舊論爭的「陣痛期」，也比想像中短了很多。白話文的必要既然已經成爲一種共識，接下來最重要的當然就是理論的建立與實際的創作成果了。

以詩而言，中國詩歌自詩經以降，及至清末已然難出新意，雖然有梁啓超、黃遵憲等嘗試改革，卻也不能擺脫格律的限制，要是不能徹底改頭換面，勢必無法創造屬於自己「一時代」的文學。然而大倡「詩國革命」者也深知，自古以來輝煌的詩歌成就，實在不是白話詩在短時間內能望其項背的，因此他們一方面強調詩歌的改革是自然趨勢，一方面更積極尋求途徑及方法，好讓白話詩更快能與古典詩有所區別，不再只是「放大的纏足」[35]。

新文學運動的詩，與中國古典詩幾乎截然不同，中國詩的定義標準，也在此時遭到推翻（或說擾亂），在傳統詩觀中，判定詩質的首要條件就是格律，音韻和諧之後再談表現之優劣。但是白話詩第一個要去除的就是格律，這麼一來，中國詩歌的第一要素就失去了，很多人因此根本不願意承認白話詩算是詩，這是白話詩面臨的第一個難題。又因爲不用古詩之法，新方法又沒來得及建立，寫詩完全沒有規則，優劣更無從評判了。因爲這些緣故，導致新詩後來甚至又衍伸出「格律派」，不過我們在此先不討論。

---

[34] 見司馬長風《中國新文學史》（板橋：駱駝，1987）第四章，頁 53-64。

[35] 胡適所做的比喻，見〈嘗試集四版自序〉，收於《嘗試集》（胡適作品集 27，臺北：遠流，1986），頁 47。

回到「散文詩」來看，「散文詩」這個名詞在當時其實非常混亂，以下我們便試著加以考察。依照我國傳統書籍的排版方式，不管詩文都是不用標點不分段的。以詩詞而言，因為具有一定的格律，所以即使不標點也不構成閱讀的障礙，但是自從新文學運動推行以來，白話詩並沒有一定的規則，因此為了閱讀的便利，詩就開始模仿西方的分行。但是這個時候的新詩還在摸索階段，常被譏為「分行的散文」，甚至有編者將短文拆成行變作新詩[36]。另外一種，是仍舊不分行，但是加上標點，也依旨意分段，這種表現跟我們今天看到的散文詩就很接近了。康白情便認為詩情在要詩句中展現，「至於詩體列成行子不列成行子是沒有什麼關係的」[37]。一九一八年一月，《新青年》第四卷第一期刊載了新詩九首，分別是胡適的〈鴿子〉、〈人力車夫〉、〈一念〉、〈景不徙〉，沈尹默的〈鴿子〉、〈人力車夫〉、〈月夜〉，劉半農的〈相隔一層紙〉、〈題女兒小蕙週歲日造象〉，排版方式各有不同，其中沈尹默的〈鴿子〉與〈人力車夫〉都未分行，按理說應該是我國新文學史上最早出現的散文詩。但是康白情卻認為〈月夜〉是「第一首散文詩而備具新詩的美德」[38]的詩作，後人多依此說而認為〈月夜〉為我國第一首散文詩[39]。

---

[36] 北京《晨報副刊》編輯曾將冰心的一篇名為〈可愛的〉的短文，拆成分行詩，後面還附註說：「這篇小文，很饒詩趣，把他一行行分寫了，放在詩欄裡，也沒有不可。……」見註 36 書，頁 91-92。

[37] 見康白情〈新詩底我見〉，收錄於《中國現代詩論・上編》（廣州：花城 1985），頁 40。

[38] 《新詩年選》（一九二二年北新書局出版）編者評論。轉引自註 36 書，

不過從形式上來看，此詩非常明顯屬於分行詩，康白情所謂「散文詩」當指「白話詩」之意。以下將〈鴿子〉及〈月夜〉並舉以資對照：

空中飛著一群鴿子，籠裡關著一群鴿子，街上走
　的人，小手巾裏還兜著兩隻鴿子。
飛著的是受人家的指使，帶著鞘兒翁翁央央，七
　轉八轉繞空飛人家聽了歡喜。
關著的是替人家做生意，青青白白的毛羽，溫溫
　和和的樣子，人家看了歡喜；有人出錢便買去，
　買去喂點黃小米。
只有手巾裏兜著的那兩個，有點難算計。不知他
　今日是生還是死；恐怕不到晚飯時，已在人家
　菜碗裏。

頁93。

[39] 目前所見資料幾悉依康氏之說，但並不知康氏「散文詩」之本意，若以今日對散文詩的概念去理解，必然會產生混亂。大陸編《中外散文詩鑑賞大觀·中國現當代卷》導言〈略論中國現代散文詩的發展歷程〉中（見該書頁7），甚至還提出「分行的散文詩」（月夜）、「自由體散文詩」（小河：周作人作，康氏亦稱其為散文詩，但周氏自己並不這樣認為，見《新青年》六卷二號〈小河〉前言）的說法，試圖以「多樣化」來解釋此一衝突。其實這兩首詩並不是真的「散文詩」，用不著如此大費周章。

——沈尹默〈鴿子〉[40]

霜風呼呼的吹著，

月光明明的照著。

我和一株頂高的樹並排立著，

卻沒有靠著。

——沈尹默〈月夜〉[41]

若要談到「散文詩」這個名詞的出現，其濫觴則出自劉半農。一九一七年五月，劉半農在《新青年》第三卷第三期上發表〈我之文學改良觀〉，大力提倡「增多詩體」，以爲新詩多開新路。文中提到：「詩律愈嚴，詩體愈少，則詩的精神所受之束縛愈甚，詩學絕無發達之望。……英國詩體極多。且有不限押韻之『散文詩』，故詩人輩出……」[42]是爲我國新文學史上首度出現「散文詩」此一名

---

[40] 見《新青年》第四卷第一號（1918 年 1 月，上海：群益書局，1988 年重印本），頁 41。此段特別依照當初排版方式呈現，只是直印改爲橫印。原件參看文前附錄一。

[41] 同前註，頁 42。原件參看文前附錄二。

[42] 目前論者（如莫渝《情願讓雨淋著》（臺北：業強，1991）序文、渡也《面具》（豐原：台中縣立文化中心，1993）序文、黃伯謀〈中國散文詩發展管窺〉（《廣西師院學報社哲版》1995 年第 4 期）、孫玉石〈野草與中國現代散文詩〉（《文學評論》1991 年第 5 期）及註 40 文）多認爲「散文詩」首次使用是在民國七年（一九一八）五月劉半農翻譯〈我行雪中〉時提出，但

詞。劉半農「增多詩體」的觀念，也對散文詩的創作發生了很重要的影響，散文詩在新文學運動伊始便受到重視，與其他詩體同時發展，不同於西方散文詩產生的漸進過程。我國散文詩是新文學運動中用以破除格律的武器，發現西方散文詩後，幾乎立刻便借來用作新詩的革新。劉半農在翻譯外國詩作上也非常積極，認爲是「增多詩體」的必要途徑，這一點是胡適也極爲重視的。

一九一八年五月，劉半農在〈新青年〉第四卷第五期上發表譯詩〈我行雪中〉，這首詩是由印度歌者 Sri Paramahansa 所做[43]，原載於美國《VANITY FAIR》月刊，劉氏所譯月刊記者導言中有謂「下錄結撰精密之散文詩一章……」，然而此詩卻是以四字句爲主的文言體詩，劉氏自承「嘗以詩賦歌詞各體試譯，均苦爲格調所限，不能竟事。今略師前人譯經[44]筆法寫成之，取其曲折微妙處，易於直達，然亦未能盡愜於懷；意中頗欲自造一完全直譯之文體，以其事甚難，容緩緩『嘗試』之。」可見劉半農此時對散文詩體也還不能掌握，甚至不能擺脫舊詩詞的習氣。緊接著他又在《新青年》第五卷第二期及第三期（一九一八年八、九月）上發表了翻譯自泰戈爾及屠格涅夫的散文詩。從此之後各大主要文學刊物如《新青年》、《時事

在一年前劉氏便已提過。

[43] 論者（參見前註）提到此詩多稱是印度歌者拉坦・德維（Ratan Devi）所作，然而這是因爲錯將標題下「印度歌者 RATAN DEVI 所唱歌」當作此詩作者。其實在後文記者導言中寫的很明白，此詩作者爲 Sri Paramahansa，Ratan Devi 只是在紐約演唱此詩，此詩亦因 Ratan Devi 夫人的演唱而出名。

[44] 指翻譯《聖經》。

新報・學燈》、《晨報副刊》、《小說月報》、《文學週報》（後改文學旬刊）、《雨絲》等便開始大量翻譯外國散文詩作品，不過主要不離四位作家，即波特萊爾、王爾德、屠格涅夫以及泰戈爾。依瘂弦所編〈民國以來新詩總目初編之十四：翻譯詩集總目〉[45]之統計，以上四位作家的散文詩作，在一九四九年之前幾乎已經全部翻譯成中文並集結出版，由此可見此一文類所受到的重視。

隨著大量的譯詩，我國新文學作家的散文詩作品也開始陸續湧現，不過在列舉詩人之前，我們可以先看看有關散文詩的理論。新文學運動者深知，確立散文詩的地位，便鞏固了詩無須格律的觀念，除了在創作上的表現，理論的建立及闡釋也成爲重點。郭沫若在一九二〇及一九二一年間陸續發表〈詩論三劄〉，其中曾論及散文詩的特質，強調詩必須具備的是「內在律」，而非外在的形式。一九二一年十二月起，《文學週報》上連續刊載了關於散文詩的數篇論文，分別是 YL〈論散文詩〉（二十三期）、西諦（鄭振鐸）〈論散文詩〉（二十四期）、王平陵〈讀了「論散文詩」之後〉（二十五期）、滕固〈論散文詩〉（二十七期）以及王任叔的〈對於一個散文詩作者表一些敬意〉（三十七期），基本上，他們還是藉由中國古典以及國外的詩作，來闡揚詩不必格律的理念。滕固甚至聲稱散文詩是一種獨立的文體，但中國的散文詩太少，希望當時的作者們能繼續創作出「真正的散文詩」[46]。此外，《少年中國》、《創造週

---

[45] 見《創世紀》第四十三期（1976 年 4 月），頁 89-112。

[46] 滕固〈論散文詩〉，收錄於鄭振鐸編《中國新文學大系・文學論爭集》（臺北：業強，1990），頁 305-310。

報》等雜誌也有一些零星關於散文詩的討論。

至於散文詩的實際創作，有不少作家都投身其中。最先開始的，前面曾經提到是沈尹默，除了〈鴿子〉、〈人力車夫〉之外，他最著名的散文詩名篇即〈三絃〉[47]。然而話說回來，沈尹默到底是不是有意作散文詩，今天恐怕不得而知，因當時對詩分不分行還不太重視，這幾首散文詩的形式也有可能是排版的問題，況且沈氏的散文詩通常還是帶著韻腳的。真正有意創作散文詩的還是劉半農，他在一九一八年間連續在《新青年》上發表散文詩〈賣蘿蔔人〉、〈窗紙〉、〈曉〉，後來他出版詩集《揚鞭集》，就收了他二十餘首散文詩作，他自己也認爲是創作散文詩的第一人[48]。此處引他另一首爲人稱道的作品作參考：：

> 提琴上的G弦，一天向E弦說：「小兄弟，你聲音真好，真漂亮，真清，真高，可是我勸你要有些分寸兒，不要多噪。當心著，力量最單薄。最容易斷的就是你！」E弦說：「謝老阿哥的忠告。但是，既然做了弦，就應該響亮，應該清高，應該不怕斷。你說我容易斷，世界上卻也並沒有永遠不斷的你。」

---

[47] 發表於一九一八年八月《新青年》第五卷第二期。

[48] 劉半農在《揚鞭集》自序中云：「我在詩的體裁上是最會翻新鮮花樣的。當初的無韻詩、散文詩，後來的用方言擬民歌、擬『擬曲』，都是我首先嘗試。」本文收錄於瘂弦編《劉半農卷》（臺北：洪範，1977），頁129-130。

——劉半農〈E弦〉[49]

雖然看起來說理太過於明顯，缺乏詩意，但在當時卻是新的嘗試。繼劉半農之後，在各主要文學刊物如《小說月報》、《文學週報》、《雨絲》、《狂飆》、《晨報副刊》上的散文詩作品紛紛出現，特別是一九二〇年之後，名作家差不多都有散文詩發表，如魯迅、冰心、朱自清、鄭振鐸、徐玉諾、許地山、焦菊隱、王統照、徐雉、朱湘、郭沫若、郁達夫、鄭伯奇、穆木天、徐志摩、高長虹等人都有著名的代表作。一九二六年，焦菊隱出版了詩集《夜哭》，是我國第一本散文詩集。同年高長虹也出版詩與散文詩的合集《心的探險》。然而在這些散文詩作家之中，影響最大，藝術成就最高的當屬魯迅。一九二七年，北新書店出版魯迅的《野草》，內收散文詩二十三篇[50]，這一部散文詩集可說是新文學中散文詩的壓卷作。除了量多之外，魯迅充分運用散文詩的特質，寫出了許多新的樣貌，除了一般的體裁，《野草》還出現了戲劇體（如〈過客〉）及對話體（如〈死火〉、〈狗的駁語〉等等），但是魯迅在散文詩史上最重大的意義，則是率先使用「象徵主義」爲主要表現手法。比如他的名作〈復讎〉：

人的皮膚之厚，大概不到半分，鮮紅的熱血，就循著那後面，

---

[49] 同前註，頁29。

[50] 其中只有一首〈我的失戀——擬古的新打油詩〉不是散文詩。此處所據版本爲魯迅《野草》（魯迅全集第三卷，臺北：唐山，1989）。

在比密密層層地爬在牆壁上的槐蠶更其密的血管奔流，散出溫熱。於是各以這溫熱互相蠱惑，煽動，牽引，拼命地希求偎倚，接吻，擁抱，以得生命的沈酣的大歡喜。

但倘若用一柄尖銳的利刃，只一擊，穿透這桃紅色的，菲薄的皮膚，將見那鮮紅的熱血激箭似的以所有溫熱直接灌溉殺戮者；其次，則給以冰冷的呼吸，示以淡白的嘴唇，使之人性茫然，得到生命的飛揚的極致的大歡喜：而其自身，則永遠沈浸於生命的飛揚的極致的大歡喜中。

這樣，所以，有他們倆裸著全身，捏著利刃，對立於廣漠的曠野之上。他們倆將要擁抱，將要殺戮……

路人們從四面奔來，密密層層地，如槐蠶爬上牆壁，如螞蟻要扛鯗頭。衣服都漂亮，手倒空的。然而從四面奔來，而且拼命地伸長頸子，要賞鑒這擁抱或殺戮。它們已經預覺著事後的自己的舌上的汗或血的鮮味。

然而它們兩對立著，在廣漠的曠野之上，裸著全身，捏著利刃，然而也不擁抱，也不殺戮，而且也不見有擁抱或殺戮之意。

他們倆這樣地至於永久，圓活的身體，已將乾枯，然而毫不見有擁抱或殺戮之意。

路人們於是乎無聊，覺得有無聊站進他們的毛孔，覺得有無聊從他們自己的心中由毛孔鑽出，爬滿曠野，又鑽進別人的毛孔中。他們於是覺得喉舌乾燥，脖子也乏了；終至於面面相覷，慢慢走散；甚而至於居然覺得乾枯到失了生趣。

於是只剩下廣漠的曠野，而他們倆在其間裸著全身，捏著利刃，乾枯地立著；以死人似的眼光，賞鑒這路人們的乾枯，無血的大戮，而永遠沈浸於生命的飛揚的極致的大歡喜中。

——魯迅〈復讎〉[51]

一般說來，與魯迅同時的散文詩作者，其手法多是「寫實」或「浪漫」的，雖然也有詩人受法國象徵主義影響，詩作也帶有類似的色彩（如李金髮），但不論在質量上都比不上《野草》。魯迅能夠嫻熟運用象徵主義的「暗示」技巧，但卻沒有法國象徵詩派的頹廢及神秘，相反的，我們完全能夠在其中感受到他對政治社會所做出的「吶喊」，這是魯迅吸納西方文學技巧的高明之處[52]。《野草》的出版，不但總結了二〇年代散文詩的成果，也象徵「散文詩」體的成熟。

然而在三〇年代之後，隨著政治局勢的改變及戰事的爆發，散

---

[51] 同前註，頁 18-19。

[52] 相關討論見註 2 葉維廉文，以及孫玉石〈《野草》與中國現代散文詩〉（中國大陸《文學評論》雜誌 1991 年第 5 期），頁 48-58。

文詩的創作竟然無法再向前推進，前面所提到的主要散文詩作家幾乎都不再從事創作。三〇年代初期只有茅盾、瞿秋白等人有一些創作，其他的作品雖然也有，但大多顯得粗糙。三〇年代中期之後，開始有一批年輕作家重新加入散文詩的寫作，他們大多是跟著《大公報文藝副刊》、《文學季刊》、《水星》等刊物成長起來的新人，如何其芳、李廣田、繆崇群、麗尼、陸蠡等人，他們大致延續著前期散文詩的風格，但更「側重於抒發個人內心細膩微妙的情感，表現那種因不滿黑暗現實而又找不著出路的孤獨、寂寞、憂鬱、迷茫的複雜心境」[53]，技巧的洗鍊也較有進步，四〇年代後，又有葉金、唐弢、田一文、劉北汜、郭豐、陳敬容、彭燕郊等，在戰爭文學的主流中持續創作散文詩。

一九四九年後，海峽兩岸的文學便各自發展成不同的系統及風格，台灣的散文詩正是本篇論文要處理的重點，留後詳論。至於中國大陸在四九年之後，爲了讚揚「新時代」、「新生活」、以及歌頌「勞動人民」，散文詩一度大爲昌盛，柯藍與郭風是當時散文詩的代表人物，其他的作者還有流沙河、李耕、劉湛秋、顧工、王中才、許淇等人。然而，自從「反右」、「大躍進」運動開始之後，散文詩的發展漸漸受到阻礙，「文革」時期，散文詩更是備受摧殘甚至絕跡了。七〇年代末期之後，散文詩才在改革開放的潮流中重新復甦，並且迅速壯大，時至今日，散文詩在中國大陸已經是一門專業。除了柯藍、郭風等老一輩詩人之外，年輕的散文詩作者更是不計其數，各種散文詩集以及散文詩選不斷問世，甚至還成立了「散

---

[53] 同註 41 文，頁 16。

文詩學會」以及發行《散文詩報》[54]。雖然兩岸都繼承了新文學運動以降「散文詩」的發展，不過由於四十餘年的隔離，在實質上卻產生了很大的不同，特別是在散文詩美學上的認知，可說是有相當程度的差距。這個論題雖不是本論文的篇幅以及筆者目前的能力所能夠處理，不過其中異趣的探求，應該是我們往後可以繼續努力的。

第四節　台灣現代散文詩

一九四九年，固然是兩岸政經社會乃至於文學發展的分水嶺，不過以整個新文學的歷史來看，我們則必須將討論的時間前移。陳千武先生曾經提出台灣現代詩「兩個根球」的史觀[55]，強調除了隨著政權自中國大陸移植的文學傳統之外，日治時期台灣文學界也進行了「漢文改革」，發生過新舊文學論戰，隨後便產生不少以白話文寫作的新文學。除了由張我軍等人提倡的新文學之外，日本明治維新之後，大量接受西方思潮，當時日本詩人亦在此一潮流下積極磨練新詩的語言，這些新文學觀念也間接影響了日本統治下的台灣。當時在台日籍作家如西川滿、多田利郎、黑木謳子、矢野峰人等對

---

[54] 相關敘述見古遠清《詩歌分類學》（高雄：復文，1991）頁 217-227。黃伯謀〈中國散文詩發展管窺〉（《廣西師院學報社哲版》1995 年第 4 期），頁 11-17，及註 41 書耿林莽〈當代卷〉導言，頁 325。

[55] 陳千武〈台灣現代詩的歷史和詩人們・華麗島詩集後記〉，收錄於蕭蕭、張漢良編《現代詩導讀・理論史料編》（臺北：故鄉 ，1979），頁 429-435。

當時的台籍詩人都頗具影響。

一九二三年五月，追風（謝春木）以日文寫出「詩的模仿」四首短詩，並發表於一九二四年出版的《台灣》雜誌第五年第一號，是爲台灣本土第一首新詩。一九二五年十二月張我軍出版《亂都之戀》，成爲台灣文學史上第一本新詩集。台灣詩壇第一首散文詩，也在一九二五年三月由楊雲萍及江夢筆創刊的《人人》雜誌第一號上出現，作者是雲萍（楊雲萍），詩名爲〈小鳥兒〉，在名下還特別註明「散文詩」，茲引錄於下：

> 數天前，我的兄弟，捕著一隻的小鳥兒，全身包著青色美麗、光澤的羽毛，就是世俗所叫做青苔仔的。
>
> 那末，有這青色的保護色，就可知他是個無束縛、自由、幸福，日日在那和惠太陽給和惠光線、優柔空氣包著優柔的氣象的森林中，放歌、跳舞的小鳥兒。
>
> × × × ×
>
> 我兄弟把他放禁在尺四方的小籠裏，給了他清冽的水，和美味的果子——香蕉——。
>
> 然而他在那籠裏，似覺得無限地痛苦、恐怖、不自由，出了他盡有的腦力和體力，要逃出這個束縛，要逃出這我兄弟所說，「有清冽甘美的水可飲，有爛熟美味的香蕉可餐。」的天堂。他把他兩隻眼光放的閃閃，張開他的雙翼好利害，和鳴叫不止，望著日光映照地方要逃去。
>
> × × × ×
>
> 然而我兄弟已經把小籠修的十二分堅固，真像金城湯池般

的，那末，他的努力完全無效！

× × × ×

而時間刻一刻流去——。那末，和這時間正比例，他的腦袋中發見著一陣的冰似的暗影——灰色的絕望——了。然而未幾，他不知怎樣，再和這暗影——灰色的絕望正比例，他對那生的愛著意識所導出來的一種自己辯護的念頭，也就漸漸盤據了他的頭袋中——。

「不是這孩子捕我的，是天捕我的，何以天捕我的？就是天賜我這是麼保護色青色的羽毛，就是天使是麼人類們有自己主張的本能——權利——。這難道不是運命哩？宿命哩？何況我的腦力和體力有限—。」

× × × ×

他似覺一縷的光明，片絲的希望。忽然瞥見那爛熟美味的香蕉、清洌甘美的水，說是末「周粟。」呢？他把那香蕉啄了幾下，把那水喝了幾嘴，覺的香甘馥烈，實在痛快的很。那一縷的光明，片絲的希望，漸漸擴大了——。

雖然時時像著驀地感覺著他自己的地位、環境、再鼓舞了他的精力，要逃出去。

× × × ×

然而那宿命的觀念，和那認識絕對的不能逃出這小籠的觀察，把那一縷的光明，片絲的希望漸漸擴大了，把這對於自己的地位、環境之感覺也漸漸消亡了。這尺四方的小籠，他覺著天寬地闊了，是天堂了。香蕉的味，清洌冰似的水的潤喉時的快感！他漸漸覺的順從我兄弟的有利了，順從我兄弟，就便作他的道德、宗教、哲學了！

被我兄弟說是是麼馴順的小鳥兒，他卻也覺的很光榮！

× × × ×

然而那末，我的兄弟呢？他沒些兒虛心，些兒緩了他的監視之目。

× × × ×

他今天還在那尺似方的籠裏，對我兄弟，獻媚呈嬌，放歌不已——。

——雲萍〈小鳥兒〉[56]

全詩共分八段，敘述一隻小鳥爲人所捕捉，從積極反抗嘗試逃跑，一直到屈服於現實，麻痺自已於飲食無缺的「天堂」，後來甚至向主人獻媚的故事。因爲政治意圖太明顯，而且白話文使用還不夠成熟，有論者甚至認爲其「詩想不足」[57]；然而這卻是台灣詩人首度有意創作散文詩。在同期的《人人》上楊雲萍還翻譯了泰戈爾的散文詩〈女人啊〉，顯然楊雲萍也有意仿作此一文類。在當期雜誌

---

[56] 見《人人》雜誌第一期（1925 年 3 月，臺北：東方文化 1981 復刻本），頁 4-5。原件參見文前附錄三。

[57] 許俊雅〈日據時期台灣白話詩的起步〉註九：「楊雲萍於一九二五年《人人》雜誌上亦撰有〈小鳥兒〉一首，並括號謂之「散文詩」，此一名稱，中譯而來，含意較混淆，文類界線不清，此處改以分段詩稱之。楊氏該作頗有以鳥兒象徵殖民地的台灣人民，但寫來仍成一分行的散文，詩想不足。」見封德屏主編《台灣現代詩史論》（臺北：文訊，1996），頁 58。

中，楊雲萍還有另外兩首詩作，分別是〈即興〉與〈月兒〉，二者下括號爲「詩」，但是卻也都不分行，同期器人（楊華）的詩〈車中腦景〉卻是分行的。可見分行並非楊雲萍詩的標準形式，而他所謂的「散文詩」則是模仿翻譯詩的作法，是有情節、有所諷刺的，與〈即興〉、〈月兒〉的純粹抒情筆調有所不同。不過以廣義的散文詩形式來看，〈即興〉、〈月兒〉兩首詩也可同樣算是台灣最早的散文詩了。

自此之後，散文詩隨著台灣新詩的發展，不斷有作品出現，成爲一種常被使用的文類，當時散文詩使用的不只是漢文，使用日文寫作的作品數量更多。自楊雲萍（1906）之後，曾經創作散文詩的詩人有楊守愚（1904-1965）、失名氏（？）、水蔭萍（楊昌熾）（1908-1994）、龍瑛宗（1911）、林永修（林修二）（1914-1940）、吳瀛濤（1916-1971）、邱英二（張良典）（1919）、詹冰（1921）、陳千武（桓夫）（1922）、邱炳南（邱永漢）（1924）、張彥勳（1925-1995）[58]等等。其中水蔭萍曾經於一九三二年赴日留學，受當時日本詩壇超現實主義詩風影響，一九三四年回國之後，便與邱英二、林永修、李張瑞等人發起「風車詩社」，發行《風車詩刊》，成爲台灣本土第一個現代主義文學社團，較紀弦的「現代派」[59]還早約二十年，當

[58] 見莫渝《閱讀台灣散文詩》（苗栗：苗栗縣立文化中心，1997）中〈台灣散文詩六十年〉一文，頁 23-24。

[59] 紀弦首先在一九五三年創立《現代詩》季刊，一九五六年元月才正式成立「現代詩社」。

時台灣新詩已經進入成熟期[60]，不但與中國大陸新文學運動人士來往頻繁，各國的文學理論和詩作也紛紛引進，因此在水蔭萍等人的詩作中，現代主義的影響明顯可見，台灣散文詩的超現實傾向，也早在商禽之前便已經出現，這是我們在研究散文詩史時不應該忽視的。比如以下這篇作品就是很好的例子：

> 日落後，騷動的回響蜂起，吐出陽光中毒的熱石頭，我向天空撒網。漸漸思索鏤刻回憶的寶石，探著疲累的腳步。
>
> 黃昏燒焦了街燈，更加將我幻想置於掌心，移向另一隻掌心。索性為逃避現實喘著氣，連喘口氣時間都沒有，在迷失影子的晚霞中，悲傷找不到寶石。在沒有燈光的房屋，讓失望的無聊，強烈地喘息。
>
> ——邱英二〈沒有星星的夜晚〉[61]

從一九三七年四月一日開始，日本政府開始禁用漢文，厲行「皇

---

[60] 羊子喬爲日治時期新詩所做的分期，一九二〇至一九三二年爲奠基期，一九三二至一九三七年爲成熟期，一九三七至一九四五年爲決戰期。見羊子喬、陳千武編《亂都之戀》（臺北：遠景，1982）前導論〈光復前臺灣新詩論〉一文。

[61] 原載《台灣文藝》第二卷第六號（1935 年 6 月），現收入羊子喬，陳千武主編《廣闊的海》（臺北：遠景，1997 三版），頁 287。原以日文發表，月中泉中譯。

民化」運動，以中文寫作的文學遭到很大的衝擊。台灣光復之後，許多省籍作家遇到語言的障礙，由於無法純熟運用中文寫作，導致不少作家失去了表現的舞臺。而前面提到的詩人如陳千武、詹冰、張彥勳等，則成功克服了語言轉換的困難，在詩壇繼續佔有一席之地，成爲「跨越語言的一代」。張彥勳、詹冰等人還在一九四二年發起「銀鈴會」，創《綠草》詩刊，延續了台灣新詩的創作，並接續到四九年後漸起的現代詩風潮，這些省籍詩人，後來幾乎都加入了「笠詩社」，成爲台灣本土現代詩的主幹。

一九四九年之後，台灣現代詩結合了來自台灣本土與中國大陸的兩個根球，開始蓬勃發展，散文詩此一文類的創作數量，無論較中國大陸或台灣前期也都多得多。散文詩的地位，也從詩人的偶一爲之，漸漸成爲一種可以獨立成冊成集的文類。台灣當代詩壇的著名詩人，或多或少幾乎都層嘗試過此一文類的創作，在他們的筆下，散文詩也逐漸呈現出各色各樣的風貌，這些都是本篇論文所要試著討論的。

依據筆者所收集的資料，台灣曾經寫過散文詩的詩人，除了前述的陳千武、詹冰、張彥勳之外，還有徐訏（1908-1980）、紀弦（1913）、彭邦楨（1919）、何方（1927）、季紅（1927）、羊令野（1923-1994）、夏菁（1925）、李莎（1925-1993）、孫家駿（1927）、沈甸（張拓蕪）（1928）、洛夫（1928）、管管（1928）、大荒（1930）、商禽（1930）、周鼎（1931）、菩提（1931）、張默（1931）、楚戈（1932）、莊柏林（1932）、碧果（1932）、瘂弦（1932）、辛鬱（1933）、莊因（1933）、鄭愁予（1933）、劉菲（1933）、秀陶（1934）、梅新（1935-1997）、沈臨彬（1936）、靜修（1936）、

葉維廉（1937）、方旗（1937）、李魁賢（1937）、林泠（1938）、朵思（1939）、方莘（1939）、林煥彰（1939）、許達然（1940）、黎明（1940）、楊牧（1940）、羅英（1940）、閻振瀛（1940）、景翔（1941）、張錯（1943）、馬覺（1943）、辛牧（1943）、汪啓疆（1944）、溫健騮（1944）、古添洪（1945）、施善繼（1945）、季野（1946）、藍菱（1946）、陳芳明（1947）、李敏勇（1947）、墨君（1947）、洪素麗（1947）、沙穗（1948）、莫渝（1948）、羅青（1948）、楊傑美（1948）、蘇紹連（1949）、司徒門（洪醒夫）（1949）、杜十三（1950）、馮青（1950）、陳鴻森（1950）、許茂昌（1951）、白靈（1951）、李男（1952）、渡也（1953）、陳義芝（1953）、鍾順文（1953）、王添源（1954）、楊澤（1954）、溫瑞安（1954）、陳黎（1954）、苦苓（1955）、羅智成（1955）、向陽（1955）、夏宇（1956）、焦桐（1956）、黃智溶（1956）、楊亭（1956）、楊平（1957）、劉克襄（1957）、路寒袖（1958）、侯吉諒（1958）吳明興（1958）、孟樊（1959）、孫維民（1959）、零雨（1959）、陳克華（1961）、蔡富澧（1961）、瓦歷斯・尤幹（1961）、林燿德（1962-1996）、陳斐雯（1963）、羅任玲（1963）、白家華（1963）、鴻鴻（1964）、田運良（1964）、許悔之（1966）、須文蔚（1966）、紀小樣（1968）、唐捐（1968）、林群盛（1969）、陳大爲（1969）、王信（1972）、林思涵（1975）、何雅雯（1976）、洪書勤（1976）、楊宗翰（1976）、潘寧馨（1976）、邱稚亘（1977）等等。[62]

---

[62] 此處所列詩人生卒年悉依張默編《台灣現代詩編目》（臺北：爾雅，1996

此處以出生年代爲次序，只是爲了方便，詩人們在詩壇上活躍的時間實則各有先後，散文詩作發表的時間也都十分分散。以紀弦爲例，他在一九四〇年間便開始散文詩創作，一直到他最近的詩集《半島之歌》、《第十詩集》都還有散文詩作，而林思涵等一九七五年後出生的植物園詩人群，在《畢業紀念冊——植物園六人詩選》中，則每人都有散文詩作品出現。不論是詩壇的的前輩詩人，或是晚近的新秀，都沒有忽略散文詩的運用價值。在這些詩人之中，最用力於散文詩的當屬商禽、蘇紹連、杜十三、渡也、劉克襄等詩人，他們也是目前「唯五」曾以散文詩爲主出版集子的詩人，如商禽的《夢或者黎明及其他》[63]、《冷藏的火把》、《用腳思想》，蘇紹連的《驚心散文詩》、《隱形或者變形》，杜十三的《人間筆記》、《地球筆記》、《愛情筆記》、《新世界的零件》，渡也的《面具》以及劉克襄的《小鼯鼠的看法》等等。另外還有一本由莫渝編選的散文詩選《情願讓雨淋著》。《創世紀》詩雜誌則是曾經在第四十六期推出〈散文詩小輯〉，共發表了蘇紹連等十八位詩人三十三首詩作。以上這些即是目前僅見的散文詩集結。

也許是因應系統化的傾向，有些評論者將台灣現代散文詩加以分期繫譜，如蔡明展將台灣散文詩分爲「萌芽期」、「奠基期」、

修訂版）第九編：台灣現代詩作者籍貫出生年表。表中未收入者則參照其詩集所附作者資料，如零雨、鴻鴻、唐捐、陳大爲以及林思涵以下植物園詩人群六人。另有趙志揚等人無資料，暫不列入。

[63] 原爲一九六九年由十月出版社出版之《夢或者黎明》，一九八八年由書林出版公司重新補遺編纂，重新出版。內收散文詩四十首。

「拓展期」[64]，蕭蕭在其〈台灣散文詩美學〉[65]中也隱約將商禽、蘇紹連、渡也塑造成爲台灣現代散文詩的主流及經典，陳寧貴亦持此種看法[66]。莫渝更是直接建構出散文詩的譜系，如：1.商禽、蘇紹連、渡也。2.桓夫、陳鴻森。3.楊牧、陳芳明。4.羅青、林煥彰、管管。5.洪素麗、劉克襄。6.杜十三、羅任玲、許茂昌。7、宣建人、白家華。8.………。[67]其實除了蘇紹連自承受過商禽「潛移默化」外，影響他最多的其實還是《七十年代詩選》中，楚戈、沈甸、沈臨彬等人的散文詩，尤其是沈臨彬的〈青史〉[68]，和莫渝的劃分並不完全吻合，渡也也說過他散文詩是從模仿商禽開始[69]。然而除此之外，台灣現代散文詩並沒有其他的線索，可以證明詩人之間的相互影響或繼

---

[64] 見蔡明展《台灣「散文詩」研究》（暨南國際大學中語所八十七學年度碩士論文）第四章「台灣散文詩的發展概述」，頁 85-154。

[65] 本文分爲上下兩篇，上篇收錄於《台灣詩學季刊》第二十期（1997 年 9 月）、頁 129-142。下篇收錄於《台灣詩學季刊》二十一期 1997 年 12 月），頁 121-127。

[66] 陳寧貴〈隱形的鞭子〉寫道：「在我記憶之中，國內的詩人群裡，能夠把散文詩寫好的大概只有：商禽、蘇紹連、渡也。（指到目前爲止）很奇怪的現像是，他們的散文詩多少具有雷同之處，是否因爲蘇紹連與渡也寫散文詩都受到商禽的啓蒙？」本文收錄於《驚心散文詩》（臺北：爾雅：1990）附錄，頁 105-107。

[67] 同註 60，頁 128。

[68] 見〈三個夢想〉，《隱形或者變形》（臺北：九歌，1997）後記，頁 226。

[69] 見渡也《面具》（豐原：台中縣立文化中心，1993）自序。

承。莫渝自己也承認：

> 台灣散文詩作者是一群散漫的散沙，除第1、3組外，甚少有明顯的師承或因襲關係，彼此各自適性發展、書寫，上述歸屬，純為有某種同類表像的集合，當中第7組或更多無從歸屬者佔大多數，如是演進，既豐富散文詩界的內涵，也呈現多元風貌。[70]

這是一段非常弔詭的推論，既然「大多數無從歸屬」，且「少有明顯師承或因襲關係」，那麼這樣子表面的系統化，其實並不具任何意義。更何況，在眾多豐富而擁有各自風貌的散文詩作中，若是加以分期定位或賦予主流非主流的判斷，恐怕會有遺珠或偏頗之憾。既然我們承認「多元風貌」，最好的辦法，還是讓他們各自呈現。台灣現代散文詩的「眾聲喧嘩」，是散文詩不斷發展的必然現象，這表示散文詩是一個「活」的文體，還尚未被定型。消除分期及經典[71]，或許更有助我們去發掘此一文類的內涵。

---

[70] 同註60，頁128。

[71] 對此一觀念的批判與反思見楊宗翰〈〈台灣散文詩美學〉再議〉，收錄於《台灣詩學季刊》第二十三期（1998年6月），頁93-98。

第三章 台灣現代散文詩文類論

緒言

在正式進入對「散文詩」的探討之後，我們第一個碰到的必然就是「正名」的問題。「散文詩」此一看似矛盾的複合名詞，因爲結合了兩種文類的名稱，使得各家對「散文詩」的定義極爲混淆。釐定散文詩的文類，也就成了討論「散文詩」所不得不面對的挑戰。本章的目的，也就是要嘗試對此一問題提出解釋，以作爲以後各章節的基礎。大陸學者古遠清、孫光萱在《詩歌修辭學》一書中提到：「散文詩在台灣還有分段詩以及短歌、掌上小札、抒情小品、抒情短文、小品……等別名。這些眾多的別名表明，台灣的散文詩理論研究還不夠深入，以致把抒情小品與散文詩等同起來，這是值得質疑的。」[1]這對台灣現代散文詩創作本身當然是一種誤解；然而話說回來，這也表示在相關理論上，台灣散文詩仍陷於「文類」未明的窘境中，有待進一步的廓清。

本文準備採取的步驟是，首先確定「文類」的義界，然後從對目前諸家說法的評析中，重新將「散文詩」視一爲獨立的「新文類」。接下來分別從「情境的塑造」以及「情境的完成」兩個功能來討論「散文詩」中「散文」及「詩」所代表的意涵，闡明「詩」與「散文」的地位相等，只是功能不同，以消除「詩爲裡、散文爲表」的尊卑迷思。最後則是分析本文將「散文詩」當作「獨立新文類」的價值及意義。

第一節　「文類」義界

在討論文類之前，我們還是必須先說明「文體」與「文類」的區別，這兩者的概念，其實屬於不同的層次，但常常被混用，在此先引一段話來加以討論：

文學的類型或簡稱文類（genre），其實就相當於我國傳統的

[1] 古遠清、孫光萱著《詩歌修辭學》（台北：五南，1997），頁 222。此一說法系參照莫渝《情願讓雨淋著》（台北：業強，1991）序言而來，不過此說顯然失當，相關問題本文下節將會有所討論。

「文體」，文心雕龍分文體為二十：詩、樂府、賦、頌讚、……西方文學史上的文類，與中國頗有差異，他們的分類方式是形式、內容並重的，主要的如：抒情詩、敘事詩（即史詩）、田園詩（即牧歌）、悲劇、喜劇……但最基本的分類是詩、散文、小說、戲劇，或再加入文學批評。[2]

這段話看似平常，其實隱藏了很多問題。第一，何謂基本的分類？第二，這些分類（即文中所謂「文類（體）」及「最基本的分類」）的標準何在？第三，既然西方的分類方式（標準）與中國「頗有差異」，那便表示分出來的性質並不相同，何以皆稱爲「文類」？

爲了回答這些問題，在此還是事先正名一番，以利討論的進行。「文體」一詞，在東西方的概念中其實很不相同。在中國古典文學裡，「體」大致上包括了文學的形式、類型、風格三種意義。《文心雕龍・序志》：「古來文章，以雕縟成體」，此處的體，當指形式而言。《文心雕龍・明詩》又云：「宋初文詠，體有因革」這裡的「體」，則是以特定題材爲分類的文學類別，所謂「莊老告退，山水方滋」即屬此類。這個概念在我國古典文論中有極其龐大嚴密的系統。自〈詩大序〉的「六義」始，經曹丕《典論・論文》、陸機〈文賦〉、摯虞〈文章流別論〉的發展，至《文心雕龍》可說已經大成，其後又有梁蕭統《文選》、明吳訥《文章辨體》、徐師曾《文體明辨》、清姚鼐《古文辭類纂》等等。「體」的另外一個意

[2] 張健，《文學概論》（台北：五南，1983），頁 111-112。

義，則是指「風格」，其中包括了文章、作家風格或是流派、時代風格。《文心雕龍・體性》標出「典雅」、「遠奧」、「精約」、「顯附」、「繁縟」、「壯麗」、「新奇」、「輕靡」八體，此八體即文章風格，「誠齋體」、「香奩體」即作家風格，「西崑體」、「臺閣體」指流派風格，「建安體」、「永明體」則指時代風格。[3]至於西方文論裡的「文體」[4]即 style[5]，意為文學作品的語言存在體，西方對文學「文體」的討論，主要也是放在對文學語言的考察。「文體學」就是「研究被認為能產生文學風格的語言方式（如修辭和句法類型）的理論」[6]。目前學界使用的「文體」，援用的即是西方的概念。至於「文類」（genre），我國古典文論中並沒有這個名詞，所謂「文類」的意思就是，以任何一種標準將文學文體加以分類，即可稱「文類」，因此使用不同的標準，當然就會區分出不同的「文類」。

---

[3] 相關討論見葉維廉《比較文學理論與實踐》（台北：東大，1986），頁 115-117。張毅《文學文體概說》（北京：中國人民大學，1993），頁 302-309。以及薛鳳昌《文體論》（台北：商務，1968）。

[4] 其實西方的「文體」指的就是一切的語言存在體，屬於「語言學」範疇，應用在文學研究上，則稱為「文學文體」，因此「文學文體」才是最精準的說法。但為了與我國文體論相舉，本文對「文學文體」仍簡稱「文體」。

[5] style 舊譯為「風格」，但是其意義並不僅等同我國文體中的「風格」，為免混淆，故不以「風格」稱之。

[6] 見註 3 張書，頁 5。筆者依註 4 的原則稍有修改。

在前面引文之中，《文心雕龍》文體論所分出的二十「體」，大約是以不同的功能來分類，或說是依據場合性文體(situational style)[7]來分類。中西文類之所以不同，就是因爲分類標準不同，或依內容、或依形式，而「詩」、「散文」、「小說」、「戲劇」等「基本分類」，則是大概依據其形式目的等原則，並經眾人認定形成的「普遍共識」，不過這樣並非全無問題，關於這部分我們在後頭還會繼續討論。

分類的原始概念其實很單純，其目地不外乎是依據秩序法則，建立一個便於溝通的管道，使人在應用上不必爲不同的觀點爭論不休，例如鯨魚不是魚類，蝙蝠不是鳥類，而都歸於哺乳類。文類的區分亦然，特別是在從事批評及創作時，確切的分類有助於工作的效率；但是必須注意的是，沒有任何一種文類是先驗的、穩定的、普遍的[8]。以詩、散文、小說、戲劇來說，沒有一種是自太初就已存在，或是千百年來內涵定義都未曾改變的，韋勒克（Wellek）與華倫（Warren)兩位學者在《文學論》中引用惠特莫爾（Whitmore）的觀點認爲：

> 文學上的種類是一種「制度」——就像教會、大學或國家，是一種制度一樣。制度的存在，不像動物的存在，不像建築物、教堂、圖書館，或神廟的存在……我們可以借現有的制

---

[7] 見註3葉書，頁116。

[8] 參閱張漢良《文學的迷思》（台北：正中，1992），頁38。

度來工作以表現自己，也可以創造新的制度，或盡量不相干涉而各行其是；再者，我們還可以參與這制度而加以改造。[9]

這段話很能說明文類的角色，由此可知文類的概念並非絕對。理論上，我們必須假設有一個文學總類（即文學本體）的概念，然後才能再分出好幾個文類。不過實際上，我們的考察方向必須倒退回去，正因爲有各種文學文體，才能夠歸納出文類，藉由觀察一時一地的文類，才能夠想見其文學的輪廓[10]。因此不同的文類區分，便會造成不同的文學觀，這個現象在各家「文學概論」中，就有很明顯的例證。如王志健分爲（中國）古代：韻文與散文，現代：詩、散文、小說、戲劇[11]。洪炎秋分爲散文、韻文、以及各種主義，如古典主義、浪漫主義等等[12]。涂公遂分爲希伯來型、希臘型以及理智型、感情型，或道德型、浪漫型[13]，趙滋蕃則分爲史詩、戲劇、抒情詩、抒情——史詩、文學——歷史五類[14]，童慶炳等人則分爲獨立型（詩

---

[9] 韋勒克、華倫著，王夢鷗、許國衡譯，《文學論——文學研究方法論》（台北：志文，1976），頁378。

[10] 其實文類如何與文學本體結合，亦是個待商榷的問題，在此略去不論。相關討論可見周慶華《台灣當代文學理論》（台北：揚智，1996），頁82—84。

[11] 王志健，《文學論》（台北：正中，1987），頁269—271。

[12] 洪炎秋，《文學概論》（台北：華岡，1979），頁70，74。

[13] 涂公遂，《文學概論》（台北：五洲，1991），頁185—186

[14] 趙滋蕃，《文學原理》（台北：東大，1988），頁51。

歌、散文、小說）、依附型（戲劇文學、影視文學）及交叉型（報告文學、雜文）[15]。這樣分類所建構的文學本體，自然是有差別的。以今天現代文學的文類來看，通行的仍是詩、散文、小說、戲劇四類，這個分法主要還是受西方影響，中國文學史上雖四體兼備，但從未提出這種分類方式。若要依照類似的標準，《文心雕龍·總術》（當然是時小說、戲劇都未成熟）云：「無韻者筆也，有韻者文也」，此「文筆」之分則是中國文學最典型的文類了。

文類雖然可以依分類標準而不同，但必須注意的是分類必須精確，不精確的分類起不了應有的效用，不如不分。要達到精確必須藉助嚴格的邏輯判斷，張漢良即認爲「分類是一種邏輯區分，可得而言者有二：（一）分類過程必須是嚴格的推理過程；（二）同一功能型分類範疇的系統中，不可以是用多重標準」[16]，如果我們以這個眼光去檢視一些分類系統，便會發現「多重分類標準」的情形十分普遍，比如《文心雕龍》文體論共二十篇，前十篇自〈明詩〉至〈諧讔〉爲有韻之文，後十篇自〈史傳〉至〈書記〉爲無韻之筆。這二十篇大體上是以「功能」爲區分標準，然而前三篇〈明詩〉、〈樂府〉、〈銓賦〉卻不甚符合，詩的功能可以說是「言志」，但樂府也是詩，只是樂府可歌（民歌）而詩不可歌（經典），而賦亦「古詩之流也」，只是「受命於詩人，拓宇於楚辭」，因此詩、樂府、賦之功能並非劉勰區分三者之標準，而是著眼在「形式」。此

15 童慶炳主編，《文學概論新編》（北京：北京師範大學，1995），頁 120-151。

16 同註 2，頁 34。

外前引張健先生在詩、散文、小說、戲劇之外又加了個「文學批評」，這也可以算是分類的偏差，文學批評是「功能」導向，在文類上應該屬於散文比較恰當。

討論完分類的基本觀念後，我們要回到一個棘手的問題，那就是詩、散文、小說、戲劇的分類標準究竟何在？戲劇（其實應說劇本）在這中間還算是比較容易辨認的，因爲其形式的特殊，寫出來的作品通常只有「優劣」而無「真僞」之別。另外三種文類則有一種鍊式的牽連關係，即詩—散文—小說。我們雖然質疑這樣的文類標準，但有一樣弔詭的事實證明，任何人想要對這四種文類做終極的定義，終將歸於失敗。

「文學」這個概念，本來就會隨著時空因素不斷變化（或發展），正因爲它會變動，我們所研究的對象永遠只是一時一地的殊相，一旦下了定義，又會馬上逸出，定義的行爲本身就是一種無盡的追逐。目前這樣的文類劃分，也是在漫長的文學史中漸漸演化的結果，說的更明白一點，目前這種文類劃分，其實有其複雜的「權力」結構，也正因爲如此，我們才無法輕易地加以「解構」。我們只能暫時承認詩、散文、小說文類的劃分，但並不嘗試去解釋什麼是詩？什麼是散文？什麼是小說？當然我們可以從後設的角度跳脫所有文類，宣稱文學作品向元類（genus universum）的歸屬，但是，我們更可以藉由反覆辯證，找出文學作品中的偏向，以確立其文類特性，或許也可以試著找出，什麼特質才是某種文類所「獨有」的？雖然爭議還是難免，不過討論也因此能夠進行下去，本文對「散文詩」的探討，也必須在這樣的基礎下方能繼續。

第二節　諸家詮釋評析

在上一章我們曾經提到，中國大陸的「散文詩」研究已經是一門專科，對於「散文詩」本體論的探析自是不在話下。不過在此仍必須強調，在不同的文學發展環境下，我們可以發現兩岸的散文詩美學其實是有所差異的，特別是表現在具體的創作上時，這種差異尤其明顯。[17]因此，儘管台灣詩論家對於「散文詩」的著墨不多（其

---

[17] 葉維廉曾說：「有不少中國作家，尤其是大陸的作家，只把散文略加美化便冠之以散文詩之名，其實，它們往往只是一種美化的散文而已，沒有詩的『觸動』。」（見葉維廉〈散文詩——為「單面人」而設的詩的引橋〉，收錄於同作者《解讀現代・後現代——生活空間與文化空間的思索》（台北：東大，1992）一書，頁 197。瘂弦也認為：「最近中國大陸的散文詩卻變的非驢非馬，成為時下矯情文風的大病例。」(見瘂弦〈融合與再造——羅任玲散文中的新消息〉，羅任玲《光之留顏》（台北：麥田，1994）序文)。筆者不對這些意見多做評論，在本章前言中也曾提到大陸學者對台灣散文詩的「誤解」，這很可能是兩岸對「散文詩美學」觀念不同所致。由於兩岸詩學的比較並非本文的重點，因此無法多加討論，不過在另一本大陸學者的著作中，有一段話頗值得我們參考：「中國當代新詩的潛結構是宗教……不同於海峽對岸的台灣現代詩歌，西方現代主義、後現代主義及其影響下的台灣新詩的潛結構是哲學。」（毛峰《神秘詩學》（台北：揚智，1997），頁

數量甚至比新文學運動時期多不了多少），但他們所探討的對象卻是屬於同一系統的，我們對「台灣現代散文詩」的考察，也應當從這裡入手才是。本節將論者大約分爲三個群組，第一組是對「散文詩」有疑義者，第二、三組都是大體上認同「散文詩」，但定義卻有些不同。除了轉述他們看法之外，筆者也會一一加以分析。

一、反對「散文詩」之本體或命名者

「散文詩」這個文類現象，或是「散文詩」這個名詞，其實並不是所有的詩論家都願意認同，一般說來，持反對立場的詩論家或是認爲多立「散文詩」並不需要，或是覺得「散文詩」這個名詞並不妥貼。站在此一角度的代表人物有余光中、紀弦、羅青等人。

余光中對於「散文詩」的批判，是歷來論「散文詩」言詞最爲激烈的，完全可以和余氏在各種文學論爭所表現的強烈火力相呼應。他對散文詩的看法是：

> 這是一種高不成低不就，非驢非馬的東西。它是一頭不名譽的騾子，一個陰陽人，一隻半人半羊的faun。往往，他缺乏兩者的美德，但兼具兩者的弱點。往往，他沒有詩的緊湊和

162-163），這種「主靈」與「主智」詩歌美學（包括散文詩）的差別，也許是我們可以追索的。

散文的從容，卻留下前者的空洞和後者的鬆散。[18]

雖然余氏這一段文字是在論現代散文時順道提及，但是在刻意運用眾多修辭加以「抨擊」的情形下，卻不難感覺他對這個「東西」的不滿。可惜的是，余氏並沒有舉出任何例證讓我們檢驗此番批評的標準何在，也無從得知當時在他概念裡的「散文詩」究竟是指哪些作品。不過有趣的是，在余光中後來的看法中，「散文詩」似乎又成立了，而且可能還具有一些準則可以加以判定。他在焦桐《失眠曲》的序中說：

> 這一輯的十三篇散文詩……幾乎都不弱，而寫雛妓的幾篇更是出色……不但敘事生動，意象鮮明，結構緊湊，而且筆法精簡，語言硬朗，節奏伸縮自如，收步既快又穩。這些小品兼有散文的自然、詩的鍛鍊，不愧散文詩之名。[19]

此時的「散文詩」在余氏眼裡，便成了「兼有散文的自然、詩的鍛鍊」的文學作品，亦即達到這種要求的詩作，才夠資格稱爲「散文詩」。從第一段引文看來，余光中對於「散文詩」好像是持徹底

---

[18] 見〈剪掉散文的辮子〉，原載於《逍遙遊》，現收錄於何寄澎主編《當代台灣文學評論大系・散文批評卷》（台北：正中，1993），頁 101。

[19] 見〈被牽於一條豔麗的領帶——讀焦桐新集《失眠曲》〉，收錄於焦桐《失眠曲》（台北：爾雅，1993），頁 17。

否定態度的，這種否定不是「名稱」上，而是「本質」上的問題。不過由第二段引文的陳述中，我們卻發現余氏其實並不否認「散文詩」此一文類甚至名詞的存在，只要達到文類融合的境界，大方掛上「散文詩」的稱號並無不可。這種前後不同的態度如何轉變我們不得而知，不過相對於台灣現代散文詩目前的成績，余氏從前的看法不免有些「指控不實」，在眾多精緻的散文詩作逐漸展現風貌之後，我們有理由相信余氏也有所體認，並隨之修正了原本較爲偏頗的看法。

接下來要討論的是紀弦。紀弦這一位「詩壇祭酒」不但曾經宣布取消「現代詩」的名稱，也主張將「散文詩」取消拉倒。

> 至於被稱為「散文詩」的，我認為，形式上把它當作「韻文詩」的對稱則可；本質上把它看做介乎詩與散文之間的一種文學則不可。這應該加以個別的審核：如果他的本質是詩，就教它歸隊於詩；如果它的本質是散文，就教它歸隊於散文。這個名稱太灰色了，為了處理上的方便，我的意思是：乾脆把它取消拉倒。[20]

[20] 見〈新現代主義之全貌〉，收錄於《紀弦論現代詩》（台中：藍燈，1970），頁 41-42。另外在同書〈現代詩的特色〉一文中，紀弦也提到「至於『散文詩』這一名稱，吾人最近根本主張把它取消拉倒，免得搞不清楚的人越搞越糊塗了」。

紀弦認為，歷經「韻文時代」、「分工時代」之後，現今早已進入「散文時代」，亦即文學作品皆是以「散文」書寫。「散文」一詞，有兩重意味，與「詩」相對的「散文」，指的是文學的「本質」，與「韻文」相對的「散文」，指文學的形式。「散文時代」的「散文」，便是與「韻文」相對而言，因此「散文詩」只能當作「自由詩」的別稱，現代詩的語言毫無疑問是屬於「散文」的，不過因為避免不必要的誤解，最好還是將這個名詞取消，讓它還原為詩。紀弦的這個想法，到近年都還十分堅持。在他最新出版的《第十詩集》的一首散文詩〈恆星無常〉的後記裡，他再度強調：

> 此詩排列式樣不同於一般的，是我常用的兩種之一，凡愛讀我的詩，有我的詩集的朋友們都知道。但是這個式樣，不叫做「散文詩」。而文學分類，非「詩」即「散文」，必須置重點於「質」的決定，不管它的形式怎麼樣，凡本質上的詩，就教它歸隊於詩，凡本質上的散文，就教它歸隊於散文，無所謂界乎詩與散文之間的「散文詩」。這個名詞太灰色了，我早就把它取消掉。[21]

紀弦在前後相距近四十年[22]的幾段文字中，所使用的文句幾乎

---

[21] 《第十詩集》（台北：九歌，1996），頁 160-161。

[22] 〈恆星無常〉作於一九九五年九月，〈新現代主義之全貌〉作於一九六〇年五月，〈現代詩的特色〉作於一九五六年八月，前後分別相距三十五、三

相去無幾，由於他本身便是「散文詩」大家，提出的論證又頗爲完密，說服力極強。他對此一表現方式並沒有另外命名，只大概說「排列式樣不同於一般」。因此，紀弦只是反對「散文詩」這個名詞，並未對它的存在加以否定，只是把它看做是詩的表現方式之一而已，這是我們必須先弄清楚的。

紀弦的推論，在二分法的邏輯上絕對沒有問題，我們無法從它的推論過程質疑它的的結果。然而這並不表示此一說法完全站得住腳。首先，紀弦將所有的文學作品一分爲二，非「詩」即「散文」，這種文類區分策略非常簡單明瞭，就如同「文筆」之分一樣清楚。然而所謂「無韻者筆也，有韻者文也」，那麼「詩」與「散文」的差異何在呢？除了所謂「質」的差異，我們並沒有看到紀弦提出什麼解釋。

再者，我們今天對於「散文詩」的概念，其實是相應於「詩」、「散文」、「小說」、「戲劇」這一個文類區分系統而提出的。以這個四分系統和紀弦二分系統相較，問題就出現了，「小說」和「戲劇」到底是「詩」還是「散文」？依紀弦的看法，它們都應該屬於散文。但由於對「質」的定義不清，以「詩」、「散文」的二分法來看，「戲劇」和「小說」的精神和表現力在「質」上未必不能歸爲「詩」。回到更原初的文學定義（如亞里斯多得的《詩學》），則文學作品都是屬於「詩」的了。或是說文學的即「詩」，非文學、實用性的即「散文」，這種二分法不一樣也頗爲自足完滿？

十九年。

以上這一番論證，或許也可以說是筆者的詭辯，不過這也表示了，文類的區分其實有很大部分取決於策略的運用。紀弦爲了消去「散文詩」此一「模糊地帶」，因而採用判然的二分原則，這就是他的文類策略。不過很可惜的是，目前「當權」文類區分的卻是四分法，也就是說，四分法在目前運用起來最便利，最令人滿意，也最符合多數人的「利益」，這點我們無法否認。所以，紀弦主張取消「散文詩」的呼籲在目前的系統下，幾乎無法著力，這就是爲何「散文詩」一詞仍大行其道的原因。

延續紀弦的系統繼續發展的是羅青，他和紀弦一樣認爲「散文詩」是一個不恰當的名詞。對於紀弦所提出「詩」與「散文」在「質」上的不同，他也作了進一步的闡釋。不過和紀弦那種「無以名之，蓋歸諸詩」的作風不同，羅青選擇將「散文詩」正名，改稱「分段詩」。

> 事實上，幾十年來所通用的「散文詩」這個名詞，其本身在意義上就含混不清，需要正名。其理由有二：第一、散文詩本為外來語，並不一定能夠標明本國創作的特色。第二、詩與散文不單文體不同，本質也不同。如果「散文詩」這個名詞成立，那稱之為「詩散文」也應該可以。[23]

羅青這一番論證並不完備，要指出其疏漏其實不難，蕭蕭就曾

[23] 見羅青《從徐志摩到余光中》（台北：爾雅，1978），頁45。

經撰文加以駁斥。蕭蕭認為，若依照羅青的說法，外來語無法包含本國創作的特色，那麼「象徵主義」、「超現實主義」、「後現代主義」也是外來語，何以獨苛「散文詩」？更何況外來語或直接或間接成為日常用語，在今日已經是非常普遍的現象了。至於詩跟散文本質不同，無法合為一名詞，那麼羅青所提出的「圖象詩」，二者本質亦不同，是否也不成立？蕭蕭雖然稱許羅青將白話詩分為「分行詩」、「分段詩」、「圖象詩」的一貫標準，但是「分段詩」本身卻也逃脫不了爭議，比如不少「散文詩」是只有一段的，更何況，「分行詩」不也常分段？而且分的更多更厲害。再者，有些作品首段用不分行的方式出現，次段之後則分行，這樣還能稱「分段詩」嗎？甚至，抒情小品也分段，分段散文跟分段詩又如何分別？總而言之，「散文詩」所面臨的問題，「分段詩」一樣不可免。至於「散文詩」和「詩散文」，只要從詞性上去分別就可以了，如「石屋」與「屋石」之別顯然不同一樣。[24]

蕭蕭對於羅青的看法，雖然作了很長的反覆辯證，不過有些地方也不免拖泥帶水，比如羅青質疑「詩」跟「散文」性質不同不能合成，就是因為他將「散文詩」中二者視為相等地位，從他又提出「詩散文」便可看出[25]，蕭蕭其實用不著舉「圖象詩」來質疑。在討

---

[24] 此段大致轉述自蕭蕭〈台灣散文詩美學〉（上）一文，見《台灣詩學季刊》第二十期，頁 130-132。

[25] 事實證明，其實把「散文詩」跟「詩散文」當作同一件事的人還不少。《創世紀詩雜誌》七十一期曾經推出〈詩散文〉企畫，前言說道：「『詩散文』

論「分段詩」的缺失時，更不該提出「抒情小品」、「分段散文」來，如此只會造成干擾增加麻煩而已。暨南國際大學中語所蔡明展君在其論文中也發現了這一點，不過蔡君認為「分行詩」本來就是分行的，這也就是「最大特色」，並不會因為也分段就和「分段詩」搞混，如果真的要解決「分段詩」不見得都分段的問題，最好的方法就是改稱「段落詩」[26]。

不過筆者認為，「分段」或「段落」固然是「散文詩」形式上一目了然的特徵，然而從諸家對「詩散文」和「散文詩」的論述漩

只是一種新的嘗試。如果『散文詩』是一種特殊文件，而且有別於一般的詩作，那麼是不是也可能會有『詩散文』這樣的文體呢？」在接下來的〈定義篇〉中，明確把「詩散文」當成「散文」的有：「詩散文，飽含詩意之散文也：雖有詩意，但仍是散文，不是詩」（瘂弦），「散文可以向詩學一些生動的意象，活潑的節奏，和虛實相濟的藝術，然而散文畢竟非詩」（余光中），將「詩散文」完全當成「散文詩」處理的有：「『詩』與『散文』生出的孩子就叫詩散文，它有詩的『神』、散文的『皮』『骨』」（管管）「形式上是散文，本質上是詩，此謂之詩散文也」（張默）。連張默和管管這兩位散文詩大家都說出這種話來，可見似乎不是光靠詞性就一定能把二者分開，蕭蕭似乎未考量到這一點。在後頭的〈創作篇〉裡的作品，要是都稱為「散文詩」也十分貼切，可見這之間的差別，連詩人們都搞不清。如果真的要從詞性來分析，稱「詩化散文」應該是「具詩意的散文」最適切的稱呼。

[26] 蔡明展《台灣「散文詩」研究》（暨南國際大學中國語文研究所八十七年碩士論文），頁 19。

渦中（見註２５），我們可以得知文類的相互滲透才是「散文詩」的「最大特色」，因此以「段落」爲標準的分類固然精確，但是卻抹煞了此一文類的真正特質；羅青在「詩」與「散文」的分別，以及「散文詩」的本質上解釋有十分獨到而精確的見解，不過在命名上卻採取了另一個系統，避開了「散文詩」可能造成的麻煩。稱「散文詩」雖然不無困擾，但卻能直接呈現文類精神，這才是我們最應該重視的。

二、對「散文詩」定義寬泛者

接下來我們要舉出的幾家，大體上是認同「散文詩」的，然而他們對「散文詩」的定位，卻不見得都相同。莫渝是台灣目前唯一一本散文詩選集的編者，對於「散文詩」的研究也十分下功夫，除了譯介國外散文詩作品之外，也在一九九七年十二月出版了《閱讀台灣散文詩》一書。他對「散文詩」的見解可用以下的引文爲代表。

> 散文詩，是一個曖昧但迷人的文體名詞。說曖昧，是因為在文體上，它介於韻文（詩）與散文的夾縫。歸屬於詩與散文的交集，是文學史上新興的文體，年歲約一個半世紀；說迷人，指站在詩情畫意的浪漫憧憬，含蘊詩意且意象精簡濃縮的抒情散文成分。……作為一種新興的散文詩，演進過程大概如前所述，它的定義和美學基礎，仍侷限於詩的範疇內。……倒是在台灣，散文詩另有許多不同的別名，如分段

> 詩、短歌、掌上小札、抒情小品、抒情短文、小品……等，他們都可以納進散文詩這個錦囊袋內。[27]

這一段話我們可以與林以亮〈論散文詩〉一文中的觀點相參看，亦引錄如下：

> 在藝術中，正如同在大自然中一樣，有很多地方並不是界線分的清清楚楚的。文學作品，從其內容上說大體可以分為散文和詩，而介乎這二者之間，卻又並非嚴格地屬於其中任何一個，存在著散文詩。在形式上說，它近於散文，在訴諸讀者的想像和美感能力上說，它近於詩。就好像白日與黑夜之間，存在著黃昏，黑夜與白日之間，存在著黎明一樣，散文詩也是一種朦朧的、半明半暗的狀態。[28]

莫渝這一番話，正是前面曾提到大陸古、孫二位學者對「台灣散文詩」所做描述的濫觴，除了「分段詩」是由羅青提倡的「散文詩」別名之外，其它的名稱則不知從何而來。若是從莫渝對「散文詩」的基本認識上來看，我們就能發現這些名詞當然是可以成立的，因爲莫渝顯然把「詩意的抒情散文」成分當成是「散文詩」的充分條件，他甚至認爲「散文詩」大可不用限制在詩的範疇內。莫渝常

---

[27] 莫渝〈略談散文詩〉，《情願讓雨淋著》序，頁 2-15。

[28] 見《林以亮詩話》（台北：洪範，1976），頁 45。

從散文集中挑選若干作品，並宣稱這些作品已達到「散文詩」的境界，於是在這一本散文詩選集中，我們便可以看到朱自清的〈匆匆〉、徐訏的〈悲歌〉，乃至於胡品清的〈星上樹梢頭〉這些「美文」的例子。如果以這一本選集爲基準，那麼「散文詩」的「曖昧朦朧」自然是不用說的了。林以亮對於「散文詩」地位認定的「朦朧」與莫渝相去不遠，不過他卻又強調，「散文詩」不嚴格屬於「詩」和「散文」的任何一種，隱然有將「散文詩」獨立的趨勢，只是他未在這方面多作解釋，又繼續回到「黎明」與「黃昏」的模糊中去。以其標準來看，莫渝式的「散文詩」應該也是林以亮所認同的。値得一提的是，相對於莫渝對「散文詩」的大力提倡，林以亮卻持較保守的態度，因爲他認爲沒有詩以及散文寫作的良好基礎，很難寫出像樣的散文詩，要是寫一些「不三不四所謂抒情的散文」，等於侮辱了散文詩[29]。莫、林兩位的見解，只能說是「客觀」地融合了「散文」和「詩」兩個詞彙，並未偏頗，不過這種一網打盡的說法太過寬泛，在台灣現代散文詩已經成熟之後，這種觀念不但不能表明特色，而且很容易造成更嚴重的混淆。

三、將「散文詩」定義爲「詩」者

最後我們要討論的就是將「散文詩」劃歸爲「詩」的觀點。這些論者有兩個相同的特點，第一是他們幾乎都是著名的散文詩「作

29 同前註，頁 44。

手」，第二則是他們視「散文詩」爲「詩」的態度都十分堅決。這個觀點的主要代表人物是瘂弦、蘇紹連、還有渡也。

瘂弦的詩作總數並不多，散文詩更是只有〈鹽〉與〈廟〉[30]兩首，然而它們膾炙人口的程度，卻足以讓各版詩選及學者在討論散文詩時無法加以忽視。瘂弦也十分重視現代詩理論的研究及史料的整理，他在〈現代詩短札〉一文中曾經提到他對「散文詩」的想法：

> 其實詩與散文的分野重要的是在實質上，比如散文詩，它絕非散文與詩的雞尾酒，而是借散文的形式寫成的詩，本質上仍是詩。一如借劇的形式寫成的詩，是劇詩，而非詩劇。[31]

瘂弦可以說是最早斬釘截鐵將「散文詩」定位在「詩」的範疇內的詩論家[32]，不同於以往諸家多將「散文」當作「韻文」的對稱，他明確地認爲「散文詩」中的「散文」指的純粹是「形式」。以往的論者多將「散文詩」中的「詩」與「散文」視爲相同性質，一旦混合即成雞尾酒。瘂弦將「散文形式」與「詩質」區分之後，「散文詩」的曖昧名稱便清晰了不少。兩位後輩的詩人在此體認之下，

---

[30] 其實瘂弦還有一首散文詩〈駿馬〉未收入其詩集中，原載《幼獅文藝》第146期（1966年2月），現收錄於張漢良、蕭蕭編《半流質的太陽——幼獅文藝四十年大系新詩卷》（台北：幼獅文化，1994），頁36。

[31] 瘂弦《中國新詩研究》（台北：洪範，1981），頁53。

[32] 本文發表於1960年，較蘇紹連、渡也都早的多。

不但理論立場更爲堅定，在創作上恐怕也滲入了不少這樣的精神，影響所及，那種模糊的「美文式散文詩」也逐漸被排除於「散文詩」之外了。蘇紹連和渡也在論及此處口氣頗爲接近，同引如下：

> 我最初發現散文詩迷人之處，在於它的形式類似散文，但字字句句所構成的思考空間卻完全是詩。我不認為它是一種詩化了的散文，更不認為它是一種散文化的詩。散文詩，它自身存在，本質肯定是詩，絕不是散文。[33]

> 散文詩不是「詩的散文化」，「詩的散文化」是指詩語言累贅、乏味、淺陋，散文詩並非如此。一言以蔽之，散文詩是詩，不是散文。[34]

行文至此我們發現，從幾位實際從事「散文詩」創作的詩人的看法中，「散文詩」的定義似乎已經獲得共識，「散文詩」的文類更是幾乎可以確定爲「詩」。照這個理路推衍下去，「散文詩」便是「詩」的一種，「和圖畫詩、視覺詩、十四行詩一樣，不過是詩解放後，多元形式中的一式而已」[35]，要是再依照「類、型、屬」的

---

[33] 蘇紹連《驚心散文詩》（台北：爾雅，1990）後記，頁 141。

[34] 渡也《面具》（豐原：台中縣立文化中心，1993）自序。

[35] 見向明《新詩５０問》（台北：爾雅，1997），頁 16。

文學科層制[36]，它便是屬於「詩類」中的「散文詩型」[37]。這個體系看來綱舉目張，幾乎無懈可擊。不過我們還是可以仔細思考一下，這其中果真沒有問題嗎？

從上一節的討論中，我們從權力場域的角度承認詩、散文、小說、戲劇四分法的原則。事實上，除去將「散文」視爲「韻文」的對等的觀念之外，正式進入「文類之辨」後的「散文詩」就一直是在這個場域中進行的。「散文詩」之所以令人疑惑，第一個原因就是它和「權力」認可的「詩」大不相同，因爲「詩」本來就是該分行的。我們可以舉各大文學獎的徵文規則來應證，通常「散文」與「小說」的計算單位是字數，「詩」除了字數限制外，最關鍵性的規定卻是行數。第二個原因則是它所展現的風格完全不同於散文，無論是內容的敘述或期望達到的效果，也與「權力」認可中的散文不同。平心而論，以四分法衡鑑「散文詩」這樣東西，它實在是接近散文的[38]， 所謂的「詩質」其實並不容易判定，這也就是爲什麼

---

[36] 同註 14，頁 51。

[37] 同註 26，頁 42。

[38] 特別是所謂的「變體散文」（見鄭明娳《現代散文類型論》（台北：大安，1987），頁 299），指散文母體與其他文類結合的現象，或者也可說是一種「出位之思」（Andersstreben），即一種「媒體」欲超越本身性能而進入另一種媒體表現狀態的美學（見葉維廉《中國詩學》（北京：三聯，1992），頁 146），「詩化散文」即是一例，唯是否能成爲一獨立之新文類尚有待更多作品的驗證及研究者的論證。

有不少詩人反而認爲這個東西叫「詩散文」（見註２５），因爲它的形貌的確就是散文。

其次，依照羅青的說法，有些「神思」需用詩表現，有些「神思」只宜用散文表現，因此如果決定「神思」要用「詩」，然後才要決定型式[39]。亦即今天我有一種感覺，這種感覺適於詩的抽象及跳躍，於是我選擇詩，接下來我可以選定型式，或分行或不分行，重點是先看我的詩想有無分行的必要，若無，我就可以進行所謂的「分段詩」創作，但要注意不能突出一字一句，而應該從清淡中表現出隱喻，「以散文的、合乎文法的分析語句來表達非散文的、多跳躍性、多暗示性的詩的神思」[40]。試問散文詩創作者的「神思」轉化爲「作品」真需要經過這麼多的步驟及轉折嗎？既然「神思」已屬於「詩」，那又要如何用「散文」表達呢？

於是我們面臨的困境是，這種同時屬於又不屬於兩種文類的「東西」，即使宣稱它是「詩」，難道就不能說它是「散文」嗎？因爲它確具有散文「敘述分析」的精神，難道就因爲他表達的內涵較「像」詩，就說它是「詩」？別忘了，它也缺少了不少公認的詩的質素（如節奏、跳躍的意象等）。要解決這個問題，我們應該回到蘇紹連的一句話裡去，那就是「散文詩本身存在」（見前引文）。

這一句話在他整個言論的脈絡中並不顯眼，蘇紹連自己也沒有多作解釋，大家都把重心放在他說的「本質是詩」上，卻忘了詩人

---

39 同註 23，頁 47。

40 同註 23，頁 52-53。

在創作時真正的感覺。我們應該這樣想，當詩人在創作「散文詩」時，整篇「散文詩」的「詩想」應該是一個完整的概念。也就是說，有「散文詩詩想」，落筆便爲「散文詩」，詩人並不會困擾於底要用「詩」還是「散文」表現。當然我們不能否認有些詩人將分行詩又改寫成散文詩的事實（如波特萊爾），這個時候「散文詩」便負起了以「散文」的面貌親近讀者的「功能」，原來「詩想」勢必也要作一番改變，因爲「分行詩」及「散文詩」的效果大不相同，如果一位詩人的詩作可以不加修改而任意成爲「分行詩」或「散文詩」，這篇作品恐怕不會是合格的「詩」或「散文詩」。或有論者以爲「散文詩」是對「分行詩」的反動，但這已是文學史的問題，容後討論。

無論如何，以台灣現代散文詩的情況而言，不管是在創作心態或文類區分上，「散文詩」都是一種「本身存在」的文類。筆者之所以要將「散文詩」加上括號，意思就是「它」便是「它」，這種文類也可以不叫「散文詩」，只是今天稱爲「散文詩」的「共識」及「權力」也隱然形成，因此我們大可將「散文詩」視作一個「新文類」。正如同惠特莫爾（Whitmore）所言，這個「制度」是可以「參與」並「改造」的[41]。以具有「權力」的文類爲創作及分類基礎，很容易使我們掉入一種「迷思」之中，「散文詩」文類的提出，雖然

---

41 「極短篇」這個文類的誕生，也具有類似的緣由，但是其中又參雜了文學傳播媒體及供需結構等複雜因素的推波助瀾，加上它並非用現有文類名稱組合的複合名詞，所遭遇的責難也就少的多了。相關討論見註8張漢良書，頁31-60。

又創造了一種新權力（雖然不見得會成功），不過這是在大量作品出現之後所必須處理的。雖然在舊體系中「散文詩」並非沒有歸屬，但在經過考察後我想我們應該賦予它更精確的位置。

第三節　情境的塑造——「散文」功能

經過上一節的討論，也許我們對「散文詩」這個名詞已經有了一個不同的思考角度，可是這樣還是不夠的，如果無法解釋「散文詩」到底是什麼，名詞的爭議也僅止於表面，永遠不能有所依附。本節將繼續延續上一節的理路，繼續從「詩」與「散文」的解析中，嘗試探觸「散文詩」較深層的部分。

一、詩文之辨的反思

歷來對於「散文詩」的爭論，大多起於「散文」及「詩」的分合，甚至多數評論家皆從分辨「散文」與「詩」的不同入手。一般認爲，只要分清楚什麼是「詩」，什麼是「散文」，「散文詩」是詩是散文的問題，便可迎刃而解。這個論點的前提是，先將「散文詩」歸入「詩」，然後再去探討它與「散文」的不同，因此「散文詩」是「詩」的一種，這種立場仍然是事先預設的。事實上，探討「散文」與「詩」的差異，對「散文詩」本身的義界而言，並沒有什麼幫助。

因爲正如同前面一節所討論，「散文詩」確實各具「詩」及「散文」的部分特性，硬是將它先劃歸爲「詩」，恐怕不太公平。再舉一例來說，詩人杜十三最新作品集《新世界的零件——末世法門九十九品》（一九九八年四月出版）所收的「作品」，若稱其爲「散文詩」應無疑義，在封面折頁的介紹中也稱「散文詩集」，然而在封底的引介裡又云：「是綜合詩、散文、小小說與寓言而成的新文體力作」；瘂弦的序文也說：「我看這本無法歸類的書，恐怕要難煞了圖書館的管理員，因爲他們會在文類的區分上大事躊躇，一時拿不定主意，不知道把它擺在哪一個架子上好。」[42]；但是王一川的序文卻將這些作品稱爲「絕體散文」，亦即「絕句體散文」的簡稱[43]。王氏的考察點是從散文出發，他說：「置身在這幸與不幸相交織的世紀末美學困境中，海峽兩岸的散文家們該向哪裡突圍？……杜十三先生已經以其新作《新世界的零件》顯示了一種難得的文體歷險勇氣：大膽的把現有常見的散文體揉碎了……化合出一種多種藝術文體斷片拼貼而成的新散文體。」[44]從這裡我們可以看到將「散文詩」歸類於「詩」的危險，也足堪證明「散文詩」獨立爲新文類的可能。

除此之外，用「詩」與「散文」的差異來義界「散文詩」還有一個困難，就是「散文」的文類定義更麻煩。總體來看，各文類中

---

[42] 見杜十三《新世界的零件——末世法門九十九品》（台北：台明文化，1998），頁 6。

[43] 同前註，頁 12。王一川爲北京師範大學中文系教授。

[44] 同註 42，頁 11-12。

最具包容性的不是「詩」，而是「散文」，因此「散文」的定義最常運用「排除」法，也就是說扣掉各種文類後剩下的就都是「散文」，譬如：

> 在文學的發展史上，散文是一種極為特殊的文類，居於「文類之母」的地位……後來各種文體個別的結構和形式要求逐漸生長成熟且逐漸定型，便脫離散文的範疇，而獨立成為一種文類……我們可以說，現代散文經常身處於一種殘留的文類。也就是，把小說、詩、戲劇等各種已具備完整要件的文類剔除之後，剩餘下來的文學作品的總稱，便是散文。[45]

> 從種種跡象來看，散文向來不是被（某）人定義就算數了，它的歧義性，以及偶而被排除在可定義範圍，當中的理論糾纏和意識型態競爭等等複雜問題，都不是一般人所能想像和解決的……可以暫時將它看做介於詩（抒情性的）和小說（敘事性的）之間的「中間型」文類。[46]

---

[45] 見註 22 鄭明娳書，頁 22。

[46] 見周慶華〈台灣當代散文的文類焦慮〉，收錄於《台灣文學與「台灣文學」》（台北：生智，1997），頁 146。周慶華在此段文字加註，認爲鄭明娳有把「沒有獨特性就是其獨特性」當作是散文特色的傾向，他覺得鄭氏此說恐怕無必要且無法服眾。不過周氏將「散文」界定在「詩」和「小說」中間，恐怕也算是「排除法」的一種。

由此可見，觀察角度及策略的不同，將導致文類的定義模糊不清，「散文」或「詩」的範疇都可以作無限制的延伸，不論是以「詩」或「散文」作爲基準點，或以孰多孰少來判定「散文詩」的文類歸屬，都很難解釋清楚。本章並不打算採用「詩」或「散文」的分野來作文類判定，也不準備詳列「詩」或「散文」的條件特徵來分析。事實上，各家對於「詩」或「散文」的文類定義從來就沒有統一過，互相扞挌之處更是所在多有[47]，如果一定要用文類特徵來討論「散文詩」，勢必將無所適從。因此，本章擬採的方法是，承認「散文詩」同時具有「詩」與「散文」的表現（也因此「這種文類」才適合稱作「散文詩」），再將這兩種表現作「功能」上的區分。

二、「情境」與「功能」

魯迅曾經說過《野草》中的散文詩主要是在表現一些「小感觸」[48]、「小感想」[49]，但是他所使用的方法並不是直接將情緒書寫出來，

---

47 周慶華便曾將兩岸散文理論加以比較，發現「裡頭有關散文的『異見』觸處可見，證明還沒有共識（將來也不一定會有共識）」，同前註，頁 174。

48 魯迅〈「自選集」自序〉，收錄於《魯迅全集第六卷・南腔北調集》（台北：唐山，1989），頁 42。

49 魯迅〈「野草」英文譯本序〉，收錄於《魯迅全集第六卷・二心集》（台北：唐山，1989），頁 157。

而是重新「設計」一個特別的表現方式。以《野草》中的名篇〈復讎〉爲例，一開始便用「醫學實驗報告」[50]的筆法，帶領讀者進入一個假設的領域，繼而用象徵主義、寓言式的技巧，表現主義的筆觸，營造一個奇異的假想時空——兩個裸體在曠野上的對峙，周圍有密密層層的人作壁上觀，然後因無聊而散去，留下兩人繼續對峙。實際上魯迅想要表現的，無非是中西文化抗爭下對整個大環境的絕望，但他卻未加明示。台灣現代散文詩同樣保有了這個特點，說的更清楚些，也就是一首「散文詩」，便是一個特殊「情境」，一個散發特殊氛圍的事件。就筆者的考察，不獨幾個重要散文詩人的作品符合此一設定，幾乎所有的台灣現代散文詩皆能納入此範圍內。這一個假設是本章討論「詩」與「散文」功能的立足點，「散文」負責的是「情境」的「塑造」，「詩」負責的則是「情境」的「完成」。

「散文」肩負的任務，是一整個情境的構築；以「散文」最無所爭議的「敘述」功能，漸漸將讀者導入「情境」。茲舉商禽〈長頸鹿〉爲例：

> 那個年輕的獄卒發覺囚犯們每次體格檢查時身長的逐月增加都是在脖子之后，他報告典獄長說：「長官，窗子太高了！」而他得到的回答卻是：「不，他們瞻望歲月。」
>
> 仁慈的年輕獄卒，不識歲月的容顏，不知歲月的籍貫，不明

[50] 葉維廉語，出處註 17 葉文，頁 205。

歲月的行蹤：乃夜夜往動物園中，到長頸鹿欄下，去逡巡，去守候。[51]

這一首散文詩若不論其內容，純粹就文法來說，其實跟一般的散文沒有兩樣。如「他報告典獄長說」、「而他得到的回答卻是」、「乃夜夜往……去守候」等句便是純粹的散文，各式各樣的虛字助詞也都依行文的需要自然地出現，如「那個」、「而」、「乃」等等，詩的精鍊在此可說不大適用，「它」本來就是不折不扣的「散文」。我們在這裡可以發現，「散文」在「散文詩」中扮演「媒體」（medium）的角色，作者使用「散文」書寫的經驗創作「散文詩」、讀者用閱讀「散文」的經驗接觸「散文詩」，「散文」便是「散文詩」的實際構成物，亦即「情境」的塑造過程。我們不能只把「散文詩」看成「散文」，正如我們不能把「石雕作品」看成「石材」，但是不透過「石材」及「散文」，「藝術」或「散文詩」也就不存在了。

三、「散文功能」探析

關於「散文」的另一個問題，便是「散文詩」何以要用「散文」創作？當然這會關係到極爲複雜的心理學層面，正如前面所提到的「散文詩想」如何「本身存在」？除了詩人本身追求藝術表現的心

---

[51] 見商禽《夢或者黎明及其他》（台北：書林，1988），頁33。

理需求之外，本文準備從另外兩個角度繼續剖析：一個是作者本身自覺或不自覺受到「影響焦慮」（the anxiety of influence）機制的影響，一個則是作者考量「隱藏性讀者」（the implied reader）的閱讀效果。

若我們一一考察台灣現代散文詩的作者，便可以看出一個現象，也就是他們全是「詩人」出身。本文在此提出這個「發現」並不是無用的廢話，試看當今「詩人」兼「散文作家」的不少，但以「散文作家」著稱而兼擅「現代詩」有多少人？依照本章前面的論述，「散文詩」距離「詩」的距離並不比「散文」來的近，那何以「散文家」卻寫不出「散文詩」來？這當然又牽扯到「文類權力」，諸如「尊詩卑文」[52]的老問題，但是我們也可以這麼說，那是因爲詩人的「影響焦慮」較散文家來的嚴重，所以詩人對「散文詩」的實驗，會較散文家來的積極。[53]

所謂「影響焦慮」爲現任耶魯大學及紐約大學講座教授布魯姆（Harold Bloom）所提出的詩學理論[54]，意指後輩詩人在前輩詩人的影響下而感到「焦慮」，後輩詩人無法再用正當的方法超越前輩，只好使用其他的手段將前輩詩人的作品加以「誤讀」、「修正」、或「貶低」，亦即使用「反影響」來尋求新的出路，也就是所謂「反動」。「反動」的方法很多，依布氏說法有六：一、故意誤讀前人。

---

[52] 蕭蕭語，出處同註 24，頁 130。

[53] 當然散文的「文類焦慮」現象也不是沒有，前引王一川對杜十三的「誤讀」就是一例，相關討論可見註 46 周慶華文。

[54] 即《影響的焦慮——詩歌理論》（台北：久大，1990）一書，可參看。

二、補充前人之不足。三、切斷與前人的連續。四、青出於藍更甚於藍。五、澡雪精神，孤芳自賞以與前人不同。六、孤芳自賞久之，使人誤解青出於藍。[55]其實在我國也有類似的理論，這部分我們留待第五節繼續討論。台灣現代詩的發展百家爭鳴，允爲現代文學中的強勢文類，「前行代」及「新生代」之爭，也已經引起學者相當的注意[56]，詩人在這種情形下，「影響焦慮」的產生不可避免，即使是紀弦、商禽等前行代詩人，一樣背負著現代詩承先啓後，展現更特殊的現代主義藝術的壓力，綜合布氏所言，一種新的詩型便可能就此誕生；一方面可脫離前輩的陰影，一方面更樹立獨特的藝術風格，說是切斷關係也好，說是青出於藍也罷，總而言之這是解決「焦慮感」的一劑良方。「影響焦慮」的產生與消解，作者本身並不一定有自覺，但是詩人的創作，卻頗受此一機制的影響。若是把「散文詩」放入文學史的脈絡來看，恐怕也與此一機制脫不了關係，「散文」功能的帶入，便是消解分行詩「焦慮」的「對策」了。

至於「隱藏性讀者」，爲接受理論康士坦茨學派（Constance school）理論家伊瑟（Walfgang Iser）所提出[57]。這一個說法的重心在

---

[55] 見張漢良《比較文學理論與實踐》（台北：東大，1986），頁 56。

[56] 如李豐楙〈民國六十年（一九七一）前後新詩社的興起及意義〉，向陽〈七〇年代現代詩風潮試論〉等文皆觸及此一問題。二文目前均收錄於林燿德編《當代台灣文學評論大系・文學現象卷》（台北：正中，1993）

[57] 相關論述見孟樊〈詩的隱藏性讀者〉，收錄於《台灣文學輕批評》（台北：揚智，1994），頁 98-101。Terry Eagleton 著、吳新發譯《文學理論導讀》

於，讀者的接受活動早在作者進行創作構思時便已開始，也就是說，作者的腦中一直有一個預設的讀者，不管詩人有無意識到，這就是所謂「隱藏性讀者」。作者在創作時心中早已預估讀者的需要及接受的可能，考慮讀者的種種反應，然後據此運用技巧把合於此目的的作品創作出來。不過，不同的詩人爲讀者設計的作用大小也不同。一首詩越隱澀，文本的不確定性便越高，這首詩的意涵構成，就需要讀者更多的參與。反之，若是詩明朗的多，讀者容易瞭解本詩的構成及意涵，那麼讀者就可以較爲被動，不用那麼積極參與。舉例來說，現代主義的詩人較重視「隱藏性讀者」的功能，寫實主義詩人就比較不那麼重視了。於是我們可以說，台灣現代詩，特別是受「現代主義」影響的「前行代」詩人，要求讀者高度參與，也就是說，他們的預設的「隱藏性讀者」是必須非常積極的。不過事實證明，「真實讀者」（the real reader）與「隱藏性讀者」畢竟有所差異，這種作者與讀者間的「對話」無法產生交集，現代詩的發展自然遇到了瓶頸。從七〇年代開始，現代詩遭到許多嚴厲的抨擊，詩人心中的「隱藏性讀者」概念也不得不重新調整。前面我們也曾提到波特萊爾將分行詩改寫爲散文詩的例子，這當然是事後的重新設計，更積極一點，便是直接寫散文詩了。葉維廉說：

（台北：書林，1993）接受美學部份。龍協濤《讀者反應理論》（台北：揚智，1997），頁 100-109。Elizabeth Freund 著、陳燕谷譯《讀者反應理論批評》（板橋：駱駝，1994）第六章，頁 131-147。

> 他們（象徵主義詩人）所追求的多義性或歧義性，相對於工具化了的實用語言，便成了一種「獨特」的語言。因為大眾在語言的認識上已經單線單面化，面對這「獨特」的語言便有「隔」和「難懂」之感，我們把波氏的「髮」及其重寫成的散文詩一比，便會發現散文詩用的語言，起碼在主要的推展上，是散文的，亦即是接近自然語的推展……都是一再地回到讀者用語同一的平面上，把「高蹈的」威脅解除武裝，帶領讀者安心進入去探尋。[58]

重新回到讀者的語用層次，是詩人調整與「隱藏性讀者」對話的一種方式，詩人降低了「隱藏性讀者」的一些功能，但是卻仍希望「隱藏性讀者」的繼續參與，「散文」的功能的引入在消極面可說是詩人對讀者的讓步，但是在另一面，卻是期盼讀者能更積極地發揮功能。「隱藏性讀者」的轉變，可以視爲作者使用「散文」的心理因素，這並不是完全遷就於讀者，只能說是一種調整，詩人創作「散文詩」時，同樣地預設了能瞭解「散文詩」的「隱藏性讀者」，這也是本文要在「作者」及「真實讀者」之間，強調「隱藏性讀者」的原因。至於「真實讀者」對散文詩的反應如何，由於不是本文範疇所能處理，就只能留待日後討論了。

以上兩個因素，當然不能說它們就是「散文詩」何以用「散文」

---

58 葉維廉〈散文詩探索（一）〉，原刊載於《創世紀詩雜誌》第八十七期（1992年1月），頁102-109。後經改寫爲本章註17所引葉文。

爲媒體的全部原因，一種藝術發生的原因畢竟極端複雜，更何況「散文」只是「散文詩」的一端而已。爲了讓「散文」的功能更明顯，本節只好提供兩個比較具理論基礎的線索，也許還不夠全面，甚至有所疏漏，因學力所及，也僅是一種嘗試罷了。

第四節 情境的完成——「詩」功能

在上一節我們說明了一首「散文詩」就是一個特殊的「情境」，「散文」的功能則是在塑造「情境」，但光靠「散文」卻無法達到「情境」的完成，這也是爲什麼有許多散文彷彿寫出了類似詩的美感，但卻不能被稱爲「散文詩」的原因。本節的主要目的，也就是解釋「詩」的功能，如何使「情境」完成。在此之前，我們還是要先討論一個固有名詞——「詩質」。

一、「詩質」定義

台灣現代散文詩歷經近五十年的發展，已經逐漸形成一套關於散文詩「詩質」的觀念。在此使用「詩質」二字其實令筆者感到十分心虛，因爲好像這樣又承認「散文詩」是「詩」的一種了。不過我還是要強調，文類只是區分上的問題，「詩質」二字也只是權宜，因爲這是大家所熟悉的觀念，用來說明比較方便。何況「詩質」二字相當沈重，好像不具「詩質」就不能稱爲詩，其實說起來「詩質」

的意涵也是一直在變動的，比如「格律」是「近體詩」的「充分必要條件」，但是在現代詩裡幾乎連「充分條件」都談不上了，「分行」、「節奏」、「跳躍」、「斷裂」在很多人的觀念裡可能是「現代詩」的「必要條件」，但考諸許多「公認」的「現代詩」作品也未必如此。

所以，對於「散文詩」的「詩質」，這裡有兩點要特別提出，第一個是「詩質」只不過是完成「情境」的功能而已，或是說它是一個臨界點，一旦達到，「散文詩」的情境便完成了，跟一般現代詩的「詩質」應如何如何，並沒有什麼關係。第二個是本節所提出的「詩質」，是從目前可見的「散文詩」中整理出來的，也許還有些作品不夠符合，我們並不能就此說它們不算「散文詩」，因爲這個新文類仍在變動，我們並沒有就此蓋棺論定的權利。

二、「詩功能」探析

解釋完「詩質」的概念之後，我們便可以討論「詩質」在「散文詩」中如何發揮功能了。對此我們還是可以分爲兩個方向來討論，一個是 Lyric[59]，另外一個則是疏離（estrangement）。這兩樣「詩質」在大部分的台灣現代散文詩中都會伴隨出現，當然也有不少單獨出現的例子。

---

[59] 一般翻譯爲「抒情詩」，不過此譯名並不精確，而且恐怕會有所誤解，故依葉維廉之見直引原文。

詩人白靈曾經說：「我們也會看到幾乎全用散文的敘述手法寫得詳詳盡盡的，幾乎像一篇小品文，我們卻會以『散文詩』名之，如果這『散文』集中地『表現』某些新意，某些『創見』的話」[60]，我們要是將這個觀點再深入一點，就很近於Lyric了。所謂Lyric，是借用法國象徵主義詩人寫作散文詩的「觀念」，葉維廉曾回溯源頭去考察當時「散文詩」的要素爲何，最後發現了 Lyric 的運作。[61]葉氏發現，在波特萊爾的時代裡，分辨詩的方法便是看其是否具有Lyric的特色，以做爲「詩質」的依據。在一首Lyric裡，詩人往往把情感，或由景物引起的經驗的激發點提昇到某種高度與濃度，至於一般敘事詩中的行爲動機或故事發展，在Lyric裡常模糊不清，我們可以這麼說，一首Lyric往往是把包含著豐富內容的一瞬時間抓住，用這一瞬來含蘊、暗示這一瞬間之前、之後的多線發展。在運作上常常用一個具有魔力（或強烈感染力）的形象、事件將讀者抓住，使讀者一時間理不出其間的走勢及意義層次，讀者必須在其間進出游思，才能體會其中意旨。散文要具有這種Lyric的特色，才可稱散文詩。此外，波特萊爾等人標榜Lyric的寫作方式，亦有其社會因素，在科學至上主義、工具化理性高昇的時代裡，真正的藝術、人性的靈氣皆受到壓制，他們必須透過對Lyric的強調，重新達到藝術的解放，用以控告整個社會反詩的態度。

這一段考察，很意外的竟與台灣現代散文詩有相當程度的契

---

[60] 白靈《一首詩的誘惑》（台北：河童，1998），頁192。

[61] 見註17葉文。

合，我們當然不能說台灣的散文詩作家必然受到象徵主義詩人的影響[62]，這個現象只能表示台灣現代散文詩的作者同時發現了此一技巧的迷人之處。加以散文詩在台灣已經算是一種十分成熟的文類，雖然同具有 Lyric 的詩質特點，但是並不能視作西方散文詩的移植，只能說是詩人們共同發現一種可以在散文詩中表示「非散文」的藝術手法。以下舉蘇紹連的〈獸〉爲例：

> 我在暗綠的黑板上寫了一隻字「獸」，加上注音「ㄕㄡ丶」，轉身面向全班的小學生，開始教這個字。教了一整個上午，費盡心血，他們仍然不懂，只是一直瞪著我，我苦惱極了。背後的黑板是暗綠色的叢林，白白的粉筆字「獸」蹲伏在黑板上，向我咆哮，我拿起板擦，欲將牠擦掉，他卻奔入叢林裏，我追進去，四處奔尋，一直到白白的粉筆屑落滿台上。
>
> 我從黑板裡奔出來，站在講台上，衣服被獸爪撕破，指甲裏有血跡，耳朵裡有蟲聲，低頭一看，令我不能置信，我竟變成四隻腳而全身生毛的脊椎動物，我吼著：「這就是獸！這就是獸！」小學生們都嚇哭了。[63]

---

[62] 事實上，影響台灣現代詩的應該是象徵主義之後的超現實主義，不過這已經是「影響研究」的問題了。

[63] 同註 33，頁 11-12。

蘇紹連的散文詩很多都採用兩段式，第一段以極平凡的散文帶入情境，在第二段將引出的情感體驗在一瞬間濃縮、釋放。由於第一段情境引入的成功，第二段情感爆發的精確，加以體制短小，語言簡單凝鍊，「驚心」的效果往往非比尋常；在驚心之際，詩人所要傳達的意旨也就隨之展現，具有「當頭棒喝」的效果。蘇紹連自述寫散文詩的心境說：「我彷彿先置身於一幅詭異的畫前，或置身於一個荒謬的劇場中，再虛構現實中找不到的事件情節，營造驚訝的氣氛效果，並親自裝扮會意演出，把自己的情緒帶入高潮。然後以凝聚的焦點作強烈的投射反映」[64]這段話和 Lyric 的特色，可以說是十分吻合的。

其次我們要討論的是「疏離」，也稱「異化」或「陌生化」（defamiliarization），爲早期俄國形式主義學家薛科洛夫斯基（Viktor Shklovsky）所提出[65]。 此學說的主要內容，在說明在面對平常習慣的「日常語言」時，我們對真實的知覺反應變的疲憊、遲鈍，這種自動化的反應，將使我們對任何言說都起不了興趣，文學語言的特徵，就在於運用各種方式諸如「濃縮」、「扭曲」、「顛倒」、「伸縮」等把日常語言「變形」，使它們變的日常語言大不相同，這種「疏離」過的語言反而會讓人覺得新鮮，使習慣的反應重新恢復生氣，

---

[64] 同註 33，頁 142。

[65] 相關論著參見註 56 Eagleton 書緒論，佛克馬、蟻布思著、袁鶴翔等譯《二十世紀文學理論》（台北：書林，1987）第二章，羅伯特・休斯著、劉豫譯《文學結構主義》（台北：桂冠，1995）第四章。

這樣反而更能使人直接接觸、掌握事物的經驗。也就是說經過一番「疏離」，人們更能深入體會思考以往習以爲常，無甚重視的事物。這個理論雖然已經不算新穎，而且主要是針對整個文學而論，不過對「詩」而言，其效果尤其明顯，甚至對現代詩來說，「疏離」幾乎已經是「必要條件」了。然而「散文詩」的構成是「散文」，這種「疏離」該如何達成呢？我們舉焦桐〈候診的長廊〉來分析：

> 我填妥病歷表上的姓名、血型和籍貫，長立候診室排隊掛號。門打開濃烈的藥水氣味，一位昏迷的患者很快被推入急診室。我站在候診的長廊，張望著深邃空洞的長廊，彷彿站在隔代蕭條的甬道。
>
> 我目睹一個傷口兩個傷口三個傷口……我目睹十億個疼痛的傷口挨著一條破損的長板凳，每一個傷口，每一個宿命的傷口都像驚嚇過度的嘴，扭曲地張開，失聲地叫喊……
>
> 有人嚎哭著進來，有人呻吟著離去。在候診室的長廊，那張空白的病歷表，那張註明我的姓名、血型和籍貫的病歷表，須臾間竟填滿了過去的苦難和現在的病痛，以及，啊以及未來的憂患。[66]

---

[66] 同註 19，頁 108-109。

看病候診是每個人共有的經驗，以此詩作例子正好可以看出「疏離」的運作。「疏離」在散文詩中也有兩種表現方式，第一個是「語句疏離」，第二個是「脈絡（context）疏離」。所謂「語句」的疏離，跟「現代詩」有些類似，也就是其中有些句式很明顯地有「疏離」現象，文法雖是散文，但語句已經超出一般經驗了，此句若是獨立便可成詩，如「門打開濃烈的藥水氣味」、「我目睹十億個疼痛的傷口挨著一條破損的長板凳」，這兩句使名詞作出不可能的動作，「門」從受詞變為「主詞」，「藥水氣味」則代替「門」被打開，「傷口」也經擬人而挨坐一條板凳，這些都是光靠句子本身就能引起注意的「詩質」特點，不過「句子」的疏離未必是散文詩的必要條件，前面所舉蘇紹連的「獸」就沒有使用。

那麼「獸」和這首「候診的長廊」還有什麼「疏離」的狀況呢？那便是「脈絡」的疏離，「脈絡」指的是全詩的因果關係，也就是整個情境的發生次序，焦桐這首詩一開始跟我們的經驗沒啥兩樣，要是將第一段視為散文也沒有什麼不可以，但是我們可以發現，從最後一句「隔代蕭條的甬道」起，脈絡的疏離便已經開始了。等到進入第二段，更是將由第一段次第進入的讀者完全引入了另一個世界，候診的事件剎時變成了傷口哭喊的恐怖境界。第三段脈絡再度回到候診的情境，但是我們卻發現原本空白的病歷表「須臾」間填滿了人生的憂苦病痛。醫院裡的的來來去去及作者的心緒，也在這時凝結，達到了 Lyric，同時完成「散文詩」的情境。此一脈絡與讀者所期盼脈絡的歧義（ambiguity）[67]，正是「疏離」的展現，原本平常不過的候診，也發生了更深刻（或更真實）的意義。

三、反向驗證

這裡必須再重申一次，以上兩個特質是歸納出來的，它們無法包含的範圍當然不少，所以筆者不敢說這就是判定「散文詩」真假的唯一標準，不過我們在此還是可以逆向操作一下，舉兩個「近似」散文詩的例子，來考察一下它們與「散文詩」間的差異。

> 煩躁從樹梢來。是浮在海上吧，夜空是水。趕路者用殞星照循地圖。隱瞞不住，啊！那風之掠過。蛇的戀愛和蒼白，藤蘿的叫喚，和沙灘的夢。則我去了，那是錯誤，大的針葉林呀！你說：何不走公園街呢？何不默然賦別呢？記憶是碑石，在沈默裡豎起，流浪的雲久久不去，久久不去，像有些哀淒。說我是狷者，我把你的過失插在玻璃瓶裏。最深的影子裏有我，我已經沈睡太久了，腳步聲像嘆息，聽她們敲來敲去。小聚像為了小別。影子在影子裏拉長一嘆息落向黃昏，落向誰的門檻！四個下午的水聲比作四個下午的足音吧，倘

---

[67] 在此一層面上，「笑話」也就是脈絡「疏離」、「歧義」的產物，香港電影中的「無厘頭」，更是將其發揮得淋漓盡致，只不過文學的脈絡與笑話不同，所產生的「疏離」自然也有「美感」和「滑稽」的差異了。

若它們都是些急躁的少女無止的爭執著—那麼，誰也不能來。我只要個午寐哪！誰也不能來。落了鎖的的子夜在薄薄的笑裏，笑在數不清的雲絲裏—曾揣度過今天，落了鎖的……小舟滑過去了，滑到你的手指間，一些熟悉又陌生的心情，激盪成為文字，我的詩。

——楊牧《方向歸零》節錄[68]

元豐六年十月十二日夜，解衣欲睡，月色入戶，欣然起行。念無與樂，遂至承天寺，尋張懷民，懷民亦未寢，相與步於中庭。庭中如積水空明，水中藻荇交橫，蓋竹柏影也。何夜無月？何處無竹柏？但少閑人如吾兩人耳！

——蘇軾〈記承天寺夜遊〉

以上前一段是楊牧的散文，楊牧與余光中的不少散文作品都有十分明顯的「詩化」傾向，我們可以看到楊牧的這一段文字，修辭上較前面兩首「散文詩」細膩多了，單句成詩的例子更是不勝枚舉，比如「煩躁從樹梢來」、「記憶是碑石在沈默裏豎起」、「我把你的過失插在玻璃瓶裏」、「落了鎖的子夜在薄薄的笑裏」等等，既然有這麼多的單句「疏離」，爲什麼這段文字卻不被稱爲「散文詩」？我們可以很明顯的發現，在這段文字的鋪陳中，並沒有一個固定「情境」的塑造與完成，這些如詩的佳句各自展現意象，捕捉了繁複而

[68] 楊牧《方向歸零》（台北：洪範，1991），頁 118-119。

絢麗的思（詩）想運作，而它們並未指涉一共同目的，Lyric 自然也就無法出現了。至於蘇東坡這一篇千古稱頌的小品，雖然只短短八十二字，文字亦樸實無華，但卻成功營造了令人感同身受而心嚮往之的情境，怪不得有不少人認爲它是中國少見的「散文詩」精品。的確，此篇小品在情境的塑造及完成上都十分逼近「散文詩」，甚至在最後一句更有類似 Lyric 的「點睛」之妙，「庭中如積水空明，水中藻荇交横」也有類似「語句疏離」的效果。然而畢竟全文的理路太強，脈絡太明朗，「說服力」高，「疏離」感便少了，「蓋竹柏影也」的點明，「但少閑人」之慨嘆，也不難出人意中，這跟「散文詩」相比，怕還是有一些差距。當然這是用「台灣現代散文詩」爲準所做的苛求，蘇子此文的藝術價值，仍是不能貶損的。

其實要是談起中國古典文學作品，有不少相當近似口語的古體或格律詩，反而更爲接近現代「散文詩」的表現，如陳子昂的〈登幽州臺歌〉，這裡再舉晚唐唐溫如〈題龍陽縣青草湖〉詩，情境足與現代散文詩相參看，其詩云：

> 西風吹老洞庭波，一夜湘君白髮多；醉後不知天在水，滿船清夢壓星河。[69]

---

[69] 唐溫如詩於《全唐詩》中僅一首。見《全唐詩》（北京：中華書局，1996）卷七百七十二，8758 頁。

第五節　散文詩爲獨立文類之意義

我們先看一個發生在一九九八年底的詩壇風波。九八年十月二十四日，聯合副刊公布了該年「聯合報文學獎新詩獎」第二名（首獎從缺）的詩作〈地下鐵〉[70]，獲獎的詩人爲陳克華，這首作品正是散文詩。於是，問題來了，因爲參賽規則中明明就有對新詩「行數」的限制，根據聯合副刊於一九九八年二月九日公佈的徵文辦法，關於新詩的規定是：作品以短詩一至三首爲限，總行數不得超過五十行，總字數不得超過八百字。於是有人認爲陳克華這一首「詩」完全不符規定，早在初審就應該被刷下，但是居然可以過關斬將得到大獎，評審過程連帶遭受質疑。這一波抗議越演越烈，在現代詩最重要的網站「現代詩網路聯盟——詩路」[71]上硝煙四起，以詩人陳去非爲首的抗議風波到後來幾乎演變成兩派言語上的「全武行」，評審委員的立場甚至學識人格都捲入其中，傷了不少和氣。這個「文人抗議」事件，除了文學獎的公正性，是不是還能給我們更多的啓發呢？

---

[70] 因首獎從缺，故第二名增設一名，另外一位得獎人爲劉叔慧。

[71] 本站網址爲 http://www.poem.com.tw，由文建會主辦，多位詩人共同策劃主持，爲現代詩界於網際網路上的大本營，也可說是現代詩壇的「官方」網站。

一、文類權力

本文提出此事並不是要作更進一步的是非臧否，而是要再次凸顯「文類權力」的問題。在看似合理的「詩」、「散文」、「小說」、「戲劇」文類四分法背後，究竟還有多少我們未曾注意的隱微之處？這種四分法如何形成？我們又該如何將文學作品加以分類？作者在創作的時候不會受到四分法的影響？甚至文學獎的徵文辦法如何制定？這些都跟「權力」有關。法國著名學者傅柯（Michel Foucault）對權力問題做過一番極端繁複的解析，簡單的說，他認爲「權力」其實就是一個「管制」（government）的問題，是一種個體或群體的行爲被指引的方式，「制度」則決定「權力」的實施。「權力」僅實現於自由的主體，也就是自由的人才服從權力，比如奴隸就只能說是一種身體上的強制，而非權力的展現。此外，「權力」與「反抗」是同時並存的，那裡有權力，那裡便有抵抗，任何一種「權力」都可以找出一套「反抗策略」。[72]

以「文類權力」而言，這一套「四分法」的制度即是支配創作的「權力」，文學獎徵文辦法的制定，使得這一套制度更爲細密，甚至表現了「不合規定即無資格得獎」的「暴力」。爲了參與這一

---

[72] 參見傅柯〈主體與權力〉，德雷福斯，拉比諾著《傅柯——超越結構主義與詮釋學》（台北：桂冠，1992）跋文。楊大春著《傅柯》（台北：生智，1997）第四章。

套「制度」，創作者常不得不妥協，接受權力支配，並在此支配下「自由」地創作。文學獎的效應與文類四分法相互增強，「文類權力」更形鞏固。但是「反抗」的機制無所不在，「〈地下鐵〉事件」，其實也只是遲早的問題而已。這一次的網路論戰，便可看出「權力」與「反抗」間的「較量」[73]（agonism）關係。我們可以這樣說，「散文詩」本身的發展，一方面是「文學史」的問題，一方面更是「文類權力」的「反抗」，創作、參賽、得獎（或落選）、論戰的歷程，也逐漸形成一套對抗原有文類權力的「策略」。當然，本文之所以提出「散文詩」成爲一「獨立文類」，除了「散文詩」確已犖犖可觀應予重視之外，也不能否認是延續了這個「反抗策略」而來。至於這一個策略會不會變成另一個「權力」，而招致另一波「反抗」，就有待往後觀察了。

接下來我們改從文學史的角度來看「散文詩」成爲獨立文類的意義。當然這個文類還在變動，我們若就此論定，似乎過於主觀及武斷。因此下面的兩個觀點，同樣只是暫時的觀察及整理而已。這兩個觀點分別是脫軌觀（進化觀）與元類觀。

二、脫軌觀

首先討論脫軌觀（進化觀）。脫軌的意思是某類文學作品逸出常軌，造成與經驗中不符合的作品形式。至於什麼是常軌呢？比較

---

[73] 傅柯語，同前註傅柯文，頁 283。

周延的說法是，常軌是某一個團體約定的語言規範。如果我今天生在唐朝，而身份又是一個讀書人，詩當然是我必備的語言表現工具，所以我必須遵守五絕、五律、七絕、七律的格式，包括字數、音節、平仄上的限制，即使使用的是歌行體，我至少也必須使用平水韻的韻部系統，否則很難躋身於這個語言團體，或無法得到身為此團體一份子的權利（比如功名利祿）。準此，每一種文類在發展的過程中，勢必會慢慢形成一個語言團體，如果此團體的成員使用了脫離規範的語言，就是出軌現象。因此當詞這個文類在中晚唐逐漸影響到士大夫階層時，便逐漸有人做出脫軌的舉動，比如白居易的〈憶江南〉，白居易的「正職」是詩人，但也嘗試做詞。

脫軌的行動不一定會成功，還要伴隨著很多其他的因素，如果進行順利的話，脫軌的語言就會逐漸形成另一個「常軌」，製造出一個新的「語言團體」。王國維便說明了一段詩的脫軌歷史：

> 四言敝而有楚辭，楚辭敝而有五言，五言敝而有七言，古詩敝而有律絕，律絕敝而有詞。
>
> ——王國維《人間詞話・第五十四》[74]

這一段話常被作為「文學進化觀」的代表[75]，然而「敝」的意思

---

[74] 王國維著、徐調孚校注《人間詞話》（台北：漢京，1980），頁33。

[75] 本文不採「進化觀」，是不想受到達爾文主義的影響。文學的本質與生物不能相提並論，新文類不見的就比舊文類來的「優秀」、「先進」，舊文類

並非「衰微」，不是說一個文類衰微之後就有另一種文類來取代，「敝」指的是疲勞、僵化的意思。

> 蓋文體通行既久，染指遂多，自成習套。豪傑之士，亦難於其中自出新意，故遁而作他體，以自解脫。（同前）

這便可以說是脫軌的動機，說穿了就是我們在第三節所提到的「影響焦慮」。在我國提出類似看法的不只王國維，以下兩個例子，也都有異曲同工之妙。

> 文律運周，日新其業。變則堪久，通則不乏。趨時必果，乘機無怯。望今制奇，參定古法。
>
> ——劉勰《文心雕龍・通變》贊[76]

> 詩文之所以代變，有不得不變者，一代之文，沿襲已久，不容人人皆道此語。今且千數百年矣，而猶取古人之陳言，一一而摹倣之，以是為詩，可乎？故不似則失其所以為詩，似則失其所以為我。
>
> ——顧炎武《日知錄・卷二十一・詩體代降》[77]

的衰微，也不能說是被新文類「淘汰」。

[76] 版本依王師更生注譯《文心雕龍讀本》（台北：文史哲，1991），頁51。

[77] 顧炎武《日知錄》（台北：台灣商務，1956）第四冊，頁70。

以詩的脫軌形式而言，方式很多。從新文學運動開始，白話詩便是從格律詩脫軌出來的新文類，其方式是全面的，包括格式、聲律、詞彙、內涵等等全部要改頭換面，聞一多的格律詩、李金髮的象徵詩則是對白話詩的脫軌，是對白話詩淺白無文的抗議。回到散文詩來看，散文詩在台灣現代詩史中，就可說是從傳統分行詩脫軌而來。張漢良即認爲：

> 散文詩並非開倒車，即使它在表面形式上與散文作品相似，也並非相同的語言，因為就其產生的原因而論，散文詩是從「詩必分行」這個規範中脫軌而出的新規範。[78]

這種看法，是站在文學史的立場，將「散文詩」的文類地位「推論」出來。也等於是說，「散文詩」的出現是合乎法理，且是預料之中的。綜合上述之說，「散文詩」其實跟「詞」的身世還頗爲類似，「詞」也叫「詩餘」，本來可說是詩的附屬品，後來竟也發展到跟詩分庭抗禮，雖然「詞」還是廣義上的詩，不過在「文類」上也卻也儼然獨立了。

三、元類觀

---

[78] 同註 55，頁 132。

其次要討論的是元類觀。我們前面說過，文類基本上是只是如何區分的問題，又跟權力分不開關係。然而很不幸的我們又常常受這些「約定俗成」的文類支配，彷彿這些文類的存在無庸置疑，是先驗而普遍的。在開放式文學獎評審會上常聽會到這樣的話：「這一篇（小說）其實滿有東西，只是太像散文了」，「這一篇（散文）採用太多小說的手法，看起來反而像極短篇」，我們不禁質疑，難道作者下筆時，一定得「意識」到自己正以哪一種文類在書寫？我們一定要選擇被權力支配或不被支配？

早在十九世紀初，德國浪漫主義者就已經不顧文類的區分，而追求「元詩」、「宇宙詩」，這是一種使人超越的「純詩」，一方面是他們反對傳統與成規，一方面則是形而上的超越精神及鄉愁[79]。法國波特萊爾的作品，也有這種趨勢。這是無關「文類權力」的行使或反抗的，因爲這是一種沒有任何文類觀念的創作態度。表面上似乎是對文類的反抗，但這種精神毋寧是更超越的。

在這些作者的心中，文學沒有固定表現形式，文學作品的文類，並不能只以詩、散文、小說、戲劇完全盡含。推到極端，並不是只有追求「元詩」，而是要追求能夠表現純粹文學藝術的「元類」，其他文類的區分都是沒有必要的。「散文詩」其實就是一種脫離傳統文類，趨向「元類」的新文類，它當然不是「元類」的表現，但卻是通往「元類」的指標，如同我們強調過的，「它」便是「它」，是一種打破文類迷思的創作形式。在此一史觀下，本文強調讓「散

---

[79] 同註8，頁34。

文詩」成爲一個「新文類」，好像也是多餘的了。只不過，這個史觀相當激烈，它雖從宏觀的視角，檢視了文類區分的盲點，提醒文學研究或創作者，不要自陷於文類的迷宮中而渾然不覺，另一方面卻忽略整個文學網絡中種種複雜的問題，逕自將所有關係切斷，若是我們真的採取這樣的角度，能討論的恐怕也就不多了。

行文至此，好不容易算是將「散文詩」的文類問題作了番檢討及辯證。之所以要花兩萬餘字的篇幅撰寫「文類論」，就是希望能將「散文詩」爲「獨立文類」的理由充分說明。台灣現代散文詩已經發展成熟，各種成熟文類的問題正一一浮現，要想對這些問題設計解決之道，我們對「散文詩」的「本質」及「地位」就不能不加以重估，筆者以爲，設法釐清「文類」爭議就是最重要的第一步，本章也是整個論文最基礎的一個立足點，往後的討論都要從此開始。周慶華先生提醒道：「不論大家怎麼分類，無不是爲了建構系統，這個系統『創造』了文學類別，並可作爲文學創作或文學批評的一個屬類依據。至於系統間所存在的差異，那已經不關系統本身的功能問題，而牽涉到論者內在的權力意志（不論論者是否意識到這一點）」[80]，關於這點，似乎誰都無法否認。但不管是新權力的產生或是對舊權力的反抗，台灣散文詩作者與作品的成就，確實值得我們重新去定位、探討，這才是本文最希望達成的目標，論者的權力意志如何，應該就不那麼重要了。

---

[80] 同註 46，頁 144。

第四章　台灣現代散文詩與其他文類之關係

緒言

本章將繼續延續上一章的關於「文類」問題，為了避免前一章過於冗長，因此在此特地把「散文詩」與其他文類之間的互動及比較獨立為一章來討論。此處所謂的「文類」，當然還是依照「四分法」的系統，不過在比較時，我們會較著重在與散文詩較類似的這個部分。在散文方面，我們舉的是「筆記手札」，小說則以「極短篇」為例，對於戲劇，我們則以「荒謬劇場」作代表。至於以上三者，除了隸屬於某一種文類外，本身是否可獨立為「文類」，則是個「認定」上的問題，比如「極短篇」，似乎就已經是個公認的文類。這個問題，本文不打算多加追究，這裡特別將它們提出來，只是因為它們在某些特質上，有跟散文詩十分相像的地方。為了使概念較為精確，我們才不籠統地只使用「四分法」來直接比較，而是取它們其中與散文詩最接近的一部分，來考察文類之間的互動，至於文類的判別和定義，當然就不是本章的重點了。

第一節　散文詩的文類跨越現象

在上一章中，我們已經用了相當的篇幅說明「散文詩」亦詩亦文的的表現，然而除了散文和詩之外，我們還發現，台灣現代散文詩這種特殊的新文類，其實還延伸到了「小說」與「戲劇」的領域，蕭蕭及蔡明展兩位都曾提出這方面的觀察意見[1]。這種現象有時候是一種文類「出位」，有時候則純粹是「宣稱」或「脈絡」的問題。

所謂「出位」，就是一種「媒體」欲超越本身性能而進入另一種媒體表現狀態[2]，林央敏認爲：「所謂『出位』，就是不安本分，套用道學家的話叫『不守規矩』」[3]，鄭明娳對「出位」繼續解釋：「文類形成某些特色之後，具有創作力的作家又不甘規範在文類格律之內活動，往往打破成規定律，跳出原來文類的框限，創作溢出

---

[1] 見蕭蕭〈台灣散文詩美學〉（上）一文，載於《台灣詩學季刊》第二十期，頁 137-142。蔡明展《台灣「散文詩」研究》（暨南國際大學中國語文研究所八十七年碩士論文），頁 137。

[2] 見葉維廉《中國詩學》（北京：三聯，1992），頁 146。

[3] 林央敏〈散文出位〉，原載《文訊》第十四期，後收錄於何寄澎編《當代台灣文學評論大系‧散文批評卷》（台北：正中，1993），頁 113-121。

舊文類格律的作品，產生出位的現象，久而久之也帶動文類的質變。」[4]依照鄭氏的說法，「出位」的現象似乎又與「影響焦慮」產生了關係。不過我們還可以看看下面這幾段話：

> 晚唐以後，始盡其辭而情不足，於是詩與文相亂，而詩之本失矣。
>
> ——焦循《雕菰集・與歐陽製美論詩書》[5]

> 詩文各有體，韓以文為詩，杜以詩為文，故不工爾。
>
> ——陳師道《後山詩話》引黃庭堅語[6]

> 退之以文為詩，子瞻以詩為詞，如教坊雷大使之舞，雖極天下之工，要非本色。
>
> ——陳師道《後山詩話》[7]

這種「詩文相亂」的情形，所導致的結果就是「不工」、「非本色」。換句話說，「亂」，其實就是「出位」。在許多論者的眼裡，這種情形會使文類的特質喪失，孔子也曾經說過：「惡鄭聲之

---

4 鄭明娳《現代散文》（台北：三民，1999），頁 369。

5 焦循《雕菰集》（台北：鼎文，1966）卷十四，頁 235。

6 見何文煥輯《歷代詩話》（北京：中華書局，1981），頁 303。

7 同前註，頁 309。

亂雅樂」（《論語・陽貨》篇）。「鄭聲」與「雅樂」原則上是功能不同的兩種音樂媒體，「雅樂」受到「鄭聲」的變亂，使本身產生了質變，此處的「亂」，我們甚至可以當成「侵犯」來解釋。依照以上的各種意見，「出位」其實有兩個階段，其一是「溢出原來文類規律」，其二是「侵入其他文類領域」。一種文類因爲「影響焦慮」等種種因素產生質變，產生了不同於原來文類規格的新作品，要是這些作品再進一步侵入其他文類領域，摻雜其他文類的特色，就有條件形成令人難以定義的「新文類」，整個文類「出位」的程序大致如此。

「散文詩」既爲一獨立文類，因此當然也有出位的可能。值得我們注意的是，「散文詩」以其本身複雜的文類融合背景，產生出來的「出位」現象果然異常嚴重，與其他文類「相亂」或「被亂」情形相當普遍，這些情況我們在後面幾節將一一加以討論。

其次我們要說明「宣稱」或「脈絡」的問題。這種情況其實令人有些無奈，但是在文學這個範疇裡，卻又是最最平常的現象。我們在前一章便曾討論過，文類其實是無法定義的，因爲它只是一種區分功能而已，並非創作的準則及依據。所以本文也特別強調，我們無法爲散文詩做精準的定義，即使在前一章歸納出來的特色，也無法盡括所有的「散文詩」，特別是「宣稱」性質的散文詩。「宣稱」意即作者已經賦予作品某一文類名稱，或是作者認定作品屬於某一文類。我們要注意的是，「宣稱」並不是貶抑之詞，而純粹是文類認定上的問題。作者將作品「宣稱」爲某一文類，便表現出作者本身對文類的認知，認知很難有是非之分，我們頂多只能看看作者與「公認」的差距大不大，「公認」除了就是一種「權力」之外，也不過是種「集體」的「宣稱」罷了。

至於「脈絡」（context），又可稱「背景」或「語境」，前面我們談到疏離時曾提到整篇文學作品的脈絡，這裡的脈絡則是指整部作品集，也就是一整本書，或是一整個文類，這兩個「脈絡」雖然有相同的含意，卻分屬不同的層次，這一點我們必須特別認清。當一本書被宣稱爲詩集，在此脈絡之下的作品當然理應被稱爲詩；當一本書被宣稱爲散文，那麼裡頭的作品原則上也該都是散文。有的時候我們會在集中發現跟其他作品有些差異的「特殊作品」，或感覺某些作品似乎跟書名（或出版社的分類）不甚相符。但由於並沒有任何作者或出版社的說明，我們也只能從「脈絡」來歸類，承認它在此一脈絡下的文類歸屬。我們可看看下面這兩個例子。

> 詩是寂寞時的迴響。一張偶然落下的楓葉；一條魚的躍起；一行飛雁的戛然；一雙靈魂的低語。
>
> 詩是不易捉摸的。梯子與天空的一段；將停的搖椅；心底的字謎；荷馬的盲瞳；鬧市中浮現的、千里以外的一張臉。
>
> 詩是一種追求：蛾之與火，魚之與餌，獵犬之與電兔。一種終生不悟的執迷。
>
> 詩是同情的雨，溫暖的陽光……但詩和愛一樣，不宜多加詮

釋。

——夏菁〈詩的詮釋〉[8]

有人戴手鐲，有人戴手銬。

有人戴鐵鐲，有人戴金銬。

如果說，「你們倆交換吧，拿手鐲換手銬吧。」戴手鐲的一定不肯。如果說的是金手銬換鐵手鐲，鐵手鐲的也許要費些斟酌，不會拒絕得那麼快。

手銬到底是手銬，然而金子到底是金子，九九九的赤金。若說不方便，有各種人伺候；若說和別人不調和，戴金手銬的人有專用的俱樂部。

所以，有時候，戴手鐲的人想交換，帶手銬的反而不肯。或者，順利交換之後，其中有一個人後悔了，多半是原來戴手銬的人戴不慣手鐲。

那一生戴著金手銬的人，後來讓人再也看不見手銬了，因為金銬貼緊骨骼，被肌肉包圍起來。他已無法取下手銬，也沒有誰知道他被無形的銬銬住。

---

[8] 見夏菁《澗水淙淙》（台北：九歌，1998），頁174。

只有他自己，默默的計數那是幾兩幾錢黃金，九九九足赤。

——王鼎鈞〈金手銬〉[9]

夏菁這一首作品，出自他最新的一本詩集，其中第三輯名爲「〈新葉集〉（散文詩）」，共三十五首。我們看這一首以詩論詩的〈詩的詮釋〉，可以發現它與一般的散文詩大不相同，眾多譬喻與聯想的修辭，使得它與散文的距離極度貼近，說的比較嚴重一點，與其稱做「散文詩」還不如稱做「美文」。可是作者卻認爲這篇作品可以叫「散文詩」，既然作者已經做了「宣稱」，我們也就無法置喙了[10]。而王鼎鈞這篇作品，也同樣是出自他最新的「詩集」，王氏的散文卓然成家，盛名久享，寫詩則是近幾年的事。看到這篇作品，我們很難不跟他著名的「寓言體短文」產生聯想，不過因爲這本著作是詩集，連書名都叫「有詩」，依照許多前例[11]，這些不分行的大

---

[9] 見王鼎鈞《有詩》（台北：爾雅，1999），頁 89-91。

[10] 夏菁在此書後記〈清泉石上流〉裡說道：「我把前後寫了五年的散文詩「新葉集」，放在地三輯……寫這類散文詩的人，在當時（筆者按：1983-1988年）確實是鳳毛麟角，我只是把它來作爲一種實驗，見仁見智，由讀者去判斷。」（同註 8，頁 247）可見夏菁對「散文詩」的概念，尚十分寬鬆。不過既然已有「宣稱」，也就代表了作者對「散文詩」的已經有自己一套認知了，我們仍必須加以尊重並納入考察。

[11] 自紀弦、商禽以降，除了少數幾本散文詩專書之外（見第二章第四節），

概就是「散文詩」了，詩人向明在爲此書作的序文中又言之鑿鑿：

> 有人說現在的文類界限模糊是股潮流。有些人寫的詩根本就是散文。有些散文或小說又分行得像披上詩的外衣。但是鼎鈞先生寫的新詩絕對不含糊，甚至連他那被認為是台灣最有份量的散文也沒滲入到他的新詩中，他寫的是真正的詩。[12]

向明此番發言無疑更加「強化」了本書「詩」的「脈絡」，雖然爭議十分明顯，甚至有些讓人「無言以對」，但我們卻不得不承認，這也是「散文詩」的一種。

從「出位」及「宣稱」、「脈絡」各方面的探討中，我們便可以漸漸瞭解「散文詩」文類跨越現象的情況，也正因爲「散文詩」是活的文類，是仍在成長的文類，因此我們可以看到「散文詩」各種不同的面貌。文類認定的參差，作品風貌的紛呈不一，文類跨越「相亂」的情況嚴重，都是從事「散文詩」研究的困難。不過從這些多重線索中抽絲剝繭，再與其他的文類相互比較辯證，的確能讓我們對「散文詩」有更深入的瞭解，這也就是本章重點所在。

幾乎所有的散文詩都是跟「分行詩」一樣擺在同一本「詩集」裡的，而且大多數未特別註明或獨立成單元（如註８夏書）。

[12] 見向明〈但肯尋詩便有詩——爲鼎公詩集作序〉，出處同註９，頁÷。

第二節　散文詩與筆記手札

「筆記手札」只是一個泛稱，這種型式的創作有時也稱「手記」、「札」、「札記」、「隨筆」等等。當然，要爲這種文體下個明確的定義是很不容易的，更何況，創作者在爲作品命名時常有不同的動機，也因爲如此，有時在「名稱」上類似的文學作品，實則內容風格都迥然不同。所以，我們在這裡提出「筆記手札」，也只是相當概念性的，不過幸好我們有不少例子可以討論，從幾個明顯的線索進入，將有助於我們瞭解文類間的跨越情形。

楊師昌年在《現代散文新風貌》一書中，曾經提到「手記式散文」的特色：

> 較之日記與札記，手記或散文更要求有藝術的精美，這是因為撰寫目的的不同：日記與札記多供自身使用；而手記或散文仍須公之於世，忮求以自得與讀者們分享，忮求能對讀者引發共鳴，進而提供調適的參考。迄至目前，這依路線開發的形式仍如詩歌一般的精鍊，參考著以往中外名家的軌跡，如泰戈爾《漂鳥》、《園丁》集中，以精美的散文詩表現詩人對人生哲理的體認；也像王國維在《人間詞話》之中，以

精鍊筆觸揭示他對文學藝術理論的自得。[13]

此處點出了「手記式散文」和「散文詩」間的密切關係，而這種作品，仍是要以「文學性」的表現爲主，因此各種讀書筆記、研究札記等等，自然都不在我們所要討論的範圍之內。「筆記手札」要趨近於「散文詩」，有一個十分重要的因素，即引文中的「詩歌一般的精鍊」，換句話說，「它」必須是刻意「經營」過的「文學」作品，因此也不是所有的「筆記手札」都可和「散文詩」相提並論。總而言之，不少「筆記手札」類的作品，以其篇幅短小，加上作者的主觀意識或思想經過刻意的營造鍛鍊、甚至產生了特殊「情境」時，就十分接近「散文詩」了。以下我們便舉幾個實際的例證來考察。

首先我們看杜十三的《愛情筆記》[14]，我們光從此書的封面及幾位詩人的序裡面就能看到一個極其詭異的現象。首先，封面的標題是這樣的：愛情筆記——杜十三散文選。我們在第一印象中自然就會把它當成「筆記手札」式的作品來看待。但是當我們翻看封底，

---

[13] 見楊師昌年《現代散文新風貌》（台北：東大，1988），頁 119。

[14] 杜十三書名爲「筆記」的還有《人間筆記》（台北：時報，1984）、《地球筆記》（台北：時報，1986）、《行動筆記》（台北：漢光文化，1988），不過此三書嘗試以各種媒體來表現，如純粹用圖畫（人間筆記），或乾脆直接在書內藏一卷錄音帶（地球筆記），較難以和文學作品相比較，故暫以《愛情筆記》爲代表。

封底用的是英文，全文為：THE NOTEBOOK OF LOVE——DO SHE-SUN SELECTED **PROSE POEMS**（粗體字部分為筆者刻意強調），卻是稱為「散文詩選」，前後不一，讓人疑惑。再看裡頭的序文，洛夫將內文當作「散文」處理，認為是種「嶄新的散文文體」，林燿德與白靈則都認為是「散文詩」[15]。當然，這就是杜十三作品的特色，一直到近作《新世界的零件》[16]都是如此。這時我們就必須思考一下了，從整本書的「脈絡」來看，《愛情筆記》中的作品風格是相當統一的，每篇作品都有自己的標題，也都自成一個情境，將這些作品用同一個標準去命名或分類，基本上沒有問題。從「宣稱」的角度來看，「散文」、「散文詩」、「筆記」都堂而皇之的使用在此書中，這裡面其實隱約地表達了作者的文類策略，即杜十三根本就不想讓這些作品受到文類的限制。讓這些文類名稱同時共存，除了在分類上比較麻煩之外，並沒有什麼壞處，這種情形可與我們在前一章提出的「元類觀」相參看。以下徵引一篇為例：

午後兩點，他把咖啡沖進瓷杯中一片風景的倒影裡，加上糖和奶精，用一根長而纖細的調羹輕輕調著，直到整個室內浮出一片醇香。

白色的窗簾像伸長的舌頭，忙著隨風調整方向。卻只在咖啡

---

[15] 分別見杜十三《愛情筆記》（台北：時報，1990）頁10、頁17、頁19。

[16] 杜十三《新世界的零件——末世法門九十九品》（台北：台明文化，1998）。

杯上方三尺的地方掃到幾縷香味，而後，頹然的靠向窗檽，不動了。這時候，他已準備妥當，把一張疲倦的面孔迎向潔白如鏡，泛著亮光的杯口，像詢問一樁嚴重的問題似的，貪婪而有點慌張的把嘴就上，唏呼唏呼的啜吮了起來…。

三杯咖啡之後，他終於清醒，翻來轉去，忙著尋找不小心沖入杯底的，一張昨晚留有女人唇印的面孔。

——杜十三〈咖啡〉[17]

如果把這篇和此書中的其他作品放在本文的詮釋策略裡，無論從散文的功能及詩的功能等各項特色來看，或是從脈絡及宣稱的統一來看，把它們都當成「散文詩」並無不可，特別是和其他早已被宣稱爲「散文詩」的作品相比較，「愛情筆記」中的作品絕對有被視作「散文詩」的資格，所以此處的「筆記」一詞，也只不過是作者文類策略的運用。

接下來我們要要看的是稱爲「手記」的作品。其中最著名的便是沈臨彬的《泰瑪手記》、《方壺漁夫——泰瑪手記完結篇》，以及渡也的《歷山手記》。沈臨彬這兩部作品屬於同一個系列，甚至後者還收錄了不少前者的作品，兩書的體例相當類似，都內含了各種不同的文體，如分行詩、短文、日記等等，正如沈臨彬所自承，

[17] 同註 15，頁 106。

書裡面所表現的都是作者的獨白[18]，各種駁雜的思緒紛呈，爲的都是追尋更人性的自我。準此，這些作品不拘形式，文思飄忽不定，在整個文字的表現上卻時時表露一種頹廢的美感，甚而有詩歌般的意境出現。《泰瑪手記》中的〈青史〉，就曾被選入《七十年代詩選》之中，因原文篇幅甚長，茲引錄前兩段及末段如下：

細鐵絲上那些被太陽的舌尖舔舐得一點血色也沒有的，灑著的衣服以及他的臉，在臉的背後，一個白天倒下來，如一扇門在夜中，被黑得透明的夜嚥下，一個女人抱著一個襁褓涉過一莖在暗裡哭泣的濕草，一滴水碰著一面湖。

黨人們硬說他什麼，懨懨地，我們坐著獨輪車，偏首睭我，他們湧到那林子，在樹下他被推倒，一隻土槍抵在腦門上，在沒有上帝的天空下，一塊石子落在湖心，一聲更漏，一群孩子在墓左邊的那株石南頂上的那朵被鉤著的雲，風像是母親回來時的手，春天又從那山上流下來，叫哥哥，那人穿過一組灰被一陣風淹沒，風又被遠方棉花糖似的引擎壓死。……

……在白得刺眼的雪地上：母親啊！在一聲哭調的蒼白裡，所有的文字扭曲而變成下垂的淚滴。

[18] 見沈臨彬《方壺漁夫——泰瑪手記完結篇》（台北：爾雅，1992）自序。

——沈臨彬〈青史〉[19]

有不少人將這篇作品當成「散文詩」來看，蘇紹連更說過這篇〈青史〉對他的散文詩創作具「啓蒙」性的影響[20]。的確，從各種角度來驗證，這篇作品都夠的上是頗爲「標準」[21]的散文詩，只是不管從「宣稱」或「脈絡」來看，都不免讓人容易混淆；因爲它畢竟不像杜十三的《愛情筆記》那樣脈絡一貫，只要統一「宣稱」，整部作品都能一體適用，《泰瑪手記》中的確具有可稱爲「散文詩」的作品，但卻只是一小部分。也就是說，雖然稱爲「手記」，但是卻有許多不同的表現方式，其中有部分是「散文詩」，但大部分仍只是「手記式散文」，「散文詩」只是個別作品的宣稱；如果從整個作品的脈絡來認定，說〈青史〉這類的作品只是「手記式散文」而非「散文詩」的話，也沒什麼不可以，因爲認定的策略本來就是十分自由的。

我們再看渡也的例子，渡也的《歷山手記》，是他在一九七〇到一九七六年間，寫下的日記體作品，表現的正是一個文藝青年，在青澀年華中的情緒及思維的波動。每一段文字皆以日期爲標題，或是再加上一個小標題，如「六十年九月十四日，不經意的追逐」。

---

[19] 沈臨彬《泰瑪手記》（台北：普天，1972），頁 61-63。

[20] 見〈三個夢想〉，《隱形或者變形》（台北：九歌，1997）後記，頁 226。

[21] 指跟一般的「散文詩」具有許多的共同點，其實即使不「標準」，我們也不能說它一定就不是「散文詩」。

由於渡也是詩人出身，更是有心經營「散文詩」的幾位作者之一，在他這本早期的類似習作之中，就有不少非常詩化的語句或是情境出現，比如：

> 一八四九年，十二月二十二日，上午七時，站在死刑臺上的，杜斯妥也夫斯基，以及他凝望教堂圓形屋頂的那件事，總是侵襲我最最脆弱的部分。
>
> 「有些人是天生來影響別人的」，那天，當我俯身拾取「未央歌」裡的這句話，居然看見杜斯妥也夫斯基走過來，扶持我的雙腋，將我舉起，復把我帶走。
>
> ——渡也《歷山手記・六十年四月》[22]

就單篇本身來看，這當然是散文詩，但是不像沈臨彬的受重視，渡也這本《歷山手記》中的作品似乎並沒有被選入任何詩選（除了渡也自選的《面具》）。在張默所編《台灣現代詩編目》之中，收錄了沈臨彬的《泰瑪手記》，卻未收渡也的《歷山手記》[23]，但是渡也此集中的「散文詩」數量，卻比沈書多的多了。究其原因，便是大部分的人都將《歷山手記》放入「手記式散文」的脈絡之下，脈

---

[22] 渡也《歷山手記》（台北：洪範，1978），頁 19。

[23] 見張默編《台灣現代詩編目》（台北：爾雅，1996 修訂版）第八編〈作者書目索引〉沈臨彬條，頁 235、渡也條，頁 254。

絡與宣稱強過了實質，此書中的「散文詩」自然也不受重視。在我們（或渡也）未強調之前，沒有人將這裡的作品當成「散文詩」，但是一經重新宣稱，這些作品又成為十足的「散文詩」了。我們當然可以說這是「筆記手札體散文」向「散文詩」的強力「出位」，但不可否認的，「宣稱」與「脈絡」在這裡更發揮了強大的功能。

本節最後一個要提出來的例子是陳斐雯的《貓蚤札》，《貓蚤札》是一本以分行詩為主的詩集，其中有八篇札記式的「詩」[24]，更進一步，依照普遍原則（見註１１），這些應該就是所謂的「散文詩」。這八篇作品，每篇從九到十二段不等，每一段的篇幅都很短，彼此之間也未必有關連，大部分都可各自獨立，我們就來看看其中的一篇：

1

關於你的那一部份，是活在我生命的暗角裡的，正因為並不是一個死角，所以有被淩遲的感覺。

2

我已經來在大路之上，等候著災難降臨。

這個想法，在我風平浪靜度日的此時，變得非常巨大而飽滿，一戳即破。

3

---

[24] 分別是〈風流手札〉、〈睡眠發條〉、〈在紙屑上〉、〈鬆開的靈魂〉、〈貓蚤札〉、〈鬼臉的交談〉、〈路過隨札〉、〈也可札〉等八篇。

有時候，生命只是一種緩慢的滑落，直到，你以為自己是戛然凝止的什麼了。

就像在考卷上、圓滾滾的一個零分，它是不會動的，除非你將視線移開。

4

雨停的時候，又是黃昏。

知道你還活著，而且還維持著幾個壞習慣，就放心了。

5

我是不寫日記的。

大規模的記憶，遠不如零星的回憶吸引人。

6

冷到了極點。

我自夢中驚醒，檢查窗外，確定並沒有下雪這回事，才又回到夢的火爐邊，繼續烤暖我受凍的靈魂。

7

生日這天要搬家。我把自己打包成24個箱子，準備到一個陌生的地方，將它們拆開，重組成一種生活新希望的樣子。

搬家使人愁啊。

8

經常，我對別人微笑，對方卻不覺得。

也許我只是經常有著對別人微笑的感覺而已，而這樣，顯然是不夠的。

9

「時間會沖淡一切。」

這句話，執迷的當時，你會很幹它，過去了，便信了。所以，你活下來，既然活下來了，就什麼也不難了。

說穿了，時間篩存了許多識趣的生命是也。

——陳斐雯〈路過隨札〉[25]

從這個例子看來，雖然有些地方似乎有些一般「散文詩」情境的特色，如第六段，但整體來看卻還是相當的自由散漫，隨想般的筆記成分恐怕大過「散文詩」的成分。當然作者並沒有「宣稱」這些作品是「散文詩」，我們只是從整部詩集的脈絡中猜測而已。此外，在張默編的〈七十七年詩選〉中，也收入了〈貓蚤札〉，也是將其視爲「散文詩」來處理。於是，這很明顯的就是筆者在第三章中歸納出的原則所無法包含的「散文詩」。陳斐雯的這八篇作品，究竟是「筆記手札體散文」還是「散文詩」，恐怕真的只能很遺憾的說是「見仁見智」了。

從以上的幾個實例之中，我們可以看出「筆記手札」和「散文詩」間的跨越現象，從本身出位到脈絡、宣稱，這些情形都明顯地表現在這些文學作品裡。從這裡我們更能瞭解到，文類的爭論，有時候不一定具有什麼意義，因爲除了因場合不同、目的不同的差異之外，我們更不免顧此失彼，找不到放諸天下皆通的準則。如果我們只將它當作一個客觀的文學現象，先不要加以判斷，或許在此二

---

[25] 見陳斐雯《貓蚤札》（台北：自立晚報，1988），頁 128-130。

者的互動間，除了本文所提出的幾個線索之外，還有更多的隱微之處可供考掘。

第三節　散文詩與極短篇

「極短篇」和「散文詩」看起來雖然是兩種不同的文類，然而實際上，它們的關係恐怕不像我們想像的那般涇渭分明。不同於「散文詩」的自由發展，台灣的「極短篇」可以說是傳播媒體積極運作下的產物，一九七八年二月二十五日，聯合報副刊刊登了陸正鋒的「極短篇」作品〈西風之外〉，同時開始徵求同類型的作品，編者有按語云：「極短篇是一個新嘗試，希望以最少的文字，表達最大的內涵；使讀者在幾分鐘之內，接受一個故事，得到一份感動和啓示」，聯合報文學獎也合計有十一屆爲極短篇設置獎項[26]。關於「極短篇」的興起，歷來便不乏論者的質疑，他們認爲「極短篇」完全是一「消費文化」及「文學經濟」的產物，持這種態度最力的要數張漢良[27]。

我們在此處並不打算質疑「極短篇」的誕生背景，但是有一點值得我們特別注意，那就是「極短篇」的「理論」建立得要比「散文詩」快多了，「極短篇」的創作，也常常以理論爲準則加以實踐，

---

[26] 見焦桐《台灣文學的街頭運動》（台北：時報，1998），頁 246。

[27] 見張漢良《文學的迷思》（台北：正中，1992），頁 42-48。

這便是「極短篇」和「散文詩」最根本的差別。「極短篇」理論建立的迅速，可以爾雅出版社的《極短篇美學》爲代表，此書的出版，與爾雅另外又出版了十餘本以「極短篇」爲主的出版品不無關係。我們若是細觀《極短篇美學》一書，便可發現「極短篇」理論的建立，其實仍是非常匆促的，書中十八位作者各說各話，交集並不算太多，有時甚至還相互矛盾或對立，因此要稱的上是完備的「理論」恐怕還有一段距離。

總體說來，「極短篇」並沒有一定的規則，許多論者也只是接續西方的小小說（short short story）或日本的「掌上小說」理論而來，因爲作品的風貌不一，因此也很難有個共通的原則，這點與「散文詩」倒是有幾分相似。到了台灣之後，經過文壇學界的勉力整飭，「極短篇」的特點便大致向以下幾個原則集中，即篇幅短，文長一千字左右，最多不超過兩千字，題材常是擷取生活片段，要能小中見大，納須彌於芥子，構造及意念完整，具有瞬間感染力，高潮常置於尾部，應有出乎讀者意料的結尾，高潮一出現即戛然而止，最重有餘不盡等等。[28]

依據這樣的原則創作出來的「極短篇」，是否會與「散文詩」產生什麼關係呢？在舉例之前，我們先看看《極短篇美學》中的幾位評論者的考察心得：

---

[28] 整理自第前註書，頁 39-40。楊師昌年《現代小說》（台北：三民，1997），頁 85。瘂弦等編《極短篇美學》（台北：爾雅，1992），頁 9-11、17-18、135-141。

千把字內的小說，大陸叫「微型小說」，台灣稱「極短篇」。從去年起，我開始寫些「一句話」小說，最長的不過二百來字，最短的也就幾十個字。是嚴格意義上的一句話……同時又是嚴格意義上的小說……與短小的散文詩、隨感錄等絕不混同。

——劉心武〈捕捉一瞬〉節錄

當論者把法國詩人馬克斯•夏考白(Max Jacob)「真的奇蹟」、「出路」，商禽的散文詩「躍場」、「鴿子」、「電鎖」都納入極短篇的家系時，我憬悟到還有一個處女地有待開發，那該是：詩的極短篇，極短篇的詩！

——瘂弦〈極短篇美學〉節錄

八十年代英語出版界一些以平裝本上市的短篇小說選裡，不少可以歸為極短篇的作品，來源或出處往往不是一般的短篇小說集，而是詩集或散文詩集（很多散文詩都只散見詩集）……入選的一般會特重人物、動作、對話三個要素之一，或是較為戲劇化的單一場景。

——鄭樹森〈極短篇的文類考察〉節錄[29]

---

[29] 皆出自《極短篇美學》一書，頁號依序爲頁 17、頁 6、頁 35。

上面所引的三段意見，分別是：一、「極短篇」與「散文詩」絕不相干。二、「極短篇」與「散文詩」很有相互融合的可能。三、很多「散文詩」根本就是「極短篇」。其中第一點與第三點的考察幾乎可說是完全相反的，不過因爲第三點鄭樹森所引用的是國外的例子，我們倒是可以看看國內的情形如何，蕭蕭曾經提出「散文詩」的「小說企圖」，認爲「散文詩」實際上兼具了小說的效果。

> 散文詩的寫作，幾乎每一首都可以發現非常明顯的「小說」企圖，小說需要有人物、背景、事件，需要安排伏筆、懸疑、高潮，「小說企圖」則可以是「麻雀雖小、五臟俱全」的小說雛形，也可以是「驚鴻一瞥」的小說中的一個場景、一個事件、或者一聲驚嘆！……散文詩這種形式為什麼比較適合寫作「極短篇」？……以小說的面具去表達詩的「神思」，一則可以保留散文語言舒緩的風格，逐層醞釀，兼具小說閱讀的樂趣；二則可以掌握詩的質素，使小說歷程更為簡鍊……兼具戲劇觀賞的效果。[30]

這樣看來，若一定要強說「極短篇」和「散文詩」沒有關係，大概是不可能的了。可是問題是，「極短篇」和「散文詩」的差別到底在哪裡呢？在一片「求同」的聲音之中，卻沒有人說出它們的原來差異何在。客觀的說，「散文詩」與「極短篇」的相似點的確

---

[30] 同註 1 蕭文，頁 137-139。

不少，顯而易見的就有：篇幅體制短小，有情節推展，情感濃縮瞬間釋放等等。用更寬的視界來看，與其要追究是「散文詩」出位成「極短篇」或是「極短篇」出位成「散文詩」，還不如說這不啻又是個「宣稱」及「脈絡」的問題。一篇這樣的作品，就看作者或讀者怎麼稱呼它，或是將它放入「詩集」，依脈絡便是「散文詩」，反之則是「極短篇」，這就是這兩種文類的曖昧關係。如果非要將此二者加以區分，照筆者的觀察，只能很小心的說：「散文詩」的疏離情形，要較「極短篇」來的明顯、嚴重。

在前一章我們曾提到「疏離」是散文詩「詩質」的特色之一，另外一個則是 Lyric，Lyric 的表現，頗近於「極短篇」的高潮或感情釋放，於是我們必須另外從「疏離」現象來細究。在疏離的兩種現象中，一個是「語言疏離」，一個則是「脈絡疏離」。在「極短篇」中，因爲要因應小說情節的合理推展，「語言疏離」幾乎不可能出現，「極短篇」或有優美的修辭，但單句成詩的情況則絕少出現。此外，同樣是爲了情節的合理進展，「極短篇」的劇情不太可能超脫現實經驗，即使結果令人「意外」，或感情得到「釋放」，但進展中必安排支持此一結果的「伏筆」，否則不可能具有說服力；爲了顧及完整性，情節的發展更不可能天馬行空，無拘無束。在題材方面，「極短篇」的「故事」性質濃厚，取材常不出人生經驗，注重發掘生活的多面向，引起讀者相同的共鳴。「散文詩」則沒有這些束縛，在情節的推展、場景的設計、甚至取材上，「散文詩」都可以營造屬於自身「特殊情境」的脈絡，在每一個環節中都能發揮「疏離」的功效，在「詩」的大脈絡下，沒有人會質疑這些「疏離」

荒誕不經。所以，「極短篇」在「疏離」的表現上，比「散文詩」受到更多的限制，閱讀的效果畢竟也有所不同，讀者被引發的心緒自然也有差別了。以下我們就舉例說明：

> 居然在出殯的儀式中播放華爾滋曲。死者在往天國的梯級間猶豫著。望見一群逃亡的鴿從廚房的煙囪裡飛出來。牠們因被拔去羽毛在寒風中抖顫。他脫下身上一件又一件春夏秋冬全部的衣服拋出去給寒冷的鴿。而當他赤裸地爬上雲層的時候聽到先到的人說：「天國已經近了。」不久他因衣著不整被扔下來如同一塊石一顆星一艘船一行字。再度死去身上插了一個標誌：「第二次的死亡不簽證明不得超度不得申訴不得非法出境。」
>
> ——羅英〈天國之旅〉[31]

> 他好似很專心的在閱讀報紙。
>
> 但是究竟報導些什麼重大的事件，他印象卻模糊不清，因為每一則新聞他都沒有讀完，視線常常都停留在印有日期的橫欄上。
>
> 他想，今天是星期日倒是可以確定的。星期日才會陷入這般無所事事的煩憂之中。她必定也因著這無法與他見面的假日而嗟歎吧？

---

[31] 見羅英《二分之一的喜悅》（台北：九歌，1987），頁197。

「我好討厭星期日呵。」昨日她坐在與他隔了兩張辦公桌之遙的彼端，對他說：「星期日什麼事也不想做，也沒有一個人可以說話。」他們之間的兩張桌子中央有一個玻璃瓶，插了一束奄奄一息的暗紫色菊花。那花遮去了她一部份動人的臉龐，使得他對於她時常要插這樣一瓶花在這頗為不解，也有些許的不悅。

「我不喜歡菊花。」他終於很委婉地說了，「時常都在喪葬的儀式中看到，總給人不祥與悲哀的感覺。」

她不瞭解他的用心，也沒有答話。顯然她是偏要喜愛這種花不可。頑強的女子，他在心中說，但是我卻無法不像珍奇的玉石那般疼愛她。

他停止看報，耽溺在這種想法之中時，廚房內的抽油煙機大聲響動起來。壁上的鐘顯示已是正午。

他放下報紙，將半包長壽香煙捏作一團，塞進快要裝滿的字紙簍裡。

「去買香菸，很快會回來。」他對著廚房大聲說完，便步下公寓的樓梯，向著公共電話走去。他將衣袋內全部的一元硬幣都投了進去才開始撥打給她的電話號碼。

「你知道我買了什麼花嗎？是明天要帶去辦公室插在我們桌上的。」她的聲音從線的彼端傳來，「你猜不出嗎？不要緊。你還有幾個硬幣可以講話？一個也沒有了嗎？好可惜。我告訴你，我買的還是菊——」最後那個可能是「花」的字，隨著電話的時限而切斷在聽筒裡。

可憐的花。可憐的女人。可憐的自己和自己的心。他腦海中盡是這些字句，湊成一叢他並不喜愛的菊花。

——羅英〈菊〉[32]

以上同時舉了羅英的「散文詩」和「極短篇」各一篇，即使不用標明我們應該都能輕易的分出哪一篇是「散文詩」，哪一篇是「極短篇」。王鼎鈞曾說過：「我敢說，羅英女士的『菊』，就是以極短篇爲皮囊裝入詩魂。」[33]羅英自己也說：「我遂決定把作品的領域擴大，讓它既有詩的意境，也有散文的韻緻和簡單的小說情節。……柏谷先生說：『川端早年曾想寫詩，後來沒有寫，卻把詩的意象寫進極短篇去了。』這句話激勵我開始了極短篇的嘗試與寫作。」[34]話雖如此，這一篇「菊」雖然擬造了類似詩的情境，使讀者心緒得到發散；但是與「天國之旅」的整個發展脈絡甚至文句意象比起來，還是中規中矩得太多了。「天國之旅」的「荒謬」，正是使其成爲「散文詩」的重要條件，這種「疏離」技巧則很難展現在「極短篇」上，羅英也自承：「寫了幾篇之後，發現極短篇終究不是詩」[35]，身爲同時創作兩種文類的作者，羅英除了感受到它們的相似性，嘗試如同瘂弦提出「詩的極短篇，極短篇的詩」的可能之外，也許也發

---

[32] 見羅英《羅英極短篇》（台北：爾雅，1988），頁 35-37。

[33] 見王鼎鈞〈極短篇〉，收錄於《極短篇美學》，頁 109-114。

[34] 同註 32，頁 186。

[35] 同註 32，頁 186。

覺到兩種文類在根本上的相異點。從「宣稱」的角度觀之，「散文詩」和「極短篇」好像若即若離，不過經過以上的討論，筆者以為，這兩著間的關係，暫時應該還是可以分得清楚的。

第四節 散文詩與荒謬劇場

「散文詩」與「荒謬劇場」之間，其實並沒有像「散文詩」與「筆記手札」或「極短篇」的距離那麼接近，甚至，我們大可忽略這一部份不談，也不會損及本章的完整性。可是一方面為了探討「散文詩」的文類跨越性質，我們不得不儘量將四分法系統中的文類都加以比較（當然這不免有流於機械論之嫌），另一方面，則是一直忘不了蘇紹連在自敘創作經驗時的一句話：「我彷彿先置身於一幅詭異的畫前，或置身於一個荒謬的劇場中。」[36]；此外，在接觸戲劇結構的相關理論時，又發現到有所謂的「詩式結構」[37]。在這兩條線索的引導下，或許還有些現象值得我們繼續探究。

首先我們還是要從「荒謬」（absurd）開始談起。「荒謬」的概念，與存在主義其實有十分密切的關係，不過我們在此暫時先不談哲學性的問題，此處我們只要瞭解「荒謬」及「荒謬劇場」便可。

在經歷兩次世界大戰之後，整個歐洲充滿了絕望、幻滅、殘破

---

[36] 蘇紹連《驚心散文詩》（台北：爾雅，1990）後記，頁 142。

[37] 見孫惠柱《戲劇的結構》（台北：書林，1994），頁 44。

的不安定感，這種「時代感」除了深沈的痛苦之外，人們更希望重新找尋一種新的價值和秩序，存在主義的思想，也就是在這種背景下萌生的。「荒謬」是存在主義文學家卡繆（Albert Camus）的中心思想，他認為，「荒謬」是理性的人遭遇到「毫無道理的世界」之後產生出來的，既然世界是「荒謬」的，就無須迴避它。他主張的策略是，以「荒謬」對付「荒謬」，就是要使「荒謬活生生地保持下來」。人在自己的存在中將處處體驗到世界的「荒謬」性，因而也會逐漸體驗到自己採取「荒謬」的生活態度之必要性[38]。在其名著《薛西弗斯的神話》（The Myth of Sisyphus）中，表露的就是這種生命境界，薛西弗斯被懲罰推滾一塊巨石上山，到達之後復因重量再度滾落，如此往復永不止息。薛西弗斯的處境之所以成為悲劇，就是因為他清楚地感覺到遺棄及絕望的痛苦，在他每次重新開始那無止息的工作時，他也要經歷選擇的痛苦。但是如果他認清這整個生命情境的「荒謬」，而以輕蔑代替詛咒時，便能超越那塊石頭及命運，這時他就是快樂的。[39]

「荒謬劇場」的劇作家們延續了這個概念，但是又產生了更進一步的異變。「荒謬劇場」（Theatre of the Absurd）的名稱，是由英國作家兼評論家艾斯林（Martin Esslin）所提出，他在一九六一年所出版的同名著作中，正式提出的與傳統戲劇大不相同的戲劇流派。

---

[38] 見高宣揚《存在主義》（台北：遠流，1993），頁 295。對於「荒謬」之討論，可另見傅佩榮《荒謬之超越》（台北：黎明，1985）一書

[39] 見陳鼓應編《存在主義》（台北：台灣商務，1992 年增訂二版），頁 250-251。

他指出，「荒謬劇場」的主題就是「在人類的荒謬處境中所感到的抽象的心理苦悶」[40]，此派劇作家放棄了理性和推理思維，一直試圖憑本能和直覺來解決內在矛盾，以具體的舞台形象來表現存在的荒謬性，這就是「荒謬劇場」與卡繆等「存在主義文學」不同之處。艾斯林在〈荒謬劇場之荒謬性〉一文中進一步說明：

> 他們（存在主義文學作家）依靠高度清晰、邏輯嚴謹的說理來表達他們所意識到的人類處境的荒謬無稽，而荒謬劇場則公然放棄理性手段和推理思維來表現他所意識到的人類處境毫無意義。……從某種意義上說，沙特和卡繆的戲劇，在表達沙特和卡繆的哲理——這裡用的是藝術術語，以有別於哲學術語——方面，還不如荒謬劇場表達得那麼充分。……荒謬劇場放棄了關於人類處境荒謬性的爭論，他僅僅表現它的生存——就是說，以具體的舞台形象來表現存在的荒謬性。這二者在表現形式上的差別正如哲學家和詩人間的差別。[41]

從艾斯林的解釋裡，我們可以看到「荒謬劇場」以具體的舞台形象，不符合邏輯的非理性表現方式，省略了辯證推論的過程，更直接呈現生命的「荒謬」情境。荒誕派戲劇採用的這種形式，有時

---

[40] 見伍蠡甫、林驤華編著《現代西方文論選》（台北：書林，1992），頁366。

[41] 出處同前註，頁 371。

還會在一些非邏輯的跳躍和怪誕的變形走到十分極端的地步，而這都是因爲作者的隨心所欲，法國著名荒誕劇作家尤奈斯柯（Eugene Ionesco）即說過：

> 那是一種情緒而不是一種思想意識，一種衝動而不是一種計劃，是嚴密的一致性使處在原始狀態的感情具有正規結構，這種一致性是為了滿足內心的一種需要，並不是為了適應外界加強的某種結構程序的邏輯；並不是屈從某種預定的情節，而是精神原動力的具體化，是內心鬥爭在舞台上的投影，是內心世界的投影。[42]

總而言之，這種「不講究人物和故事邏輯的因果聯繫，主要根據作者的意念和情緒，自由地組接一系列連慣性少而跳躍性大的符號」[43]的表現，實際上就是詩的特徵。談到這裡，我們對於「荒謬劇場」的精神，應該有了一些初步的瞭解，若是回到台灣現代散文詩來看，這種現象是否有類似之處呢？「存在主義」在五〇年代末漸漸開始引進並風行於台灣，我們姑且不討論這到底是純粹的「西風東漸」或是台灣的確具有類似的文化背景，但不可否認的，台灣現代詩在「現代派」主智的大纛之下，對這方面的課題的確有不少吸收，特別是台灣幾位重要的散文詩人皆歷經過此一年代的洗禮，他們的作

---

[42] 同註 37。頁 52-53。

[43] 同註 37，頁 52。

品會具有與「荒謬劇場」類似的理念，一點都不令人訝異。我們可以看看以下的作品：

■事件中總有主角，不幸的是此一事件中，「我」或「他」都非僅有的主角。（幕起）

老遠就看見那片陰影，及陰影中的那人，正以一種吃力的姿態，沿著陰影邊緣，像推移某種擋在身前的沈重物件般的推撐著，好奇的我逐漸向他走近。

看見我後立刻放棄那種徒然的努力，臉上現出興奮的光采且張合著嘴唇像對我訴說甚麼，我卻沒有聽到任何聲音！

見我沒有反應他便顯得更加急切：扯髮、搥胸、比手、劃腳並以石塊在黑色的地上勾勒著，我仍無法看清他的意圖。

正當我更加注意的觀察他時，這怪異的人忽然扯下了一片衣襟以身體某部分的血液在布塊上書寫著，然後將之高高舉起，那上面赫然是血紅的幾個字跡：
請助我離開此地！

事件一：

忽然我發現那塊布竟飄揚在我手中，陰影竟是一面鏡子，血不停的自腕上滴落

滴

落

事件二：

我覺得那十分造作可笑，乃急步衝向他，在撞向他、撞擊陰影邊緣的一霎，隨著額角一陣燥熱，我已倒臥在地，血在眼前流成巨大的溪河，脈搏逐漸減弱，我掙扎著以手沾血在身旁寫出：

請助我離開此地！

事件三：

一隻地鼠自陰影一角竄出，迅速輕易的涉過那片陰影踏上我的血泊，隨著他漸行漸遠的紅色小小足跡，一種愈來愈沈重的睡意已傳遍全身，那時，我便將眼簾輕輕閉攏

閉

攏

（幕落）

——季野〈事件〉[44]

從形式上看，季野這一首「散文詩」很明顯地使用了劇場的手法，特別是「幕起」、「幕落」的特別標出，更加深此作品的「戲劇感」。多重結局的設計，更打破了傳統戲劇邏輯完整的概念。這種無頭無尾，沒有來由的劇情設計（或按照作者的說法只是「事件」），看來是作者的惡作劇，荒誕不經的劇情推演，也完全沒有理路可循，但是我們依循「詩」的脈絡，便不會只純粹將它視爲粗劣的劇場模仿，而是詩人運用了「荒謬劇場」的表現方式，以直接呈現「荒謬」來對抗整個人生或外在世界的「荒謬」情境。其實作品不一定要有劇場的模擬，許多散文詩表面上並不具劇場的形式，但是在營造並完成一個特殊情境時，卻如同「荒謬劇場」的精神一樣，即刻搬演「荒謬」的本身，而不作任何的辯證，詩的意義即情境本身，是無法多作詮釋的。台灣現代散文詩中隨處可見的「荒謬」情節，自然也不是徒具「荒誕」（ridiculous）的表象而已了。

從文類的立場來說，「散文詩」與「荒謬劇場」在形式上自然是判然兩分的，但在精神上，則未必如此。與前面兩節不同的是，「散文詩」和「荒謬劇場」之間並沒有相互「出位」，或是因「宣稱」及「脈絡」問題糾葛不清；若有的話，也只是「散文詩」可能「出位」去諧擬了劇本的格式。我們只要瞭解，「散文詩」與「荒

---

[44] 原載《創世紀》詩雜誌第卅期（1972 年 9 月），現收錄於《創世紀詩選》（台北：爾雅，1984），頁 287-289。

謬劇場」的關係並非在文類外在形式上的「跨越」，而是在創作精神上時有相通。往後兩者會不會有更多的互動，我們不得而知，但依照目前的發展，也只能比較保守的下這樣的結論。

第五章　台灣現代散文詩藝術論

緒言

在討論完台灣現代散文詩的文類問題之後，從本章開始，便要直接進入對作品的文本分析。本章擬從設計手法的角度來探討散文詩的藝術，共分為四節，分別是情境設計、段落結構、特殊型製以及普遍意象。然而正如同我們在第二章伊始已經陳述過的理由，因為我們不打算強加界定何者為「散文詩」、何者「非散文詩」，更不打算用幾家的「經典」來代表台灣現代散文詩的全部風貌。基本上，本章會以符合本文第三章原則的散文詩為觀察主體，但也不摒棄任何有「散文詩」之稱（不管是自稱或被賦予）的作品。當然，限於篇幅及筆者能力，想要達到這個理想幾乎不太可能，特別是在歸納時不免會有遺珠或疏漏，這點是不能不先承認的。

第一節　情境設計

本文在第三章曾經提出，一篇「散文詩」的主體便是一個特殊的「情境」，「散文」負責情境的「塑造」，「詩」則負責情境的「完成」。然而此一特殊「情境」如何「設計」？諸家散文詩作者在設計情境時是否有些共通的手法？這些論題即是本節的重點。蕭蕭先生曾對「如何達成散文詩的效果」歸納出四種手法，分別是「虛與實相雜」、「時與空交錯」、「情與境逆轉」以及「物與我轉位」[1]。這樣的觀察固然十分全面，但因本文的觀察角度及基本認知與蕭文有些不同，特別是此處我們將特別注重情境如何「設計」，與蕭文的全面觀察畢竟有層次上的差別，因此除了略有參照之外，本節還是另外提出筆者自己的心得。本節所歸納出來的四個主要手法，分別是「假想時空」、「轉化變形」、「單一衍伸」及「意象堆砌」，以下便一一說明。

一、假想時空

延續著「荒謬劇場」的一貫精神，而最常用爲設計散文詩情境的方法，便是「假想時空」。「假想時空」的變化十分多端，除了

---

[1] 見蕭蕭〈散文詩美學〉（下），載於《台灣詩學季刊》第二十一期（1997年12月），頁121-127。

所謂「時空交錯」之外，不論古今未來、天國地獄甚至外太空，全都可能是散文詩情境的發生背景，這種「布景」式的設計，常可在根本上營造「超現實」的氛圍。我們也因此發現一個現象，即「散文詩」的內容很少是表達或描述「正常的現實」，所謂「虛與實交錯」已經是散文詩最普遍的現象，我們幾乎已經無法將它當作是一個「刻意」的設計了。從這裡也可得知，「假想時空」也是種明顯的「疏離」技巧，經過這種設計，使整篇散文詩的「脈絡」完全超出常規，如此更容易使「詩」的功能發揮，以利於整個「情境」的完成。舉例說明如下：

在巴塞隆納，小孩子在街上向我丟石頭，我幾次半夜囈語醒來，為了自己在鬥牛場上的懦弱，像一個小孩一樣嚶嚶哭泣……

在巴塞隆納，甚至我的親人也不能原諒我，人們聚集在酒店裡公然的侮辱我，嘲笑我——我聽見有人大叫：西蒙，我們愛你，西蒙，你是個多麼奇妙的混合物——哈哈哈，一個懦弱的鬥牛士……

在巴塞隆納，那個以屠殺，飲酒為樂的城市，一夜醒來，一切對我多像一個長年的惡夢。我在破舊的地圖上找到東方，指著那片廣大美麗的土地，我迅速地作下決定——我決定離開巴塞隆納，到新興的中國去參加偉大的國民革命。

——楊澤〈在巴塞隆納〉[2]

楊澤有一系列以「在……」爲名的詩作，其中又以散文詩爲多，如〈在台北〉、〈在中國〉、〈在鳥店〉、〈在邊疆〉[3]等等，從詩題我們便可看出他這些詩作在特殊「空間」感上的營造，而在作品中，除了「空間」的「疏離」之外，更將「時間」的疏離一起帶入。〈在巴塞隆納〉的例子裡，不論時間及空間都是假想的，當然我們可以說巴塞隆納是西班牙東部的大城，確有其地，時間則是本世紀初葉中國發生革命前後，主角則是一名懦弱的鬥牛士。但無論如何，這篇散文詩作和真實的作者楊澤的生活完全無涉，若要將作品裡的時空都落實來分析，則不具任何意義，因爲這篇作品並非散文或報導文學，更非一具有邏輯理路及時代背景的小說。中國發生革命前後的巴塞隆納，裡頭住著一個不得志的鬥牛士，這僅僅只是作者刻意設計的特殊情境，我們們在閱讀時無須考量任何歷史地理，更不需在乎主角是否具有安達魯西亞血統。說的更誇張些，這裡的「巴塞隆納」也許根本不是世界地圖上的「巴塞隆納」，中國的國民革命發生不只一次，未來也未必沒有，故事中的主角也難保不是個具有北非血統的混血。總而言之，在此一特殊情境下，因爲「疏離」現象的產生，不論作者和讀者都有極大的思維空間，在這種脈絡下，時空都是不能當真的。我們還能再舉一個更明顯的例子，以表現「假

---

[2] 楊澤《彷彿在君父的城邦》（台北：時報，1980），頁13-14。

[3] 出處同前註。

想時空」的運用程度。

瘦到露出肋骨的狗吠聲搖醒了1000000雙貓瞳。早晨。貓將魚骨狀的夢熄去。魚貫地步入熏滿火腿味的地下鐵。

工作。貓在鐵工廠盡職地替熔爐敷上火星。魚眼睛一般圓的汗水撳入漿燙的襯衫。被蕾絲圍裙打包的貓偷偷在大蒜麵包上釘下爪痕。郵差服裹住的貓騎著無輪的海嘯路過一座沙砌的城市。被水手服困住的貓一再試著將輪船貼紙黏在忍不住搔癢的海浪。報社的10隻貓一起啃斷第100隻鉛筆。脫刊的雜誌蜷在陽光下伸懶腰。

然後午夜被貓帝宣布來臨。

躡著貓步立刻前來的午夜讓全國的貓脫下制服。鑽入魚腥味繁茂的旅店。躺入鼠灰色的床。躍入換毛季的夢。

玩弄了一天毛線團卻還進化不出爪子的人，攀上了和午夜一樣鋒利的圍牆，有氣無力地哼了一聲：
「喵……」

——林群盛〈喵喵咪帝國〉[4]

---

[4] 載於《台灣詩學季刊》第十四期（1996年3月），頁80。

我們就先不管這篇「後現代」風格濃厚的作品要表達的是什麼，因爲顯而易見的，此一「喵喵咪帝國」的時空設計，比起上一篇來，其「疏離」的程度實在強得太多。「時空」的疏離，有時不只是侷限於時間與空間，它甚至包括了某些時空中我們所熟知的行爲模式及生活方式。以〈喵喵咪帝國〉而言，則完全脫離了「人類」組成的時空範圍，代之而爲中心的則是「貓」，撇開整體評價不說，這篇散文詩作，的確運用了一「假想時空」，達到某種特殊情境，在讀者的閱讀過程裡，也能充分感受因作品產生的「疏離」。這個例子同時也引出一個相關問題，即「假想情境」的設計程度，是否與散文詩的閱讀效果或價值成正比？這其中的微妙互動，應該很值得我們去思考。

二、轉化變形

存在主義作家卡夫卡的著名小說《變形記》，寫的正是人的變形，故事敘述一名推銷員晨間起床之後發現自己變爲一條巨蟲，從此之後只能生活於房間內，與家人甚至人類生活漸漸脫節，最後只有死才能讓這一切得到解脫。正如前面所說過的，台灣現代散文詩不一定和存在主義有所關連，散文詩要表現的也不純然是「哲學性」的思考，不過我們卻往往可以發現，除了卡繆的「荒謬」，「變形」也一直是台灣散文詩作家相當喜愛的手法。將觀察視角轉化爲人以外的「他物」，通常能跳脫理性已然制式化的思考模式，而得到全新的看法，這也就是一種從疏離中提煉出來的詩質。

蘇紹連即認爲：「……『將自己變形』，變成動物的形體，模擬動物的動作及習性，體驗動物的生存環境，或者變成物品的形體，讓自己感受到一個無生命的物品，如何在人類的使用下，盡其剩餘價值。」[5]除了變成「動物」之外，任何物品都可以作爲「轉化變形」的對象，這點蘇氏說的是不錯的，但是還有另外一點我們可以加以補充，那就是變形轉化的對象不一定是自己。在很多的例子中，作者還是作者，或主要觀察者仍是「人」，但是卻跟其他的「變形物」有所互動，這同樣也是「轉化變形」的情境設計手法之一。如管管的〈魚〉：

> 吾那一株垂著一頭長長柳條的十六歲之女孩。她就喜歡當著月亮的面脫光衣服。躺在草地上問吾：「奴與月亮孰美？」這叫吾說什麼好呢？誰都知道只有伊不知道，那天晚上吾是在面對著：
>
> 　一個有著柳條之髮的
> 　一個有著小樹之膚的
> 　一個有著青果之乳的
> 　一個有著一叢蒲公英之陰阜的
> 盛滿了水之陶瓶般的鼓鼓的月亮

---

[5] 蘇紹連〈三個夢想〉，《隱形或者變形》（台北：九歌，1997）後記，頁226。

每當這時我就去摘一帽子的野薔薇花。吻她一口，給她蓋上一朵野薔薇花；吻她一口，給她蓋上一朵野薔薇花：因為吾的女孩這時已被月亮晒熟而成為一枚桃子。吾怕雀鳥來啄呀。

只等吾的女孩全身都蓋上了野薔薇花。最後，吾再來吻伊之雙眉，以及那一叢嫩柔柔的蒲公英。

然後，就把伊抱起來，丟進有著藻荇的溪裡去；讓溪水沖去伊滿身的月光；讓溪水沖去伊滿身的薔薇。

讓伊成為一條有著長長雙尾的魚

——管管〈魚〉[6]

相對於蘇紹連〈獸〉那樣的變形方式，管管的〈魚〉便溫和的多，從這一個例子我們可以看到，「轉化變形」的情境並不一定和嚴肅的哲學論題有關，也並不一定要具有諷刺或批判的意識型態，管管這一首散文詩作，走的就純粹是抒情的路線。作品中女孩的形象一會兒是各式各樣植物的綜合體，一會兒又是被月亮晒熟的桃子，最後則在溪中變爲一尾魚了。變形的歷程隨著情境的推展次第演化，當變形轉化完成時，整首散文詩的情境也隨之完成，用這種

[6] 見管管《管管詩選》（台北：洪範，1986），頁 120-121。

手法寫成的「抒情詩」（或乾脆稱「情詩」），自然也與一般的有不同的閱讀效果了。接下來我們或許可以看一篇較爲「驚悚」的例子，以應證「轉化變形」設計的疏離性：

「別忘了我只是遵從上帝的旨意而已。並因此受罰。」

為了以腹行走，他為自己的身體設計如此簡單的幾何。不可思議地讓生命臣服如此般單純的定律。他寶石藍光輝的身軀在方格子地板上蜿蜒過一道黏跡，宛若夜神遺落的一條領巾。但沒有人在涉足這荒廢的伊甸，這懲罰已經成為一種遊戲，讓肉軀化約化約再化約，成為概念。

如今我們也都扭擺著向前，後面的骨骼遵循前面一節的骨骼，彷彿在隱形的軌道上，緩緩迎向遠處的盡頭的光與音樂。「以腹行走」的至高原則成就了美學上的完整實踐。璀璨的毒液射向虛空，他弧形優美的身形，也將以無比的愚蠢，逼近死亡。

——陳克華〈蛇人〉[7]

從〈蛇人〉裡，我們其實無法弄清「蛇人」是誰，他也許是「他」，也可能是「我們」全部的人，伊甸園裡引誘亞當及夏娃偷嚐禁果的

---

[7] 陳克華《欠砍頭詩》（台北：九歌，1995），頁 96-97。

的蛇，通常被當作原罪及魔鬼的象徵，然而要是這條蛇一旦成爲「人」，我們「人」不免也有了「蛇」的血液或特質。特別是作品中「他」跟「我們」的並舉，更增加了主客位的模糊，所以，這篇散文詩說的到底是「人變成蛇」，還是「蛇變成人」呢？或是如同詩題所言，是種「蛇人」複合體。這種變形，是在脈絡一開始就完成的，它展示的不是「轉化變形」的過程，而是「變形物」，也就是「蛇人」的生命情境。的確，這篇散文詩並不容易解釋，在變形的設計下，更使得作品有更多層次的扭曲，但最少我們可以知道，「變形」在這裡的作用是十分嚴肅的，與卡通中的「變形怪」絕不相類，至於「蛇人」的意義到底爲何，就得靠讀者各自去解讀。

三、單一衍伸

本小節要談的是「單一衍伸」型的情境設計，所謂「單一」，包括了「事件」或「思緒」。「單一衍伸」的意思，即是一個事件或思緒的開始，經由「散文」功能逐漸發展，自始自終都在同一條路線上，未曾歧出。發展的過程可以是因果的必然，也可以是自由聯想，更可以是無目的的發展，只要在結束時能夠完成一特殊情境，就可以算是散文詩。這種手法的特色是，它看起來似乎非常自由，幾乎沒有經過什麼刻意的設計，整首散文詩隨著「單一衍伸」的進展，情境完成便可，也不見得會有什麼明顯的結尾，不過這樣的結尾時倒是常常帶有餘韞不盡的味道，抒情成分自然也就比較濃厚。不可否認，這類型的散文詩和真正的散文差不多只是一線之隔，重點還是得看作者對於 Lyric 以及疏離感的拿捏，若是掌握得當，此二者之間的差異仍是可以立判的。「單一衍伸」的例子在眾家散文詩作中俯拾皆是，比如：

> 賣藝人的笛子愈吹愈急，我衝上樓去，慌亂地打開抽屜。穿肚兜的猴子騎單車了？抽屜倒空，什麼也沒有，只好鑽入床下。笛聲漸漸轉弱，繫紅巾的小狗一定咬著小帽出場了！所有的角落都翻遍，只剩下妹妹的瓷豬。四周好靜，只有我的心猛跳，笛聲呢？瓷豬已經摔破，我撿起四五個銅板，跑下樓去。廟口已經空無一物。走了！我沿著街道奔找。每一條巷弄都淹滿笛聲，每一個窗口都露出猴子與小狗。我再衝回家去，爬上樓頂的水塔，望向遠遠的鎮外。他們已經爬上陡坡，走在長長的大橋上，即將進入另一個城鎮。喂，我向他們竭力嘶喊，揮手。民國五十五年，烏日，冬。
>
> ——劉克襄〈賣藝人〉[8]

劉克襄這一篇〈賣藝人〉，從表面上看起來，只是一個小孩子急急要找尋錢幣去觀看賣藝表演的故事。整個故事成直線發展，小孩的情緒隨著賣藝人的來去而波動。當賣藝人離去的同時，小孩的情緒起伏到了最高點，打破的撲滿以及滿接的奔找，都將詩的張力逼到了臨界點。詩的後半段從「每一條巷弄都淹滿笛聲」開始，詩

---

[8] 劉克襄《小鼯鼠的看法》（台北：合志文化，1988），頁 80。

的疏離功能逐漸發揮，並在日期的凝結下，達成 Lyric 的效果。單一事件或情緒的衍伸，並不因爲散文詩的篇幅不長而無從發揮；相反的，在「詩」與「散文」聯合構成的「情境」之中，每一個文字都會產生極大的感染力，即使情節並不複雜，讀者同樣能在閱讀之中獲得滿足。以下我們還可以舉一個更典型的例子：

> 女人坐在渡輪上層的鐵椅上，一面欣賞兩岸爍熠的燈光，一面迷惑：自己在完全放鬆的心情下擺出的姿勢，何以有如一株冬日傾斜的櫻樹
>
> 馬達噗噗催促直線前進的渴望，女人在望見岸上另一座城市有如註定的結局在五尺之內展開時，她緩緩走下窄隘的鐵梯，進入停立渡輪的小型巴士。女人用目視測量一下夜，用嗅覺感應一下水深，讓飄盪的眼神停泊在風中，讓消失的海岸線跟她一起上岸
>
> ——朵思〈在渡輪上〉[9]

朵思這一篇作品，乍看之下更是無頭無尾了，他似乎只是擷取了一名女子旅程中的一個小片段，包括了她的動作及思緒，然後再依順序寫出來而已，就如同電影鏡頭推移那般自然，其發展的軸線

---

[9] 原載於 1995 年 6 月 2 日中國時報《人間副刊》，現收錄於朵思《飛翔咖啡屋》（台北：爾雅，1997），頁 55。

甚至比前一首劉克襄的作品還清楚。但這正是它的效果，朵思在極短的篇幅內，突然將讀者帶入情境再迅即結束，讀者彷彿同在渡輪上看見了這樣一位女子，並敏感地從她的動作裡察覺了她的心思，但是靠岸在即，下船後旅客各自分散，讀者也只不過跟同船旅客一樣暫時介入了這樣的一個「情境」而已。這樣的「情境」刻畫，往往只是一個小小的片段，但也卻常出現在我們的人生當中，朵思便是用散文詩將其捕捉了下來，這種原本就非常單純的人生情境，自然也用不著特意的設計了。

四、意象堆砌

相對於「單一衍伸」，我們還會發現另外一種使用相反技巧的散文詩作，這種技巧筆者暫時稱爲「意象堆砌」型。這個類型的作品，常常使用非常大量的意象，意象之間也不見得一定相關，或是使用多線的事件及情緒相互交纏，這些「物件」經過作者有機或無機的堆砌，形成一種奇特的情境。其實我們很難判定這些意象、事件、情緒是否都指向同一個情境，與其這樣倒不如說它們就是情境。另外還有一點值得注意的是，此類的散文詩需要讀者高度的參與。換句話說，它們特別不容易讀懂，有時候，我們必須依靠標題來幫助理解，有時候，則完全必須靠感受。不用說，這當然也是作者的目的，尤其是在當作者費盡心思安排這些意象時，無非就是希望藉此刺激讀者，造成嚴重而連續的疏離感，也因此不同於「單一衍伸」手法的輕淡，「意象堆砌」帶給人的則常是濃重的口味。以下以馮青的作品爲例：

這是偉大的意符，當一隻老鼠怯怯的通過自滿空洞混雜的隊伍，敦煌的壁畫外加新女性主義者的額頭，在弦樂器冷冷的觸撫下，午夜發臭的海藻與我們意義不明的肩胛製成的旗幟，在沒有名稱幻想陰影留下的祈禱室內通行，一片牆的空白，悄悄走入眼瞳。

輕快的豔陽仍舊在一世紀前的糖果工廠製造碧綠如酒的海洋，那時，我們朝著海上的火光微笑，一如，城裡不再有我們的棲止之所，高架書櫥內充滿首腦的機智及刨花木的荒涼，這是偉大的時代，在假山和黑白玻璃帷無邪空間內，四處通風的牆壁有著許多護眼，喔！彷彿是臂部暴露而頸際盛滿瑪瑙的女孩，在此頒發瑪蒂娜式的許可證。淡色的空調器，整日交換三千六百度的色譜，淺海洋、杏藍、酪黃及稀釋的的瑪琳娜植物油，大量製作嬰兒色的眼眸及蕈狀的席夢思雲朵。真是的，我們用巨大的年代紀包裝薄薄的雲母，彷彿那封面是人類前額最不正直的高度。在海上，有人發現被曬乾的海藻及死鳥死魚躺在一張平底船裡，海上不再有魚獲，雙手空空，一無所有，善變的的漩渦，流著光速的舌苔，人類夢想的搖籃、輕如保麗龍。那是昨天、今天和明天，在白孔雀的天空下，永恆在沙漠打了個哈欠，緘默、標記與無夢的權力，延伸他們刊登的王國，帝國的死水和預兆的冷漠比世界的屋頂還要高。

——馮青〈後現代〉[10]

這篇作品的確把繁複意象堆砌的情境設計發揮的淋漓盡致。我們看到的是數量龐大而各自獨立的意象不斷呈現，在這些意象的堆積過程中，似乎出現了一些有脈絡可循的「事件」，但仔細追尋之後，這些事件不但不見首尾，即便是可觀察之處也十分模糊。它們看起來雖然都緊密相連，但其實跳躍的非常厲害，彼此之間缺乏有說服力的連結，那這些繁亂的「物件」爲什麼會放在一起而成爲一首「散文詩」呢？我們看了標題便能瞭解，這些林林總總都祇是爲了表現一個概念，就是「後現代」。馮青刻意運用的後現代藝術的「拼貼」（collage）手法，將他心中由後現代放射出來的焦慮及不安轉化爲散亂的意象，以建構出一個可供讀者感受的後現代情境，我們看到了題目，自然就會從看似繁複的情境中讀出意義。當然，採用這種手法，產生閱讀的效果本來就是非常多義性的，以上也只是筆者的片面之見而已。話說回來，用「意象堆砌」造成情境的散文詩不見得都是那麼嚴肅或那麼「辛辣」的，說它口味「濃重」只是一種比較上的說法，我們也可以舉個稍微輕鬆一些的例子：

二嬤嬤壓根兒也沒見過退斯妥也夫斯基。春天她只叫著一句話：鹽呀，鹽呀，給我一把鹽呀！天使們就在榆樹上歌唱。

---

[10] 見馮青《雪原奔火》（台北：漢光，1989），頁 184-185。

那年豌豆差不多完全沒有開花。

鹽務大臣的駱隊在七百里以外的海湄走著。二嬤嬤的盲瞳裏一束藻草也沒有過。她只叫著一句話：鹽呀，鹽呀，給我一把鹽呀！天使們嘻笑著把雪搖給她。

一九一一年黨人們到了武昌。而二嬤嬤卻從吊在榆樹上的裹腳帶上，走進了野狗的呼吸中，禿鷲的翅膀裏；且很多聲音傷逝在風中，鹽呀，鹽呀，給我一把鹽呀！那年豌豆差不多完全開了白花。退斯妥也夫斯基壓根兒也沒見過二嬤嬤。

——瘂弦〈鹽〉[11]

這一篇作品看起來就容易懂得多了。雖然裡頭每一段最少都用了兩個以上的意象，而且總體來講，所有的意象之間並也不一定有什麼關連，但是為什麼這首散文詩會比較「親切」呢？原因就是作者使用了複沓和近似歌行體的語氣來將這些堆砌的意象加以連貫，順便將它們排列得非常自然，使它們都指向同一件事。說的明白點，這些意象的堆砌、語氣的運用，全都只是「烘托」作者想要營造的一種情境，表達作者的一種意念或意圖而已。這種意念也許連作者也無法準確地捕捉，光看題目「鹽」，我們就無法像一般寫實詩那樣去理解裡面的全部意涵，如果說它的目的是批判，卻又不離瘂弦

[11] 見瘂弦《瘂弦詩集》（台北：洪範，1981），頁 63-64。

詩作中的一貫「浪漫」手法。正因為如此，我們才知道作者的「動機」跟前面的馮青是相去不遠的，他們都是想借用這種手法，帶出一種特殊情境，然後讓讀者直接感受，而不需加以說明。只是這篇作品在聯繫上作了更多的安排，加強了韻律節奏，而使讀者在脈絡上的疏離感減低，當然，這也是為了情境營造的需要。作者雖然使用了堆砌的技巧，但卻不想有疏離感太過的「反效果」，這也可視為變通的方法之一。

可見相同的情境設計手法，因作者要求的效果不同，也都可以展現不同的風貌。以上歸納的四種「情境設計」，也絕對不是判然四分，水火不容的，在絕大多數的情況中，散文詩的情境設計都會將以上手法加以混合，比如「假設時空」與「意象堆砌」的混用、「單一衍伸」與「轉化變形」的混用等等。至於無法歸類的散文詩，筆者已經說過一定還有不少，分類的功用，只是便於研究及學習，不能納入的，並不表示沒有價值或不符資格，在此一還不完備的系統中，勢必還得不斷修正，才能順應這個不斷生長的新文類。

第二節　段落結構

在接下來的這兩節，我們要討論的是散文詩的「外型」。從散文詩實際上是以「散文」構成這一點來看，在「外型」上最顯著的就是「段落」，這也就是何以有論者認為散文詩應稱為「分段詩」或「段落詩」的原因。散文詩的分段之所以特別受到注意，主要的原因就是「篇幅短」，尤其是當「篇幅短」成爲散文詩的「共相」的時候。假如每一首散文詩都長如商禽的〈蚊子〉（共二十八段）[12]，大家對段落的結構大概也就沒什麼興趣了。至於散文詩爲什麼要分段，如何分段，該分幾段的問題，筆者以爲這跟散文何時分段，現代詩怎樣斷句分行一樣不容易回答，特別是在這些極具創作經驗的散文詩作者筆下，並不是「起承轉合」這些通則所規範的了的。由於散文詩篇幅普遍不長，因此倒是很容易用段落將它們分類，我們不如從實際的現象來觀察，看看段落的多寡對散文詩的表現是否具有影響。本節就暫時先將散文詩分爲「獨段式」、「雙段式」、「多段式」以及「多節連綴式」，其他關於外型上特殊型製，則留待下節討論。

一、獨段式

獨段式的散文詩，看起來雖然是散文詩的基本形式，不過在實際數量上，很意外的並不多，相對於兩段以上的作品，獨段式散文詩簡直少得有些可憐。我們隨意舉幾個統計數字以略窺其一二，在蘇紹連已出版的兩本散文詩集，一百八十五首散文詩中，獨段式的散文詩僅一首[13]；渡也的散文詩集《面具》七十四首散文詩中，獨段

---

[12] 見商禽《用腳思想》（台北：漢光，1992 年二版），頁 58-65。

[13] 見蘇紹連〈櫥窗〉，收錄處同註 5，頁 80。

式的也僅兩首[14]；《創世紀》詩雜誌四十六期〈散文詩小輯〉三十三首作品中，獨段式的也僅三首[15]。這裡便表現出一種創作傾向，即散文詩作者並不習慣只使用一段，這一點也使得散文詩在外型上更趨近散文。

在一般的文學觀念裡，「精鍊」通常為「詩質」的「必要條件」，但散文詩的「精鍊」不在文字的多寡，而重在「情境」的營造，若字字句句都能指向共同的情境，沒有無用的贅語，就可以算是符合標準了，跟文句段落的數量並無多大關係。因此，散文詩作者為了使情境更加精確，更富感染力，這一段建構的過程大可多花心思，在導引讀者的功能上也可多作設計。加入段落因素，等於多了一個工具，讓作者在安排情境時更活潑，更有彈性，更具層次。相較之下，單段散文詩所受限制較多，除非預設的情境夠精簡，確能在一段之內徹底展現，字數及閱讀效果也得要列入考量。在自由創作的原則下，散文詩人很少受限於單一段落，若有這種情形，也只是恰好有合適情境而已，這也是為什麼「獨段式」散文詩較少出現的原因了。獨段式散文詩的效果如何，我們可看看以下的例子：

---

[14] 見渡也〈南朝——寄庾信〉、〈落髮〉，收錄於《面具》（豐原：台中縣立文化中心，1993），頁126-127，66-67。另有幾篇近似「獨段」，如〈父親與嬰〉兩篇、〈舞孃〉等等，此處暫不列入。

[15] 分別為楊亭〈離燕〉，馬覺〈夏雨〉、〈場〉，見《創世紀》詩雜誌四十六期（1977年12月），頁14、18。其中馬氏之作〈夏雨〉只有一句，〈場〉只有兩句。

姐姐，讓我們去搶救衣服

——馬覺〈夏雨〉[16]

自從他任性的眼神灼傷了地平線微微的藍色之後，他的目光便不敢再看任何人了，他遂終日啜飲為的要在眼中製造一片濃濃的霧。

——楚戈〈酒徒〉[17]

這兩首作品也可算是散文詩中的異類了，雖然字數都不多，但情境可都是完整的。〈夏雨〉這篇只有一句，而且必須要連題目一起閱讀才能產生意境，即入即出，可說已經精簡到了極點[18]。楚戈這

---

[16] 同前註。

[17] 同註 11，頁 26。楚戈後來將這首作品加以改寫，題名相同，全文如下：自從他任性的眼神把地平線純淨的藍色灼焦了一個印子以後，他就再也不敢看任何人了。他終日啜飲，爲的是要在眼中製造一片稀里糊塗的混沌。／汝是水中之濕、鹽中之鹹、風中之狂飆。也是目中之觀、音中的微響、火中之熱、水中之寒。／啊！山外的一撮塵土雲一般、竹一般地斜在我的肢體裡面，純淨而莊嚴。見楚戈《散步的山巒》（台北：純文學，1984），頁 128。筆者以爲，分爲三段的表現並不比一段來的好，獨段式的〈酒徒〉其實比較成功。

[18] 此篇在情境上可稱精簡，但在文句鍛鍊上則未必。細究之下，我們可以發

一番爲酒徒的辯解，也極具疏離的美感，在短短三句中便將因果交代清楚，完成情境。篇幅短、節奏快、閱讀效果立現是這兩篇的特點，大體上，也可以視作「獨段式」散文詩的共同點，不過也並非沒有例外，比如：

維吉爾帶著那驚魂甫定的但丁指著山下暮靄沈沈中豎立的城市說：這就是你夢魂中的香港了。滿心是愛的但丁一時很迷惑，那些高矗入雲的墓石怎麼睜著這麼多的眼睛，它們為什麼把陷入在中央的蠕動的人群團團圍住？我必須進入這深坑去給他們愛，給他們光，給他們解除了無路可走的鬱結……維吉爾那超然的智者的目光一閃，也不說什麼，就領著但丁進去，呵！呵！呵！我不入，誰入！他縱放的笑聲冷冷的切入但丁熱血騰騰的心中，一時也不明白維吉爾竟是如此的冷酷。那時坑中大亮，歡樂聲翻滾，那些雪白的身軀的追逐使但丁眩了目，一車又一車一鼎又一鼎的獸類的五臟熱騰騰的由幾個穿戴極其沈重的玉石珠寶的裸女推向臨時拼搭的臺前，一大群駝了背直不起腰的人在那裡窮吃，竟也如此的開心！不開心的是但丁，他無從把他心中醞釀了如此久的偉大訓詞向他們宣讀，讓他們知道穴外有山有水有愛……和許多發光的事物。維吉爾那時又唱道：我不入，誰入！但丁呵，

現這一句話乃是一句「西式中文」，「讓我們」即「let us」之中譯，若吹毛求疵的話，「讓」字大可刪去。

但丁，我們走吧，他們有著偉大的使命，他們要完成上蒼御定的劫，劫是神聖不可侵犯的，我們走吧，山與水與愛確是永恆的嗎？不知有淚的但丁就如此第一次懂得了悲哀。

——葉維廉〈香港——一九七三〉[19]

葉維廉此篇「獨段式」散文詩的篇幅，恐怕不下於很多「多段式」的散文詩，他在不分段的情形之下，用「假想時空」的方式設計了詭秘的情境，並借著但丁（Dante，1265-1321）及維吉爾（Virgil，70B.C.-A.D.19）生存年代天差地遠的兩位詩人，以類似「遊地府」的方式，加上柏拉圖的「洞穴神話」，宣告了香港這座殖民城市的無救。細分之下，這篇作品仍然可以分爲「將入」、「觀看」與「準備離開」三段，不過葉維廉卻還是故意將其處理成一段，究其原因，應該還是爲了情境圓滿的需要，不希望分段打斷了閱讀的節奏；再者，類似這種長度的散文詩很少不分段，葉氏反其道而行，反而更能引起「疏離」，引起讀者更多的注意。不過這種情形確實不多，總體說來，「獨段式」散文詩的表現特色還是比較短小凝鍊的。

二、雙段式

「雙段式」散文詩可說是散文詩裡的大宗，但這種在數量上的優勢並不是一種偶然的現象，而是散文詩作者們刻意「導致」的結

---

[19] 見葉維廉《葉維廉自選集》（台北：黎明，1975），頁231-232。

果。怎麼說呢？我們回想一下上一節討論的獨段式散文詩，散文詩的重點在情境，但是並不是所有的情境都能用單一形式來套用，在散文詩的外型結構中，獨段式散文詩之所以特別少，就是因爲適合獨段式表現的情境不多，換句話說，要用獨段式散文詩來營造理想的情境，得到良好的效果比較難。那麼有沒有比較容易的方法呢？答案是有的，那就是儘量採用雙段式的設計。我們知道散文詩的情境完成主要靠的是 Lyric 以及「疏離」，以雙段式散文詩來說，第一段負責建構及導引，第二段負責完成與迸發，每段的功能都十分清楚，利於安排，在篇幅上更不需擔心太過冗長失諸精鍊；加上這種型式的佳作越來越多，成效卓著，於是在散文詩創作上，一種「格律」、「作法」也隱然形成，即便是散文詩的新手，也不難依此寫出「像樣」、甚至一流的散文詩。因此，我們才會說「雙段式」散文詩是散文詩的「潮流」，或最少是「重要流派」，並不是偶發現象。接下來我們可以看看例子：

> 我在光陰的長巷徐徐走著，童年騎著腳踏車，在後急急追趕，猛然，撞上我的右大腿——穿過——又狂馳而去。
>
> 瞬間。清晰。我親眼看見童年回頭對我扮鬼臉。腿上從此留下一塊記憶的空洞，步履開始蹣跚起來。
>
> ——潘寧馨〈童傷〉[20]

---

[20] 見何雅雯等六人合著《畢業紀念冊——植物園六人詩選》（台北：台明文

這一首新世代詩人所寫的散文詩，同樣使用「雙段式」的結構，其文字的精簡程度，在雙段式散文詩裡已屬少見，在情境的效果上更是不輸給幾位散文名家。從首句開始，我們就可以發現導入的軌跡，然後節奏突然加快，迅速進入情境的脈絡中，Lyric 的完成則是在第二段的「瞬間、清晰」時凝結，緊接著在下一句「我親眼看見童年回頭對我扮鬼臉」時散發；這篇作品若只寫到這裡，當然絕對是合格的，不過作者想將情緒再轉一層，末了兩句，則是繼續使用語言的疏離效果，和緩地將情境作一收束。這首散文詩前後兩段相當平均，視覺上十分對稱，不管怎麼看都是相當標準的，可是雙段式散文詩的形式並不見得非要這般呆板，比如以下這個例子：

天微微亮，沒有一絲風在動，割屍人昌巴高高舉起手中大石，閉目站在祭臺上，口中重複咀嚼六字真言：＊△⊕◎＄★，與整座天空一起進入冥想。他的手和頭高過遠方的拉薩城，高過更遠更白雪皚皚的岡底斯山，無數兀鷹展翅在西藏的一切之上，似動不動，片片翻飛，像黑色的旗幟。清晨的微霧來了，霧從他乾瘦的手指縫隙流過，霧在他枯皺的手腕間轉彎，然後乾冰似地流進腋下。割屍人昌巴張開了囊腫的眼瞼，奮力把大石頭向腳前砸下，石頭快速滑下岡底斯山滑下拉薩城的金頂，石頭擊中祭臺上一團白布包裹。石頭砸碎了包裹

化，1998），頁 140。

中的頭顱砸碎腦漿並與頭顱中深陷的一顆金銅色子彈噹地相撞，迸出了一點點火花。

兀鷹們眼睛一亮，從雲端探頭直衝飛下。

——白靈〈天葬〉[21]

白靈運用散文詩描寫西藏傳統的天葬，原本昌巴支解人體的鏡頭竟也被營造得極富美感，雖然此一情境是實存而非作者創造的，但是白靈透過另一種全然觀照的角度，將整個祭儀轉化成一種與自然宇宙相感應的歷程，在第一段略長的引導中，我們看到的是昌巴、兀鷹、拉薩與岡底斯山構成的特殊情境，語言的疏離更造出了許多獨自展現的詩句。自昌巴投下大石開始，Lyric 也開始凝結，金石相碰撞的一剎那，第二段兀鷹的眼神隨之點亮，Lyric 於焉迸發，此一效果持續到末句「直衝飛下」而未止。我們在此處可以瞭解，第一段的咒語似的冗長引導，就是爲了要讓第二段的電光火石更爲劇烈，在許多相同的例子中（特別是渡也），第二段的精悍短小，都是爲了成爲第一段的凝結及爆發點，這樣子的雙段式散文詩，原理雖然與一般的雙段式散文詩相同，不過經過比重的調整之後，在閱讀時卻能造成更大的震撼。這些現象，都是散文詩在獨立爲一個新文類之後，形式越來越活潑的證明，從這一個小節開始，我們也將會逐漸感受到散文詩不遜於其他文類、多變而豐富的樣貌。

---

[21] 見白靈《沒有一朵雲需要國界》（台北：書林，1993），頁 165。

三、多段式

多段式散文詩指的是分段超過三段以上(包括三段)的散文詩,雖然僅三段的散文詩數量不少,也有論者將其獨立討論[22],不過因爲它的數量沒有「雙段式」多,也不像「獨段式」那麼具有結構上的意義,因此還是乾脆將它歸入「多段式」,方不至於顯得太零碎。多段式散文詩可以說是散文中的「自由詩」,去掉了「獨段式」要求的圓滿自足,以及「雙段式」略嫌八股的公式之後,「多段式」散文詩已經沒有任何限制,以散文詩這種新文類的活潑程度而言,「多段式」當然足以和「雙段式」分庭抗禮,成爲另外一支大宗。正因爲多段式散文詩獨具自由精神,散文詩作者往往在這種形式上多作實驗,有時候在長度上甚至不下於普通的散文,如何在這樣的條件下成功製造並完成情境,則是散文詩作者所面臨的挑戰。目前的散文詩作家,特別是新生代的年輕作家,已經很少固定使用某一種形式來創作,多段式散文詩已經逐漸超過雙段式,成爲作者們最常採用的結構方式,一方面或有「影響焦慮」的情節作祟,另一方面,則是嘗試新的可能。一般說來,多段式的設計,是爲了在塑造情境時有更多迭宕的層次,特別是在情境需要推演或較爲複雜的時候。以下便舉例討論:

---

[22] 見蔡明展《台灣「散文詩」研究》(暨南國際大學中國語文研究所八十七年碩士論文),頁 56-62。

十字架，閒適地垂掛，在我扁平單薄的胸前，那是唯一不會流血的器官。

我，十三歲受洗，基督徒，一個不怎麼嚴重的宗教的沙文主義者。在神的假日裡，努力地研讀顛覆天堂的哲學。尼采說上帝已死，那真是不幸啊！是以悲劇或將誕生也未可知。

星期五的早晨。冬天。鬧鐘。痛苦地起床。我蹲在馬桶上，用奴隸牌牙膏刷牙，突然想不出來——為什麼天使要用裸體去背叛光？上帝要發動無聊的讓人信仰動搖的宗教戰爭？但，上班時間快到了，我無暇多想，疾力讓太陽在我的意志下急速的上昇，上昇，上昇到金黃色彌撒的高度；噗刺噗刺！洩憤的慾望於焉完成；盥洗室裡沒有草紙，我隨手撕下洗手臺上兩頁的聖經，並匆忙穿好褲子拉上Y.K.K的拉鍊。

而街上空無，一人——我感到匆忙的訝異，或者匆忙的訝異先感覺到我；一隻驚悸的黑貓眼瞳裡驚起巷口殘餘的垃圾（當你們被隔夜的殘餚剩菜淹沒時，或許耳畔將在冉冉昇起優美的少女的祈禱吧！我想）匆忙的城市容易讓人匆忙的遺忘，譬如忘了關的燈；領帶或衛生棉之類的。但這些都無關緊要，最要緊的是哪一個攤販會最先推出我的早餐；我才能儘早推出讓你們佐飯的，容易消化的社會版新聞。

對了！我就是昨天、前天、大前天或更久以前讓你們抱怨久等的送報生。你們從不關心的二十六歲，單身、獨居，偶爾追逐貧血的愛情的、陌生人般的送報生。

對街速食早餐的鐵捲門嘩地拉開我飢餓的胃，像一隻盲目的獵犬衝了出去。突然，轉彎，一輛滿載牛奶罐子的卡車撞死了我的宗教，你可以從滿地散亂的神所創造的遺肢……得到證明。十字架是唯一，唯一不流血的器官。

對不起！無法準時送到你的餐桌上，因為早報來不及將我完成。

——紀小樣〈遲到的早報〉[23]

精靈在打掃閣樓時，發現了一枚凝視。

那枚錯過風雨，等候落葉，遇見過死亡的凝視，如今安靜地闔著眼，不發一語。精靈好奇地，用指尖輕喚著它，然而它只是沈默。

「悲傷是愚蠢的。」精靈離開閣樓前，回頭望向黑暗中的凝

---

[23] 見紀小樣《十年小樣》（台北：詩之華，1996），頁 173-175。

視，留下一句話。

天色終究黯沈下來。

唯有模糊的歲月，穿透岩石般的月光……

——羅任玲〈凝視〉[24]

這兩首青年散文詩人的作品，都屬於多段式，然而表現出來的風格卻不盡相同。我們可以很明顯的看到，前面絮絮叨叨的長大篇幅，與後面這一首的精緻小巧恰成對比，多段式散文詩的伸縮自如由此可知。紀小樣的作品企圖通過繁複的意象堆砌，以及類似意識流的手法，在數個段落之內推演荒謬的都市情境，當送報生的身份越來越明朗，情境的發展也越來越緊密，前面這些帶有暗示性的線索，一節一節地逼近下來，其效果絕對不是獨段或雙段式的散文詩能達到的。當運送牛奶的卡車撞上的剎那，Lyric 亦隨之引發，因爲整篇的情境比較複雜，讀者在一開始閱讀時還不容易理出頭緒，在設計上勢必要經過更多推演導引，才能合乎預期的效果，多段式的設計，就正好能夠派上用場。至於後面羅任玲的作品，字數雖少但也分了五段，當然這篇散文詩並沒有什麼複雜的情境，也無須詳細的漸入引導，但是在這樣一個短小的情境中，每一段都扮演了關鍵的角色。除了依照時間的順序安排段落之外，我們可以看出每一段

[24] 見羅任玲《逆光飛行》（台北：麥田，1998），頁 39。

都是一個轉折，亦即將一個情境分爲許多不同層次，每經過一段，讀者便可感受一次情緒的波動，此處 Lyric 的作用並不如前篇明顯，大約是在第三段產生，不過定一段剛開始，疏離效果便已經發揮效用，使讀者馬上進入「散文詩」的脈絡，而不會造成文類的混淆。

由於這兩位作者的年齡都十分年輕，於是他們的作品不可避免地帶有一些現代感（也許應該說是「後現代」感），前面也曾經說過，較年輕的散文詩人作品有偏向「多段式」的傾向，不過這僅是一個現象，並不表示多段式散文詩一定較適合處理某些題材或情境，爲了避免偏頗，以下再補舉一例：

那村子是我們信約的村子，忘不了的村子——我們管它叫松村，將永遠叫松村，在我們的靈魂深處，在我們的血液裡。你還記得那些樹嗎？在中秋節的前夕，那村子在月色裡，沉鬱的像個酒甕。

那些樹，生命的樹，雨的樹，愛的樹。我們用兩倍愛戀的視線佔領了那些樹，生命的樹，雨和愛的樹。你還記得天如何由暗轉明嗎？寒星淡下去了，巷子帶著潮意。許多樹，卻不見一片落葉，那天清晨，你倚著我的右肩，你說，許多樹，怎麼不見一片落葉呢？葉子那裡去了？葉子那裡去了？你的淚像雨點，那巷子帶著深深的潮意。

我把右手交給你，攜你走一段靠在牆頭的木梯，漸漸地升高，直到我們的臉頰都碰到了松針，多麼扎人的松針啊，你說。那松針就扎在你細白的臉頰上，你拭乾眼淚，那村子猶在夢中，那不知名的村子，我們管它叫松村。

——楊牧〈松村〉[25]

這篇散文詩共分三段，是楊牧少數幾首散文詩作之一。不消說，此篇的抒情意味是極濃的，這也是楊牧許多詩作的特色。這篇作品的情境十分單純，作者運用的正是逐步導引的方法，逐漸將情境塑造起來，當他們走上牆頭的木梯，整個情境就已經進入了「詩」的脈絡，當松針扎入了臉龐，情境便告完成，剩下的只是用前後呼應爲結尾而已。羅青即認爲楊牧這篇作品「其重點在敘述一個部分顯得零碎，整體卻完好無缺的『日常經驗』，並使全詩在敘述完成的一刹那，提升到『藝術經驗』的範圍之內。」[26]，意義是一樣的。段落的功用在這裡除了推演，當然也同樣負擔了情境的轉折，本來貌似小品的前兩段，在加入第三段之後，就搖身一變成散文詩了。

多段式散文詩的自由多變、無拘無束，使其在創作時佔有很大的優勢，從日益增多的多段式散文詩作看來，我們有理由相信，往後它必然還會有更使人意想不到的表現，並促進整個散文詩文類繼

---

[25] 見楊牧《楊牧詩集 I》（台北：洪範，1978），頁 295-296。

[26] 羅青《詩的照明彈》（台北：爾雅，1994），頁 234。本篇賞析另見陳芳明〈真和美的詩情——葉珊的「松村」〉，收於同作者《鏡子和影子》（台北：志文，1974），頁 115-121。

續發展。

四、多節連綴式

本節要討論的最後一種段落結構爲「多節連綴式」，這種形式是由「多段式」更加深化而來，在篇幅上也較「多段式」來的長。「多節連綴式」其實還是該細分爲兩類，即「多節式」與「連綴式」，不過這兩種形式其實相當接近，筆者以爲還是將它們放在一起比較便於討論。所謂多節式，便是散文詩作品除了段落之外，還另外加以分節，最常出現的情況就是以一、二、三、四等數列，或是阿拉伯數字將全篇分成數節，節與節之間在大部分的情形下，其情境是相互連接的，只有少數的情況例外。「連綴式」散文詩則是在分節的形式上將每節加按標題，但要特別注意的是，「連綴式」的節與節之間並不一定要相連貫，更甚者幾乎全無關係，不過大體來講，連綴式的小標題還是要與總標題相呼應、扣合。楊師昌年在《現代散文新風貌》一書中曾提出「連綴體散文」，並指出其題材常爲物象與自然，在表現重點上，則需注意子題片段應可歸納在主題籠罩之下，各片段並構成主題現路上重要的環節，以及子題片段常成平行方式，以表現其相等的份量等等[27]，都與「連綴式」散文詩有相同的特點，可互相參看。

在「多節式」散文詩方面，除了第四章曾舉過的陳斐雯〈路過

---

[27] 楊師昌年《現代散文新風貌》（台北：東大，1988），頁 70。

隨札〉的例子外，此處再列舉一例：

（一）

油油黃河，水水長城。中國是個大烹鍋煮著眾人的晚餐，肉香黏溺空氣，齒牙磨利胃壁。長幼失序，饕客群集，城牆湧淚，草木移心。陸遊先生西裝筆挺，心情猶豫：To eat or not to eat……

（二）

陸遊和中國躺在同一張床上。

做什麼好？不做什麼好？什麼都不做好？什麼都做不好？做什麼都不好？做什麼都好？坐著做好？站著做好？站著坐好？坐著站好？

燈亮著。天亮著？

又一個一千年。（我躺在哪裡？）

（三）

長城聽馬勒。

耳機有聲，流洩濃稠的鼻涕；遊人如織，縫補破碎的邊境。

沒有人知道：電池乾涸在歷史的抽屜。沒人知道的電池。乾涸的歷史。抽屜裡的你我。

敘述繼續，無聲地……

（四）

相片中國。華清池底兵馬俑。保麗容太陽。天安門與光明頂。故宮螞蟻。我離開了萬里長城。錯字連碑。孔廟乞者。麥當奴烤鴨。失落的世界。西湖是滴歙縣淚。折。折。折。向紅燈倒數。前進。

找不到通往夢鄉的小徑，陸遊只好在現實的棉被裡留下生命的遺跡。

（五）

「□□？」陸遊先生驚呼，隨即恢復他一貫的優雅：「那是新球鞋的牌子嗎？」

是呀，那是任憑我們用記憶的腳踐踏，以不屑的眼神俯視，卻不時得為它彎腰屈膝繫結的，一雙大鞋。

——楊宗翰〈陸遊記〉[28]

這一首看來零散的「多節式」散文詩，又展現了散文詩的另一種可能。撇開一些似有若無的錯別字、或「陸遊記」很可能就是「大陸遊記」的變形、大鞋很可能就是中國暗喻等等詩的多義性不談；在閱讀這篇作品時，我們會發現每節單獨來看，雖然都有意思，但卻遠不如合起來有趣。這就是「多節式」散文詩的特色，每一節的情境雖各自完成，但卻又能連接出一個更寬廣的情境。「多節式」散文詩並不要求每一節都必須具有 Lyric 的出現，Lyric 也不一定只能在最後一節完成，因爲情境是連續的、累積的、Lyric 適時出現便可，並無任何成規，況且在較爲龐大的架構中，要求各種設計極度精確

---

[28] 收錄處同註 20，頁 217-218。

是沒有什麼意義的，只要情境能夠完成，不失去文類特徵便可。附帶一提，「多節式」其實還衍生出一種變體，或許我們可以稱爲「章回體」散文詩，這種形式以管管的〈飛飛傳〉爲代表，共分爲五回[29]，是一篇用散文詩寫成的「武俠故事」，雖然自第二回之後每回都有標題，不過它們仍屬同一脈絡，情境是相連貫的，因此還是將它們歸入「分節式」而非「連綴式」。

「連綴式」散文詩的例子也有很多，比如：

方窗

這小小的一方夜空，寶一樣藍的，有東方光澤的，使我成為波斯人了。當綴作我底冠飾之前，曾為那些女奴擦拭過，遂教我有了埋起它的意念。只要闔攏我底睫毛，它便被埋起了。它會是墓宮中藍幽幽的甬道，我便攜著女奴們，一步一個吻地走出來。

圓窗

這小小的一環晴空，是澆了磁的，盤子似的老是盛著那麼一塊雲。獨餐的愛好，已是少年時的事了。哎！我卻盼望著夜晚來；夜晚來，空杯便有酒，盤子中出現的那些……那些不

---

[29] 出處同註7，頁151-163。五回標目分別爲〈飛飛傳〉、〈落葉劫——飛飛傳第二回〉、〈暗香索——飛飛傳第三回〉、〈冬殘老怪——飛飛傳第四回〉、〈飛劫——飛飛傳第五回〉。

愛走動的女奴們總是痴肥的。

卍字窗

我是面南的神，裸著的臂用紗樣的黑夜纏繞，於是，垂在腕上的星星是我的女奴。

神的女奴，是有名字的。取一個，忘一個，有時會呼錯。有時，把她們攬在窗的四肢內，讓她們轉，風車樣地去說爭風的話。

——鄭愁予〈窗外的女奴〉[30]

鄭愁予和楊牧一樣很少寫散文詩，但是這一篇卻是相當標準的「連綴式」散文詩。這篇作品裡每一節的標題都是「物」（窗子），每一節都自成一個情境，各自獨立，與其他節不相連貫。然而，每一節的情境卻都共同指向總標題，總標題也提點了每一節最重要的意象：「窗」和「女奴」。換句話說，作者只不過是將總標題的意象，以小標題爲「參數」，營造了三種不同的情境，看起來雖有一點公式套用，但這種標題與內容間的微妙關係卻是相當引人入勝的。當然，「連綴式」散文詩子母標題間的關係未必都是如此，更有彈性、更具創意的作品所在多有，譬如詩人零雨的散文詩名篇〈城的連作〉[31]，採用的子標題就是：「九月」、「河」、「春霧」、「森

---

[30] 見鄭愁予《鄭愁予詩集》（台北：洪範，1985），頁 169-170。

[31] 零雨《城的連作》（台北：現代詩季刊社，1990），頁 85-95。

林」、「月」、「豐收」、「泥土」等圍繞著城市的事物來展開，並共同以一個想像裡「城」爲中心，極具創意。

「多節連綴式」的自由程度，比起「多段式」來其實有過之而無不及，除了因應篇幅而分節加標題外，更可將這些轉化爲表現的工具。優秀的「分節連綴體」不但不會有冗長之弊，反而可以表現的比「多段式」更活潑、更耀眼，準此，分節連綴式」與「多段式」散文詩一樣，未來的發展都是我們可拭目以待的。

第三節　特殊型製

在上一節我們討論了各式各樣的散文詩結構，在外在形式上，似乎已經沒有什麼可說了。不過，如果真的要追根究柢，爲「散文詩」這個文類負責的話，我們就不得不把一些「變體」的狀況交代清楚。「變體」的散文詩，我們不妨暫時稱爲「特殊型製」，也就是和上一節所談的「正常」的散文詩有所差異的作品。這些作品雖然稱不上是真正的散文詩，但因爲種種原因與散文詩脫不了關係，於是本文準備專用一節來說明這些情形。這些「特殊型製」大致可分爲兩大類，一種是「無標點符號」類，另一種則是「分行散文混合」類，以下便分別討論。

一、無標點符號

本篇論文之所以強調保留「散文詩」這個名稱，就是因爲此類文體的最顯著特徵即「由散文構成」，相對的，若是失去了這個特徵，這種文類名稱恐怕就不能成立了。在「現代散文」的構成條件裡，「標點符號」是極爲重要的一項因素。「標點符號」的功用，除了最基本的「標示句讀」外，同時也具有表意的功能。甚至我們可以這麼說，一篇「現代散文」的優劣，與「標點符號」的運用有密切的關係，適當地使用標點符號，必然會加強文意，有畫龍點睛之效，反之則會造成嚴重的傷害。因此「標點符號」不僅僅是一個「圖案」，而是別具意義的「文學語言」。在上一節所談到的「正常」散文詩，也無不依循這個原則，將標點符號充分運用。即便是「分行詩」，除去了「句讀」的功能，標點符號也是不可或缺的表現工具，重要性絕不下於一般文字。「分行詩」尚且如此，更遑論是「散文詩」。

然而；在多變而講求創意的文學界中，總是會有不少讓人意想不到的情況出現。一種外貌近似散文詩，但是完全不具「標點符號」這種散文特徵的作品出現了，而且並不是「孤例」，最少其數量已經無法讓我們視而不見。這一類的作品，也有兩種不同的面貌。接下來便直接舉例說明：

由於多量的出血她蒼白著　像散亂的花瓣那樣的血　使她的哀憐隨時流露在嘴唇　她是善感的女人

火旺盛地燃燒　映紅了她的臉頰　當蒼白的臉頰被染紅了

她多少也就能脫離出血的痛苦

她伸著腰　等待著火延燒過來　閉上眼睛的她那激烈的期待微微地顫抖著

她從瞬間窒息似的感覺中　沈入灼熱的的舌尖在燃燒的陶醉感

開始燃燒的她的舌尖也像血一樣鮮紅

儲蓄著子孫之源的血　有剩餘的就從她的私處溢盈出來　向著男人的世界擴散而去

流出過多的血使她患了冷血症　男人享受的血流　男人興奮的血流　沈溺於血流中的男人　以抵抗被流失的力量　拖著女人的愛　構成了部落的風景

歷史是部落風景的變遷紡織出來的　在偉大歷史的蔭影下因多量出血而蒼白的她　已不再對自然的生理感到痛苦　秋天過後春天就來　在這個沒有冬天就迎接春天的季節裡　她想要生個孩子

——桓夫〈血〉[32]

火車停靠在黃昏一個小站也許它再等待另一列車可是一刻鐘後只有夜色從鐵軌的那頭急馳而來夾帶越過廣大田野的濕冷氣流

幾乎空洞的車廂裡已經亮燈了所有的電扇都在轉動發出呼吸的聲響雖然只有我安靜地靠窗坐著以及兩名啞巴始終激烈地辯論

除了疲倦的氣味和聲影的鬼魅月台空無一人我想我們已經被遺忘於是將頭仰起發現車頂一隻蜘蛛正在燈管與額角之間凌空結網

——孫維民〈小站〉[33]

以上兩個例子，都是將「標點符號」抽去的散文詩[34]，不過二者之間還是有所差別。很明顯地，前面一篇雖無標點符號，卻空下了

---

[32] 桓夫、杜國清合著《剖伊詩稿·伊影集》（台中：笠詩刊社，1974），頁 57-59。

[33] 孫維民《異形》（台北：書林，1997），頁 75-76。

[34] 這兩篇作品雖無標點符號，但是在文法上，仍採用散文，因此應該不能說它們是連著寫的「分行詩」。

標點的位置，句讀仍是分的清清楚楚的，第二篇則是連句讀都不分，將句子完全連接書寫，這兩者的閱讀效果，自然是不同的。

去除標點符號的意義，最基本的還是要將作品「陌生化」，是對正規的散文詩作更進一步的「疏離」。這種擾亂讀者閱讀經驗的方法，將逼使讀者發揮更大的注意力，使閱讀得以繼續進行，與文本間的互動同時也更爲頻繁。這是作者強迫讀者介入的手法，尤其散文詩的重點在於「情境」，「情境」的完成最終靠的不是作者，而是讀者的感受。因此，任何一種能催化讀者與作品關係的設計，都是理所當然。

其次，以第一種情形而言，標點符號的表意功能失去之後，取而代之的是空白的沈默，而不是什麼都沒有，這種留白是爲讀者而設計，可讓讀者自由塡補，使整首作品產生更多的「多義性」，詩人兼詩論家簡政珍即認爲：「不加標點使詩的閱讀多一可能性……省略標點符號增加詩的繁複，而繁複正是詩的美德。標點符號的存在可顯現心靈世界的紋理，標點位置的調整可映照想像活動的次序，標點的省略可豐富閱讀時美感的層次。」[35]雖然這段論述主要是針對「分行詩」而言，不過其中道理還是相通的。由此觀之，標點符號固然有輔助表意的效用，但是不使用標點符號，非但不用擔心原有功能消失，反而更有助於「詩質」的形成。

去除標點的另一功效，則是如同上舉第二種情形所展現，是種連綿不斷的效果。這種方式想達到的不是產生多義性的沈默、空白，

---

[35] 見簡政珍《語言與文學空間》（台北：漢光，1989），頁 42-43。

而是故意製造迅速流動的感覺，說的更清楚一些，便是模仿意識或思緒的流動，加速牽引讀者的閱讀及思考，進而達到快速導入情境的目的。閱讀這種作品時，常常在倏乎之間情境便已完成，讀者若是未及感受，通常就只好再來一次，總而言之，讀者與文本之間互動的頻率也不得不跟著增加，這當然也是作者的「詭計」。

以上的例子，我們都還可以看出是依循正統散文詩變化而來，這也表示了散文詩已經是一種成熟多時的文類。文類唯有發展到相當的程度，才會產生「通變」的現象，這些不同於傳統的嘗試，就是散文詩繼續成長的證據。本節雖然認爲它們是散文詩的「變體」，但卻沒有絲毫貶低的意思，相反的，它們很可能就是未來散文詩如何轉變的關鍵，其重要性不可言喻。

二、分行散文混合

光從這個命名，我們應該就可以想見其景況。其實這種作品的出現並不令人意外，而是十分合情合理的。所謂「分行散文混合」，顧名思義，就是在同一篇作品之中，既採用了「分行詩」的形式，也摻用了「散文詩」的形式。請注意，我們在此處只能說是「形式」，因爲在這種狀況之下，許多「散文詩」的特質便無法完全發揮，比如「情境」，恐怕就無法靠「散文詩」完成，甚至，其重點不一定是塑造及完成一個特殊情境。我們也許可以這麼說，要是情況比較好一點，「分行散文混合」之下，可能變成一首「不完全」的散文詩；要是情況比較不利於「散文詩」，就可能變成「部分不分行」

的分行詩，當然此處情況的優劣與否是從散文詩的角度來講的。所以依照混合的程度不同、主要脈絡的不同，這篇作品就會在分行詩與散文詩之間遊移。這裡之所以要說的這麼「模稜兩可」，主要還是爲了顧及本篇論文的完整性，否則「散文詩」就會變成和分行詩的本質一樣，只是「詩的一個種類」而已，爲了「散文詩」文類的獨立性，這一直是筆者在邏輯上所亟力避免的。

著名詩人兼散文家楊牧，他的散文有一爲人津津樂道的特色，就是常常在行文中加入一段分行詩，或是自己的詩，或是西詩原文加中譯，信手寫來往往極具文采，使讀者大爲傾倒。不過，在散文的主要脈絡裡，我們仍能清楚的區分，散文是散文，詩是詩。然而這種情形要是出現在「分行散文混合」的作品中，我們就不能說分行詩歸分行詩，散文詩歸散文詩了，因爲散文詩的特質已經遭到剝奪，再怎麼樣，它也決不是一篇完整的散文詩。換句話說，這種情況等於是「分行詩」（即現代詩）與「散文詩」相互「出位」、「相亂」[36]的結果，是一種新的藝術形式，要追究是誰去亂誰，恐怕難有定論。依筆者的看法，把它當作既有現象即可，至於這算不算是一種新文類種種衍生問題，則暫時存而不論，這也是本節獨立的原因之一。解釋完這些重要概念之後，我們便可以看看例子：

（一片荒蕪的海灘。極目之處。千帆皆不是。在這裡，似乎

[36] 出位、相亂的意義前面已經討論過，見第四章第一節〈散文詩的文類跨越現象〉。

亙古以來就沒有什麼事體發生過。時間是一首悠長而毫無意義的歌。由於潮水的起落激盪，一枚蝕白的貝殼與一隻空玻璃瓶不時互撞而發出嗆啷嗆啷的音響。
海灘上有一行腳印
像一串
渴死的魚）

一隻巨蟹
舉螯
向我奔來
長著細細的褐毛的
腳爪
顯示一種純粹的偉力
而肉身終歸是一把
從指縫間
露出的沙子
牠滿嘴的
泡沫
乃一種
沈思者的語言
欲說而無聲的
哀傷
牠急速地

在我兩腿之間
爬行
沙沙的音響
一種野蠻的追迫
凡臉色猥褻而不帶
刀子
就不能不叫我狐疑
那在肌膚上
深深刻劃下的
白色的爪痕
是一種什麼
警語？

我駭然發現，腿上一條條的白色爪痕逐漸變成了紅色。血、血、血總是代表某種含意的。然而，由於爪痕由深而淺的此一事實，我知道牠已經陷於極度的疲倦，這或許就是無血動物的一種形而上的悲哀。

他咻咻地吐著白沫。據說每次牠在有月亮的沙灘洩精之後就是這種樣子。我依然沈默，而巨蟹再度舉起雙螯，憤怒地舉起，舉起。一把巨大的鐵鉗，舉起，舉起。它似乎企圖把整個天空鉗住，而後撕成片片。但，終於那對巨螯停在半空，緩緩垂了下來，且那龐大的軀體的各個部分次第縮小，縮小，及至全部消失。

首先是一對巨螯
其次八隻灰爪
其次腹部
其次傲慢的額……

（一陣浪濤轟然而至，掩蓋了一切）

——洛夫〈蟹〉[37]

這種形式在洛夫的手中，可算是做了相當優秀的示範。確實，中間一段的分行詩，打斷了整個原本是散文詩的節奏；前面一段的散文敘述加上括號，彷彿只是作為引言，脈絡一度進入標準的分行詩之中，不過後段的散文詩形式，成功將分行形式導入情境之中，使脈絡又回到了散文詩之下。因此，本篇作品整體看來，「散文詩」的特質仍是比較多的，不過既然我們已經將「散文詩」做出界定，在這種形式的發展尚未明朗之前，只好暫時先歸入「散文詩」的「特殊型製」之下，一來將它與「散文詩」區隔開來，二來也表示敬重其「準文類」的地位。這種形式的變化其實還有很多，我們也常常可以看見散文詩中夾雜了幾句單句成行的敘述，不過這種情形並未脫離散文詩的脈絡，只能算是稍稍的變化，還夠不上「特殊」，這裡就不再多舉例證了。

---

[37] 洛夫《雪崩——洛夫詩選》（台北：書林，1994），頁 166-169。

第四節　普遍意象

「意象」是文學理論，特別是詩學理論的常用術語。表面上看來它是好像是一個極為基本的概念，似乎人人都懂，但若要詳細說明「意象」究竟為何，則又是眾說紛紜、莫衷一是。這樣的現象由來已久，本文也不打算在這裡多作論辨，只需大概解釋，合乎本節要旨就可以了。一般而言，意象最基本的說法有「意就是情，象就是景，或寓情於景，或觸景生情，或是交融」[38]，「泛指文字在吾人心理上（或感官上）引起的各種印象，包括視覺的、聽覺的、觸覺的、味覺的、乃至於肌肉運動感覺的」[39]，這是意象的第一層。意象的第二層，則包括各種喻詞，如杜牧「落花猶似墜樓人」句，以暗喻增強「落花」，是一種呈現事物與感覺之間關係具體性的方法，以人皆有之的普遍性引起共鳴[40]。意象的第三層定義，則是包括了由意象構成的整個句子的含意，如前述杜牧〈金谷園〉詩表現的悲劇性[41]。這樣的意象定義，應該可以算是相當全面的，本節所謂的意象，

---

38 白靈《一首詩的誕生》（台北：九歌，1991），頁 56。

39 見張漢良《現代詩論衡》（台北：幼獅，1977）中〈論詩的意象〉一文，頁 3。

40 同前註，頁 3-4。

41 同註 39，頁 4-5。

也應用了以上這個概念。

何謂台灣現代散文詩的「普遍意象」呢？其實這種命名方式同樣只是「權宜」，「普遍」二字的彈性很大，而且會隨著個人的主觀認定而不同。不過「普遍」一詞，帶有哲學上「共相」的意涵，轉換到作者身上，則有類似「原型」（archetype）的意思。我們之所以不用「常見」而用「普遍」，就是這個緣故。當然，這只是筆者從現象抖膽推測的結果，是不是真有什麼作者的潛意識分析，或是心理學上的根據，本文也無法論斷。但是最少我們可以從例子以及散文詩的特徵中，做一些初步粗淺的觀察，相信這是一個十分值得探索的領域。本節打算從兩個最容易觀察到的意象入手，那就是「死」與「淚」，以下便分論之。

一、「死」的意象

依照本節第一段爲「意象」做的定義，「死」的意象事實上並不限定此一「死」字。除了「死」這個文字所直接引起的感官反應，任何與「死亡」相關的詞彙，或是表達此一狀態的語句，全都在本小節的觀察範圍之內，這是首先必須解釋清楚的。

「死」幾乎不論在哪一個領域，包括生理學、倫理學、宗教學、社會學等等，都是極其重要的課題，由「死」引伸出來的繁複學問，甚至不是我們在有生之年可以完全領會的。在這裡，我們必須盡量將這個概念作限制，直接從「文學」切入，以免蔓生枝節。文學既爲人生的一種反映，對於這個人的終極歸宿的探討自然也不遺餘力，不論是中西文學作品，都不斷表現出對「死」的種種態度，這種深藏於整個文學源流的基底意識，即使在現代散文詩中也不例外。除了這個原因之外，本節還打算從另一個角度來驗證「死」與「散文詩」的關係。

在正式進入散文詩中「死」意象的探討之前，我們或許應該先看看統計數據，來判斷所謂「普遍」是否成立。因爲台灣現代散文詩的總數非常多，若要做全面的統計必須花費極爲龐大的心力，這一點筆者自承短時間內無法做到。若要以幾本「經典級」的散文詩集或選集爲樣本，又怕這只是幾個作者的共相，不夠全面[42]。幾經衡量之後，筆者決定以《創世紀》詩雜誌四十六期〈散文詩小輯〉特輯爲樣本，共收散文詩三十三篇。其中雖然也包括了蘇紹連、渡也等散文詩名家，不過因爲當時他們的的作品都還未形成「典律」，加上每個人的作品數都不多，採用這個樣本，應當具有相當「隨機抽樣」的可信度。當然此中顯而易見的缺點是，在時間上稍微早了一些（一九七八年），能否代表目前發展更爲蓬勃的散文詩，頗令人質疑。不論如何，最少這個樣本是目前最簡易、最公平的；裡面許多作者，也都還繼續創作散文詩，即使是在目前也依然頗具代表性，時間上的誤差，我們就只好暫時略過。

---

[42] 事實上，如果採用這些著作（如蘇紹連《驚心散文詩》、渡也《面具》、商禽《夢或者黎明及其他》、杜十三《新世界的零件》等等）爲統計樣本，所得到的數據對本文論點將更爲有利，不過爲堅持「普遍性」及「去中心化」原則，還是另外採樣較恰當。

在這三十三篇作品中，曾經明顯使用「死」的相關意象的共有九篇，近似「死」的意象的共有三篇，節錄如下：

「死」的意象

我摸著前額，才知道自己發燒生病，我要死了。——蘇紹連〈白羊山坡〉

「這些樹死了」——渡也〈影子及其他〉

搖醒正在靈堂相框裡午睡的母親——渡也〈無頭騎士〉

我依舊活著，但我已近死亡。……我依舊活著，但我正在死亡。……我依舊活著，但我已死亡。——大荒〈我依舊活著〉

死刑的囚犯，在刑場，秋天知道他死了——劉克襄〈秋決·秋決〉

一節斷袖，一道血漬的噴泉，劃過橋墩。——楊亭〈收費員之死〉

至少他能自己選擇死。……陳雄飛死的時候，還不懂什麼叫人生，他的死卻是白髮老人的一個體驗。——沙穗〈風浴〉

而死亡是濾過的影子，由你握斧的巨大手掌拼成。——汪啟疆〈吳剛〉

山頂迴光返照，如死亡者的喀血，紫紅色的。……夕陽死了，死在西山下，死在我們日夜懷念的故土。——劉菲〈黃昏〉

近似「死」的意象

我們殺了人！——陳黎〈囚犯的告白〉

我終於痛苦地把自己也放火燒將起來，在劈拍的火聲中，化成一堆灰燼。——墨君〈焚情〉

在利斧揮落的一剎那，他的無告從睜大漲紅的眼眶中呼之欲出。——辛鬱〈白楊訴願〉

以上的十二個例子，在總數三十三篇的散文詩中佔了三分之一強，所以「死」意象的「普遍性」應當是可以得到驗證。現在我們重新回到「死」的意象與散文詩的關係上來，「死」爲什麼會成爲散文詩的「普遍意象」？我們先討論死亡的一些特徵。根據傳統醫學的定義，死亡指的是心肺功能的停止，是「經由醫生定義爲血液循環的全部停止，而且動物的和生命的功能（如呼吸作用、脈搏跳動等等）因而立即隨之終止」[43]，「死亡精確地發生於當生命停止，而且直至心臟停止跳動和呼吸結束之前不能稱其是發生的。死亡不是一個連續的事件，死亡這件事是發生在一個精確的時刻。」[44]，晚近較新的死亡判準，則是以新皮質層腦死（Neocortical Brain Death）爲基準，即腦中負責諸如意識、社會活動能力等較高功能的區域喪失功能。此一觀點對死亡的定義則是：「死亡意謂著一個有生命的實體的狀態全然改變，這種改變是這些具有某些特質的的生命實體，經由對其有本質上意義的特性之不可復原性的喪失。」[45]從宗教觀點來看，大部分具有「死後世界」觀念的宗教，都將「死」視爲一個生命型態的轉換點，是今生種種的一個總結，是靈魂的昇華。在許多所謂的「瀕死經驗」（Near-Death Experience）中，則有一生的一切在「瞬間」回顧的現象。

綜合以上的敘述，我們大概可以捕捉出「死亡」意象的一些特質，如：「終止」、「精確時刻」、「全然改變」、「總結」、「昇華」、「瞬間」等等。大體說來，這些特質都有「凝煉」的意涵，他們都是一些使我們的思想或情緒，在極短暫時間中感受到波動的字眼。在某些「死」的代名詞中，這種特徵更明顯，比如：「散發」

---

43 《布雷克法律字典》（Black's Law Dictionary）對死亡之定義，轉引自波伊曼（Loius P. Pojman）編著、魏德驥等譯《解構死亡》（台北：桂冠，1997），頁 27。

44 美國加州法院引《布雷克法律字典》所做之判例補充，出處同前註。

45 同註 43，頁 29。

[46]。這時我們再看看散文詩中的 Lyric，就可以瞭解它們的關係何以如此密切了。Lyric 講求的是在最適當的時候，將情感精確地引發，要將這個目標表現到上乘的境界，靠的決不是修辭，而是意象。「死」代表的複雜文化網絡及多義性，十分能擔當散文詩中完成情境的任務。

解釋完「死」這個意象和散文詩間的聯繫後，我們再來考察散文詩中「死」的用法。古今中外的文學作品中，「死」的意象當然是一直都不曾缺席的，但這個意象在文學中要引發的到底是什麼呢？非常有趣的是，我們從很多文學經典中讀到的「死」，帶來的常不是想當然爾的痛苦或悲哀，而是「美感」，或「快感」。我們回顧一下上面所舉的例子，嚴格來說，沒有一個是想要用「死」來傳達如連續劇、或親自面臨那樣直接、煽情的悲哀。它們都只是「手段」，是完成「美感」的「媒介」。原因何在？朱光潛先生認爲，要解決這種明明是「痛感」但卻伴有「快感」的問題，必須正視「混雜感情」，純粹的「痛感」或「快感」並不是常態。簡單言之，這種現象「首先是由於痛感通過身體的活動得到緩和，痛苦在被感覺到的同時，積鬱的能量也就隨著產生器官和筋肉活動的衝動一起得到宣洩，這種表現也有藝術表現的原因：痛苦在具體化爲藝術象徵的同時，也就被藝術家的創造性想像所克服和轉變了。它透過藝術的『距離化』而得到昇華。痛苦的征服像醜的征服一樣，都代表著

[46] 見韓少功《馬橋辭典》（台北：時報，1997），頁 124-125。

藝術的最大勝利。它必然在我們心中引起一種昂暢的生命力感」[47]，這個「生命力感」，即是「快感」。

在另一方面，從精神分析的角度而言，佛洛伊德將人類生存的本能區分為「性本能」（libido）及「死亡本能」（mordido），二者間常密不可分，因此死亡經驗也會產生類似「性高潮」的快感，反之亦然，這在我國許多古代情色小說中都有例證。最後，從生理學來說，人在接近死亡時，大腦內部即會分泌「腦內啡呔」(endorphin)，產生類似鴉片或嗎啡療效般的「快感」[48]，這些都是「死亡」之所以成為「美感」、「快感」的原因。在台灣現代散文詩中，「死」的意象，同樣具有相同的「美感」目的。以下便舉兩篇最「典型」的作品為例：

> 他很細心地模仿許多名家的畫，但畫展那天，觀眾一致丟給他的評語是：沒有獨特的風格。
>
> 他把自己牢牢地釘在木製屏風上，永遠不能脫身了。他所發明的，是耶穌當年在十字架尚未曾使用過的姿勢。他的血跡仍然鮮紅如生命。觀眾看了一齊鼓掌叫好，繪畫協會頒給他最獨特風格獎。

---

[47] 朱光潛《悲劇心理學》（台北：駱駝，1987），頁 169。

[48] 小田晉著、蕭志強譯《生與死的深層心理》（台北：方智，1998），頁 68。

——渡也〈自畫像〉[49]

叮噹來自幽暗的浪潮，你的墨手已觸及胸際，我聽的見你的及你的工具的脈搏。

在此，槍矛已不屬首要，斧鉞亦不屬首要，你的龐然的鶩風已席捲並且君臨了一切，呵，死神。

春在龍鍾，時針腐蝕，我的彌留之際的呼號，將是最恆久的諾言。且舉我的雙臂，蓋我灰灰的足印，雖然徵信已微不足道。

活著也不甚愉悅，於是恁什麼也索然了。尤當朗笑窒息，尤當別針，髮夾及鈕釦都徵作了十二金人，呵，死神，誰還用的著呼天搶地。

曾經酷寒與炙熱，冰湯之間我已無暇抉擇。呵，唯握別之剎那艱難，此外便是微笑，便是昂首闊步，赴義那般的壯烈。

——張拓蕪〈致死神〉[50]

---

[49] 見渡也《面具》（豐原：台中縣立文化中心，1993），頁 12-13。

[50] 見張拓蕪（沈甸）《張拓蕪自選集》（台北：黎明，1979），頁 102-103。

以上兩篇作品，前面一篇非常明顯地將「死」轉換成「藝術美」，或是說「藝術」需以「死」做爲代價。第二篇則是坦然面對死神，既然「活著不甚愉悅」，若「握別艱難」不算，便是「微笑」、「壯烈」，這種敘述則表現了死亡其實是帶有「快感」的。除了以上的例子，在台灣當代散文詩中類似的「死亡」意象不勝枚舉，而它們大部分的功用，也都是作爲完成情境的輔助。「死亡」並非真正的生命喪失，而是類似 Lyric 的催化物而已，如果明瞭這一點，相信往後我們在解析散文詩時，還可以考掘出更多的意義來。

二、「淚」的意象

沈臨彬的名作〈青史〉，是用這樣子的句子作結的：「在一聲哭調的蒼白裡，所有的文字扭曲而變成下垂的淚滴」[51]，蘇紹連在看到這一句時，便自誓也要寫出那樣「變成淚滴」的文字[52]。當我們看到這一段「文壇掌故」，不免又會開始好奇，「眼淚」這種「凝結」、「滴落」的意象，會不會又跟 Lyric 有相通之處，進一步成爲台灣現代散文詩中的另一個「普遍意象」呢？

如果我們以和上一小節相同的樣本來做統計，就會發現一個事實，即台灣現代散文詩中最普遍的意象除了「死」，另外確實還有「淚」。在《創世紀》四十六期〈散文詩小輯〉三十三篇作品中，

---

[51] 沈臨彬《泰瑪手記》（台北：普天，1972），頁 61-63。

[52] 見蘇紹連《隱形或者變形》（台北：九歌，1997），頁 226。

共有十一篇使用了與「淚」相關的意象，茲引錄如下：

「淚」的意象

那隻白羊流著淚跪著——蘇紹連〈白羊山坡〉

我含淚走過去，踐踏她們——渡也〈海倫凱勒〉

夜幕隨即滾落大顆大顆的淚——陳義芝〈贈書記〉

我突然看到伊茫然的垂淚向我頻頻招手……吻著伊最後遺留的那一沒沈重的嘆息、哭泣——墨君〈焚情〉

想及此，不覺流淚……淚水決出眼眶——汪啟疆〈吳剛〉

抑或孤懸峰頂的一滴淚……化為高空的一滴淚——洛夫〈孤寂之花〉

你不會不知道，我的淚可以燃燒——洛夫〈在你的詩中行走〉

近似「淚」的意象

從他的眼睛不斷的走出來，而且都站在小路盡頭，低低的怨

泣——劉克襄〈秋決．秋決〉

那不過是一匹喜歡傾聽自己哭泣的瀑布——張默〈無所謂幕〉

淡水河還是不停的嗚咽——張默〈夜在斜斜的降落〉

遠處，傳來海和風的啼哭聲——劉菲〈黃昏〉

其實，要是我們不受這個樣本的限制，就會發現「淚」的意象比「死」的意象更加普遍，隨便舉個例，蘇紹連已出版的兩本散文詩集一百八十五篇作品中，就有八十六篇應用了「淚」的相關意象，這個將近二分之一的比例是很驚人的。從這些數據來看，毫無疑問「淚」也是散文詩的普遍意象。

接下來要繼續探究的，當然也就是「淚」與 Lyric 的關連性了。在上一節我們討論過「痛感」如何轉換爲「快感」的過程，其中有一部份機制是「痛感通過身體的活動得到緩和」，也就是所謂的「宣洩」。「淚」與 Lyric 的關係，就可以從這一點看出來。此處的理論，首見於亞里士多德的《詩學》第六章：「悲劇爲對於一個動作之模擬，其動作爲嚴肅，且具一定長度與自身之完整；在語言上繫之以快適之詞，並分別插入各種之裝飾；爲表演而非敘述之形式；時而引起哀憐與恐懼之情緒，從而使這種情緒得到發散」[53]，其中的「發

---

[53] 亞里士多德著、姚一葦箋註《詩學箋註》（台北：台灣中華，1993），頁

散」（catharsis），又譯作「淨化」，此特質不僅適用於戲劇理論，在散文詩中亦然。散文詩也正是利用情境引起情緒，在一瞬間將其「發散」，將讀者提升到「詩」的美感層次。二者頗爲異曲同工

「發散」一詞，在亞氏書中其實並未解釋清楚，一般而言大約有三種意義，第一爲病理學上的解釋，即吾人體內所生之體液如留置體內將引起不快及不良影響，故在生理或醫藥上應使它排泄，屬醫藥用語，對於靈魂之洗滌作用亦如藥物之於身體，依悲劇而起的哀憐與恐懼可使人鬱積之情緒得到發散，從而獲得愉快。第二爲倫理學上之解釋，伯拉圖〈莎斐斯德篇〉（Sophist）認爲精神上之病態如無知、敗德、偏見、虛榮等，可因教育而矯正，此教育即悲劇的發散效用。第三是宗教上的解釋，將發散轉爲「清靜式」，目的是把人的不潔成分洗除。[54]真相如何，恐怕只有亞氏知道，不過近世學者多依亞氏《政治學》中論及音樂部分，認爲病理學上的解釋比較符合亞氏原意[55]。要是我們把這個結論和眼部生理學結合起來看，就會發現一個十分耐人尋味的現象。

眼淚的生理型態共可分爲三種，第一種爲連續性眼淚，是爲了要讓眼睛保持濕潤，並阻絕病菌。第二種是刺激性眼淚，作用於有外來刺激傷害眼睛時，所分泌以稀釋或沖洗之用。第三種則是情緒性眼淚，代表人類表達強烈感受的獨特方式，這種眼淚不但蛋白質

67。

[54] 同前註姚氏箋，頁 70-71。

[55] 見註 53，頁 71-74。註 47，頁 174-194。

含量較高，淚腺更能排除身體承受壓力時，逐漸累積的有害化學物質。[56]情緒性眼淚與「發散」之病理說竟不謀而合。因此，我們也可以由此推斷，「眼淚」不但外型上具有「凝結、滑落」之徵象，在深層意義裡，也與「發散」、Lyric 之說暗合。「淚」的相關意象會常在散文詩中出現，也不是毫無原因。以下也列舉兩篇散文詩爲例，以明其效果。

「對著一顆垂滅的星
我忘記了爬在臉上的淚」
——楊喚

在福壽酒色的黃昏中。也許那是一方太空曠的廣場；一個人在那裡做他自己的遊戲；當用手指拭而匯集的淚水自他枯萎的指端滴落——羽羽的蒲公英遂隨風旋舞直到化為閃閃螢火復又綴入深碧的夜空……

——商禽〈蒲公英〉[57]

颱風反撲的預測，並未能成為事實。

---

[56] 見 Jeffrey A. kottler 著、莊安琪譯《聽眼淚說話》（台北：天下文化，1997），頁 71-73。

[57] 商禽《夢以及黎明及其他》（台北：書林，1988），頁 20。

餐廳的學生依口令入列坐好，在碗盤錯雜聲中，茫然地進著早餐。晨光燦然射落窗內，像昨夜的夢殘留在他們臉上。

突然有一剎那完全的寂靜……純屬巧合。然而吵嚷立即恢復，一切均無人知曉。但就在那一瞬間，我幾乎以為我看到了你，親愛的，我以為你將從窗外的陽光下走過，而流下淚來。

——鴻鴻〈晨光〉[58]

商禽這篇散文詩，爲了加強「淚」的意象，還先引了楊喚的〈垂滅的星〉做引子。雖然商禽的散文詩一向不容易解讀，但是我們完全可以從意象去感受，從幾個拆解後的詞語如「滴落」、「閃閃」來相互映證。「淚」與「蒲公英」間的聯繫，只是詩人瞬間產生的心象，很難說有什麼明顯關連，完全只能靠讀者去揣摩，跟王維〈鳥鳴澗〉「人閒桂花落」的道理是相同的。至於鴻鴻這一篇作品，「淚」有極其重要的點睛效用，如果沒有此一意象作爲收束，整篇作品的脈絡就很可能渙散掉。「淚」的出現，使原本的敘述語句轉換爲情緒語句，整個情境才鮮活起來，從作者的眼淚中，也使得這篇看來無甚深意的散文詩產生了更多的多義性。總而言之，「淚」在散文詩中具有「凝聚」而後「發散」的功效，不單幾位重要作家如此，在絕大多數的作品中也都一樣。

[58] 鴻鴻《黑暗中的音樂》（台北：現代詩季刊社，1993），頁 190。

瞭解散文詩中的「普遍意象」，其實不但對解析散文詩有正面意義，在創作上，也提供了不小的幫助。當然本節只是一個起步，除了「死」與「淚」，散文詩中是否還有更多的普遍意象在運作，則是我們以後可以繼續追查的。

第六章　台灣現代散文詩主題論

緒言

在討論完文類論、藝術論這些比較抽象的議題之後，本章將完全從散文詩所表達的意涵入手，也就是探究散文詩的「主題」。不過在此處要先聲明的是，本章所謂的「主題」，只是一般的概念，亦即一篇散文詩的「中心思想」；與比較文學部門中的主題學（thematics or thematology）或是一般文學研究方法中的主題研究（thematic studies）關係並不大。因爲散文詩畢竟不同於神話傳說或小說戲劇，可以考察它們之間的母題或象徵之間的關聯。筆者不敢說散文詩沒有資格運用這種研究方法，但至少在目前並不合適，一來這種文類的年齡尚輕，另一方面則是散文詩作百貌紛呈，我們也沒有必要去妄加比附。雖然我們對主題的定義也是「通過作品題材的描繪與塑造的藝術形象所表達的中心思想」[1]，但也僅止於初步的探究。本章的目的，也祇是爲了能更進一步瞭解散文詩的內涵，以及散文詩作者最常關心的題材而已。卸下了嚴肅的「術語」包裝之後，也許我們可以更輕鬆地面對台灣現代散文詩作者，看看他們如何把內心的情感思維，寄寓於精彩的作品之中。

第一節 抒情表現

〈詩大序〉說：「在心爲志，發言爲詩。情動於中，而形於言。」如果我們採較狹義的定義來看，則詩的抒情傳統非但是古已有之，而且是源遠流長。散文詩既具詩的質素，那麼「抒情」的主題在散文詩總數裡的比率居高不下，自然也不讓人意外。換一個角度，在現代散文之中，所謂「感性散文」佔有極大的比率，其特色是「以『我』爲出發點」、「呈現作者個人的生活經驗」、「表現作者的個性特質」、「直接表達作者的思想」等等[2]。有不少人甚至認爲「現代散文」就應該是「感性散文」，「知性散文」相形之下顯得較爲弱勢。雖然事實並非如此，但相對地，我們也可以由此看出「散文」這個文類與「抒情」主題的契合程度。

由於「抒情」可涵蓋的範圍極廣，限於篇幅本節也不可能一一

---

1 劉介民《比較文學方法論》（台北：時報，1990），頁 283。

2 見鄭明娳《現代散文》（台北：三民，1999），頁 12-31。

詳論，因此我們打算挑一些較具代表性的主題爲例，大略窺探「抒情」表現之梗概。首先是古今中外恆久不變的主題——愛情。

直到街道上那幾個野孩子的追逐在耳朵裡擱淺後，才憶起該將一些飢渴的眺望郵寄給妳。

我只在妳的身上拋錨，即使這種拋錨是一種英雄式的礁沈。歲月不斷把我湧向妳那片只在日落後漲潮的沙灘。可否記得在妳灘上踏過的那些濕濕的蹄音？

妳是枕邊一朵永遠潺潺的水雲。夜色深深深深地鋪在妳盛開的溫柔上。另一陣風為了啣走那片水雲而整夜吹著。

不管左滿舵或右，在妳涓涓的潮裏永遠只有觸礁後的美麗。

然後，火山靜止在噴出的岩漿裡。我們雙雙被一個白皚皚的雪季俘虜。

——許茂昌〈雪季〉[3]

在里奧，我所愛的女子，她並不愛我。我開車繞過鬱金香的花塢、晨光的方場，搖落的秋天去追蹤，河的上游，我死後的聲名與愛。我開車繞過，隱密的槭樹林，彷彿看見地上鋪

---

[3] 見《創世紀》詩雜誌第四十四期（1976 年 9 月），頁 23。

> 滿的落葉，一對戀人作愛留下的痕跡。我開車繞過，荒涼的菊花墳場，河流在左，在右，彷彿聽見一女子的傷心，不知為誰……
>
> 在里奧，我所愛的女子，她並不愛我。我涉水走過河中的沙洲，驚起去夏的水禽，終於在對岸蘆叢，找到她遺落的一只耳環，鬱鬱的光澤，我死後的聲名與愛。
>
> ——楊澤〈里奧追蹤〉[4]

散文詩所特別注重的「情境」，常常可以應用在「愛情」的主題裡，爲其營造出一種合於愛戀的氣氛。以許茂昌此篇散文詩而言，作者便一連變換了數個場景，由第一段的「實」轉入接下來的「虛」，但無一不充滿了對「妳」的戀眷。運用散文詩的手法，不但省去了分行詩的割裂或隱晦，更增添娓娓道來的鮮活感覺，這是情感表達時十分重要的因素。楊澤此作與許氏的甜蜜情調大不相同，這裡所表現的是愛情的另一個面相，當然這整個情境應該都是虛設的，是作者建構來寄託已逝去或殘缺的愛戀情緒。散文詩的好處在於，它一方面擷取了類似「感性散文」的動人（或煽情）效果，卻又不受限於文法或謀篇結構上的限制；因爲「散文詩」的情境是屬於「詩」而非「常理」，只要情境營造的恰當，對作者所欲表達主題相切合，

[4] 楊澤《人生不值得活的》（台北：元尊文化：1997），頁 42。此作原載於《彷彿在君父的城邦》（台北：時報，1980），頁 84，版本略有不同。

就可以算是成功。主題與散文詩，散文詩與情境，這三者的關係環環相扣，相互涵蓋，相互增強。情境只有在散文詩的脈絡中，才對主題有所幫助，上例子中的情境，若與主題「愛情」相對照，其中的道理就很明白了。不獨愛情，在其他的主題中也相同。以下再舉表現「親情」主題的作品：

放大，再放大；放大，再放大。放至我現在面對的，客廳牆壁這麼大。

放大以後這張泛黃的，日漸模糊的舊照片，母親嬌小的形象，以及我在母親懷裡，那副逗趣的模樣，終於又一次的，清晰的，展現在我的老花眼鏡裏了。

放大以後的照片，母親的微笑，也隨之放的大大的。我要以母親的照片作壁紙，裝潢一屋的母親的微笑。

——梅新〈壁紙〉[5]

你流連餘半壁窄窄的甬道，從幽微的嘩嘩的水聲裏擠破而出。

第一次瞧見舞踊的光，在您嫩嫩的半張半掩的眼縫裡。

世界倉皇，跌落在您小小的兩股之間。

---

[5] 梅新《梅新詩選》（台北：爾雅，1998），頁236。

聽清楚第一個子夜剪斷臍帶的喃喃嘆息，哦，傷心的母親，恕我姍姍來遲了。

且讓我把驚喜摘下，圍在時間的脖子上，我觸及一縷修長的黑髮，戛然虛懸在月明星稀的半空中。

——張默〈黑之誕生——追記小女靈初生之頃刻〉[6]

這兩篇作品表現的都是親情，前面一篇是思念母親，第二篇則是同時寫給妻子及女兒。表現親情的情境營造，顯然與愛情不同，這就是主題對情境的影響。梅新這一篇作品，不論在各方面的表現都非常樸實，情境的營造也很簡單，從頭到尾採用單一衍伸的方式，邏輯理路清晰，平易得幾乎不太像散文詩了。不過從這三段簡易的文字敘述中，我們不難體會到，這種時空相隔遙遠的思念之情，反而因爲「詩」效果的減少而益發真摯。透過最後一句，整個情境仍然得以聚焦，加上「標題」的疏離效果，稱之爲散文詩毫無疑義。我們也從這裡學到，散文詩同樣能寫得平實而深沈。張默則是少見地將生產的母親及初生的女兒一同寫入，一篇作品其實包含了兩種親情的成分，雖然開頭是以女兒爲焦點，但我們可以看出作者後來著墨較多的，還是對妻子的感謝及不忍。不同於梅新，張默這位創世紀三巨頭之一的詩人，還是加重了不少「詩」的效果，最後一段

6 張默《陋室賦》（台北：創世紀，1980），頁 34。

尤其如此，讀者也必須更積極地參與其中。若是由前面幾段察覺出「親情」主題的話，對最末段的解讀，自然就會有正面的幫助。主題固然主導情境的設計，但要是讀者無法感受的到，情境和主題之間的關係也就消失，其中輕重的拿捏，也嚴格考驗著作者的能力。很多時候，我們都會碰上主題並不太明顯的散文詩，也許可以隱約感受的作者想表達的情緒，應可算是「抒情」散文詩無疑，但卻很難具體將它歸納成某種「主題」。這種情況表示這首散文詩的歧義性較強，只能以讀者各自的感受為準，況且有些作者表達的私人情感確是相當隱微而難以捉摸的。比如：

> 那一年，我們攜手去看雨後的天邊，五彩斑斕的青蛙，眼裡仍帶著輝煌的的鬢影，為此，我們奏不出哽在喉間的短笛。性器成熟的小孩，裸身在路上微笑，飛鳥驚惶地尋找它過份延遲的童年。對著奔馳過野花甜的那列火車，及火車上的便當小販，我不禁流下眼淚。你的沈默是近晚的蘆荻，暗影倏動的黃昏裡，一些似有似無的夢想在我們之間謠傳著。
>
> ——黃信〈幼鄉〉[7]

> 在我們決定穿過木犀花，跑到對話的白千層下躲雨之前，雨絲和愁緒確已在髮　間緊密結合。我們的速度，漸漸被解放出來，我們步履、脈搏，與笑聲的醞釀，都快的突兀。

---

[7] 黃信《冰戀》（台北：爾雅，1996），頁27。

當雨在煙緩緩的陣勢裏也愈緊密——但我們必須再前進，我們被激起奔跑的慾望，所以我們開始搜索另個躲雨的地方。

我將一邊跑一邊告訴你，所有縈迴心頭的奇遇。

我們撥開佈網的木麻黃，像魚駐停水草，讓清冷的氣息混淆我們的感官。

幾隻雀鳥適時驚起。

我們闖進雨的高階會議，堅持向他們邀舞，遠景漸被沖洗乾淨。

我們決定到噴泉下躲雨。

——羅智成〈翡冷之翠——雨中校園〉[8]

這兩首散文詩雖然都可歸入「抒情」主題，但是作者真正的意圖是什麼，卻都不容易瞭解。若我們以標題爲輔助，則可大約感覺前者是傷逝，至於後者是當下還是懷想，仍然不得而知。不管如何，

---

[8] 羅智成《傾斜之書》（台北：聯合文學，1999），頁 147。作者另外在《光之書》（台北：龍田，1979）頁 86-87 亦有名爲〈翡冷之翠〉的散文詩，但內容截然不同。

作者心中有某種情緒想要藉此抒發總是沒錯的，在這兩篇作品裡頻頻更迭的各種意象，其實都是作者的心影。有些時候，作者自己也只感覺有「某情緒」，但又無法說的清楚，藉著各種意象所綜合出來的情境，也許可以漸漸跟「某情緒」相吻合；情境成爲情緒的象徵，此間的關係是非常微妙的，或說是非常「私密」的，作者以外的人通常很難進入，作者也未必想讓別人瞭解，於是這類作品的功用就常只是抒解作者無法發散的心緒而已。「散文」的功能，可以表現思想的流轉，「詩」的功能，則能深藏作者的感情，使其轉化爲多義的象徵。說起來這類的散文詩在本質上與「意識流」頗有相通之處，只是散文詩更加強了作者「意識」方面的藝術包裝。當然對於讀者而言，這樣的散文詩究竟只是難解的囈語，還是意味深長的藝術品，除了讀者的程度問題之外，也僅能說是見仁見智了。

第二節　哲學思考

有論者以爲，中國大陸新詩的「潛結構」是宗教，台灣現代詩的「潛結構」則是哲學[9]。這固然是一個比較約略的看法，但不可否認確實點出了台灣現代詩的傾向。這種傾向，甚至還是公開宣告過的，而不純粹只是一種「現象」。一九五六年，紀弦成立「現代詩社」，並發表現代派宣言，也就是著名的「六大信條」，其中第四條即宣稱「他們同樣強調『知性』：他們認爲現代主義的特色之一

---

[9] 見毛峰《神秘詩學》（台北：揚智，1997），頁 162-163。

是『反浪漫主義的。重知性，而排斥情緒性之告白』」，紀弦本人亦在各種論述中大加強調此一信念，如「傳統詩是情緒的作用，現代詩是反情緒的作用。傳統詩順流而下，現代詩逆流而上。傳統詩以『詩情』爲本質，現代詩以『詩想』爲本質。傳統詩重感性，現代詩重知性」[10]，「講求方法，重視技巧，強調理性與知性之高度的運用」[11]。當時，爲了「知性」與「感性」、「現代」與「浪漫」，還打了好一陣子筆仗，對詩人創作觀念產生了不小的衝擊。台灣現代詩的「尙智」現象，與此恐怕也不無關係。

散文詩的作者多是詩人出身，除了前一節已經討論過的「抒情」之外，是不是同樣也有「主知」的傾向呢？答案應該是肯定的。筆者甚至認爲，許多散文詩的「知性」成分，其實大可提升到哲學層次來看待。情境的巧妙設計，幾乎就可以等同於一道哲學命題，無論對作者或讀者來說，都可藉此經歷一場思維經驗，並對此一情境呈現的問題，做一番內省。台灣現代散文詩的前輩作家商禽，其作品就具有濃厚的哲學特質，茲舉例如下：

> 滿舖靜謐的山路的轉彎處，一輛放空的出租轎車，緩緩地，不自覺地停了下來。那個年青的司機忽然想起這空曠的一角叫「躍場。」『是啊，躍場』於是他又想及怎麼是上和怎麼

---

[10] 見紀弦《紀弦論現代詩》（台中：藍燈，1970）〈新現代主義之全貌〉一文，頁48。

[11] 見紀弦〈抒情主義要不得〉一文，收錄處同前註，頁22。

是下的問題——他有點模糊了；以及租賃的問題『是否靈魂也可以出租……？』

而當他載著乘客複次經過那裡時，突然他將車猛地剎停而俯首在方向盤上哭了：他以為他已經撞燬了剛才停在那裡的那輛他現在所駕駛的車，以及車中的他自己。

（註）躍場為工兵用語，指陡坡道路轉彎處之空間。

——商禽〈躍場〉[12]

這一篇作品的內涵，是「以『現在的現實之車』撞燬『過去的想像之車』爲主」[13]，但其表現的意義並不是「今是昨非」那種重新出發的喜悅，而是現實與過去錯裂的痛苦。第一段的引入，逐漸暗示了這部作品的哲學角度，上與下暗示了提昇與墮落，靈魂租賃則表示對個人價值的懷疑。藉由一位駕著出租轎車的年輕司機，經過一個轉接上下坡的空地的情境，來暗示目前所遭遇的困境。「俯首在方向盤上哭了」一語，破除了原本直線發展的邏輯性，並導出下一句的「車禍」描述，這篇作品的哲學意義也由此深化。「撞擊」意味與過去的決裂，因爲這是解脫的唯一方式，然而從眼淚之中，我們又感知這個決定的無奈及痛楚。這一篇作品在商禽眾多散文詩中還算是比較淺顯可解的。雖然這個情境可引出的意義還是不少，

---

12 商禽《夢或者黎明及其他》（台北：書林，1988），頁31-32。

13 羅青語，見《從徐志摩到於光中》（台北：爾雅，1978），頁51。

以上的解讀也不一定爲所有人接受；但是因爲線索明晰，情境單純，閱讀出特定意義並不算難，商禽有許多更「形而上」的例子，因爲說明不易，就不再多舉例了。接下來我們再看一篇關於人生本質的思考：

> 當塵埃落定，你驚悸於驀地而來的震撼！那究竟不是一幅幕的徐徐降落，一響鑼聲緩緩開啟，你徬徨於燈光與彩聲之間，你驚覺到另一堂場景的變換，另一個節目的演出。
>
> 你該怎樣來容忍喜悅的氾濫，或者喚醒沉落的劇中人？在多幕劇的書本中，從序幕到劇終，你將扮演怎樣的人物，或熟記那些言不由衷的對白？也許幕後提詞人碰上口吃者，你該怎樣填充那舞台的沈寂！
>
> 多麼艱難的步履，這畢竟不是演你自己，你是被劇作者支配著一個姓氏，被導演固定了你的位置，它給你表情的格式，和一段空洞的對白，你真正的自己被冷卻於那時空之外。
>
> 在你那面冷白的心鏡上，反映出觀眾的悲喜，也是一層迷濛的暮色，你怎樣來複製那些情緒呢？在侷限的時空裏，你被那些音響效果凌遲著，你真想邁出一步，不是天涯，就是海角。

你想到石爛水枯的事，那是絕境，無可如何的遭遇。把自己豁出去，就在這瞬間，你將成為一個沒有劇情，沒有對白，沒有動作的角色。

——羊令野〈角色〉[14]

人生與戲劇的關連，在文學作品裡是個常見的主題，在散文詩中當然也不例外。羊令野這篇作品，說起來並不特別，但卻可以作一個代表。有不少散文詩曾經應用了戲劇的概念，如鴻鴻的〈佈景〉、季野的〈事件〉、商禽的〈門或者天空〉、渡也的〈金閣寺〉等等，而羊令野這一篇〈角色〉，則是把戲如人生的概念表達得最清楚的。在作品中，作者不斷地對人生舞台上每一樣事物提出質疑，說穿了，就是懷疑在日復一日機械化、流程化的生活中，最終的目的是不是自己所期望，簡言之，在這樣的生活（舞台）中，我們（演員）要如何自我完成？如何擺脫劇作家、導演的支配，演出真正的自己？巧的是，這篇散文詩的結局，竟與將人生化為舞台的電影代表作〈楚門的世界〉如出一轍。楚門揚棄了使人生變成世人所共賞的戲劇的「模式」，獨自駕船離開陸地，到達了廣大攝影棚的天涯海角，打開門，走了出去，完成了「沒有劇情、沒有對白、沒有動作」的「我」的角色。雖然這篇散文詩「詩」的成分比較少，情境也不夠鮮明，但是它的理念，卻是「人生如戲」文學的典型，頗值得參考。除了自我的追尋，人生還有一個重大的問題，那就是人人都無法避免的「死亡」。我們在前面也曾討論過散文詩中普遍的「死亡意象」，

---

[14] 羊令野《羊令野自選集》（台北：黎明，1979），頁 220-221。

生死的意義及本質，亦屬於哲學的範疇，接下來我們就看看這方面的例子：

> 那位年青哲學家的大腦甚至在臨睡前仍被一群問題抓著不放。因為他的耳朵正在接住從隔壁拋過來的一對新婚夫婦的談話。
>
> 首先擲過來的是女音：「如果，有一天我被人強姦，親愛的，你說我該怎麼辦？」
>
> 「死」那男的低聲回答。
>
> 「那時我的血液已非你我所共有了，那第三者已闖進我的生命裡，永遠無法驅逐……」
>
> 年青哲學家繼續被深夜和一群問題追迫到牆角。因為他想起他建築的世界已有別人居住，他的哲學體系已包裝著第三者的影子，永遠無法驅逐……
>
> 隔天黃昏，那對新婚夫婦發現，那位年青哲學家在房中，簡單而隆重地，懸梁自盡了，他的軀體升起如朝陽，而他的影子掉在地上，成為西沈的落日。

——渡也〈哲學家的世界〉[15]

先撇開女性論述的角度不論[16]，渡也明顯地宣告了「死」的原因是追索不到的，除非自己一試。情節中隔屋的男子因無法忍受第三者基因的侵入，而要其妻以死來解決，哲學家因此徹夜苦思這之間的關連。當「死」逐漸成爲哲學家心中無解的迷，哲學家的思考體系也漸漸動搖了。他想不出答案，卻又無法不想，「死」便成爲侵入他的與他的體系間的「第三者」。爲了將其驅逐，爲了尋找答案，哲學家便走向了「毀滅」及「親身體驗」一途。「死」的問題打從人懂事之後，就一直深藏於每個人心中，年輕的人總認爲離自己尙早，然而「死」並不一定要到老年身體衰弱後才發生，因此「死」究竟是什麼？何時如何發生？就變成一個十分困擾的問題。這篇散文詩的情境，注重的是價值情境效果。它將讀者投入一個虛擬情境，並要求讀者與青年哲學家一同面臨思考與判斷。最後以哲學家的死，讓讀者得到發散，暫時解決此一困境，並希望讀者由此得到提昇，重新體驗「死」的意義。雖然這在作品中並未解決「死」的本質問題，但藉由情境的展現，每一個讀者都能找到自己的答案。

在探討完人生之後，我們再將角度放大，看看散文詩中的宇宙觀。紀弦曾說：「一個詩人是一個上帝，一首詩是一個宇宙。上帝

---

15 渡也《面具》（豐原：台中縣立文化中心，1993），頁94-95。

16 雖然從文學作品的角度來看，貞操問題並非此作的重點，大可將其視爲「情境設計」的一個轉折。但「死」與「貞操」之間的關連，則無法避免男性論述下的盲點，這樣的情境設計，不管如何，都很難避免讀者的「誤讀」。

創造第一宇宙，詩人創造第二宇宙。」[17]我們便舉紀弦的散文詩作例子：

> 物質不滅，上帝說：如果滅了的話，那我還有什麼好玩的呢？而在如此其廣袤的空間，我無所事事，走來走去的，豈不太無聊了嗎？所以我就把全部物質凝聚為一點，就像一隻橄欖球那麼大小，然後一腳踢出去，使之爆炸，分裂，擴散，而成為一「膨脹的宇宙」，這便是創造。
>
> 但我瞧著那個樣子並不滿意，因此我又把它毀滅掉了。毀滅了再創造，創造了再毀滅，而每一次毀滅的樣子都不同，每一次創造的形狀也兩樣。至於那些原子總數，還是不多不少。如此週而復始，我玩得很高興，很過癮。
>
> 可憐的人類呀：知不知道，你們所說的「太初」，那已經不曉得是第幾萬億兆京次的「循環」之始了。而今天的這個宇宙，雖然還在繼續膨脹，還很年輕，但是只要你們依然喜歡流血，討厭和平，恨多於愛，私重於公，吝於行善，勇於作惡，而又不信神的話，那我就要提早把你們的地球，連同太陽系和整個的銀河，一股腦兒地毀滅掉，使成為一個大黑洞，毫不姑息地。聽見了嗎？可憐的人類呀！

---

[17] 同註 10，頁 49。

——紀弦〈物質不滅〉[18]

紀弦這篇散文詩作，不但表現了他的宇宙觀，同時也表現了他的宗教觀，這兩樣在他的作品中佔有不小的比率。蕭蕭總括紀弦其人其詩，爲其下一註腳曰：「我即宇宙」[19]，可說十分傳神。紀弦自己又說：「在最近這三年裡，我寫了比以前更多的『宇宙詩』，而且多半是把天文學和我獨自的神學結合了起來的。……我總是悲天憫人的：悲人類，悲地球，悲太陽系，悲全宇宙。而像這樣一種持續的情操，在我的許多抒情詩中，是佔有主要的支配的地位的。」[20]從紀弦的說法看他的作品，兩者十分吻合。紀弦以上帝的口吻，敘述大爆炸（Big bang）的原理，並認爲這是一種週而復始的循環，這是他結合了現代科學的宇宙觀。至於他認爲上帝並沒有遊戲規則，只要人類不依祂的意，作惡且又不信神，上帝便可以立即把地球、甚至銀河系毀滅，這就是他的神學觀。其實紀弦這篇作品十分淺白，完全是對子民說話的口吻，情境效果也並不明顯，但近年來紀弦的作品多數如此。至於這種作品算不算散文詩，由於紀弦有其獨特的觀點，我們並不能將之排除，相反的，我們更應該仔細觀察，做爲散文詩間的參照，開發散文詩更多的可能。

---

18 紀弦《第十詩集》（台北：九歌，1996），頁 93-94。

19 見蕭蕭〈我即宇宙——紀弦其人其詩〉，收錄處同前註，頁 193-211。

20 見紀弦〈題材決定手法——第十詩集序〉，出處同註 18，頁 3。

第三節　政治觀點

政治與文學之間的關係，在我國可說有非常久遠的傳統，屈原的〈離騷〉就是一個再明顯不過的例子。《詩大序》也說：「治世之音安以樂，其政和；亂世之音怨以怒，其政乖；亡國之音哀以思，其民困」。歷朝文人從政，宦海浮沈，感時而發的文學作品，以及因政治因素而起的別派、潮流不在少數。新文學的興起，又與五四運動脫不了干係。以台灣文學而言，百年間政權更迭，政治環境數變，也刺激了人民的政治敏感度，文學作品亦然。從日治時期的反抗文學、到五〇年代的反共文學，乃至於七〇年代之後逐漸興起帶有諷刺、批判、針砭的政治文學作品，這條軌跡一直不曾間斷。我們可以說，有政治，就有政治文學，台灣的第一篇散文詩楊雲萍的〈小鳥兒〉就是政治的產物。其實，「政治詩學」目前已經逐漸形成一評論場域，有其特殊的定義。本節也不得不考量這一點，在選擇作品時，大約會依據政治批評（political criticism）[21]的原則來選擇，

---

[21] 政治批評的中心一般而言仍是以馬克思主義批評為中心，亦即將焦點「集中於文化的政治性理解」，美國著名文論家詹明信（Fredric Jameson）認為「任何文本都有意識型態，用政治的角度閱讀作品不是一種『附加的方法』，而是唯一的方法。」英國文論家伊戈頓（Terry Eagleton）也認為「以為世上有『非政治』型態的批評，這種觀念只是神話，只會更有效地長期助長文學的某些政治用途。」在此種觀念下的政治詩，大體上有：寫作採取寫實主義路線，是被壓迫者的心聲，要對當權提出批判，詩人須具備反抗意識，有自

以下許達然的作品，就是最典型的例子。

困。

只因喜歡泥土，雖抓不住天，也上下生長。東日作東，扛日結果，彎幾枝就成巢。活著總遇見你們土匪。那些鐵齒，不唬不辯就橫沖過來劈鋸，作柄砍更多兄弟，臥成板給你們放心切剁，躺成船帶你們漂泊，碎成紙吸你們心醉，倒成棺材守衛你們的腐爛，甚至燃燒年輪成你們的光輝，你們還張口坐在我上面

呆。

——許達然〈樹〉[22]

這一篇作品若不以政治批評的角度來解釋，其實也未嘗不可，甚至可以廣義的將之視為具有環保意識的擬人詩作。不過若是從憤恨的控訴口吻來體會，我們應該就可以感到裡頭蘊含了更強烈的反抗意識，這篇作品的意義當不僅於此。詩人李敏勇分析這篇散文詩作時，便採用階級對立的觀點，將樹視為被宰制的一方，數目被砍伐利用，就像弱勢者被宰制剝奪的命運。樹木的困頓行程，一一展現在伐木的動作和樹木的利用上，樹木對於這樣的犧牲，也只能感

己的政治理想，不能因意識型態而僵化、詩作要明朗、淺白、但仍講究藝術的處理等等主張。以上參見孟樊〈政治詩學〉，收錄於《當代台灣新詩理論》（台北：揚智，1995），158-195。

[22] 見李敏勇編《綻放語言的玫瑰》（台北：玉山，1997），頁 62。

到深沈的悲哀。接著話鋒一轉：「詩人在這首詩裡藏有秘密，台灣的歷史哀愁顯示在這首詩的陳述情境中。從這樣的情境，可以體會到那份意涵。如果再對照台灣的森林被國民黨統治權力破壞的事實，以及從環保生態的觀點來看，更深化了這首詩的意義」[23]，如此一來，即便是環保也跟政治分不開了。也許我們會認爲這不外乎是一種「泛政治化」，但是有時候經由這樣的解讀，原本平凡的詩，竟產生了極強的批判。我們也許不清楚作者的政治立場，但那並不重要，只要我們清楚解讀的方式，不蓄意曲解，讓作品增加政治方面的多義性，在現今的社會或文學環境中未必是壞事。在政治文學十分普遍的今天，散文詩的功能並不下於一般的現代詩，政治批評將更有助於散文詩在這方面的提升。上面這個例子，可說是較隱性的，以下這篇關於弱勢族群的作品，就相當明晰了。

家族第一

在我們達邦部落背後一片河岸，一支釣竿牽住我的童年而手心凝出濡著水沫的魚群的期待，遠遠地背後，我們神學院回來的叔叔正悄悄逼近。我在莫名的不安中進行釣魚的遊戲。

「叔……」

感局困難的張口，而我的隔半年回部落的叔叔沒有留下任何

---

23 同前註，頁63-64。

承諾地離去。這空茫的釣竿一如童年張著茫然的姿勢，是否追問不再回來的我們神學院的叔叔？

家族第七——最後的日本軍伕

自南洋歸來就突然蒼老沈默的么叔公，在春天尚未結束時靜靜離開了，那些曾經發光的往事，十年或二十年後，也將如一滴掉落河心的墨汁擴散，終至漸遠，漸……淡……

牆上一幀背負屈辱的發黃照片，依稀是軍刀直指叉指布鞋，太陽旗幟軍帽底下那雙倉皇無助的眼神，彷彿是被歷史嘲弄的小丑，在歲月的舞台塗著白色的妝底，誰看到那悲痛而扭曲的五官？

也許我的猜測又並非完全真實，誰知道？唉快快收拾起照片連同逐漸幽黯的歲月，就讓它結束吧！至於成敗興衰就交給墓旁的風追問？

——瓦歷斯・尤幹〈我們的家族〉節錄[24]

這一系列散文詩名爲〈我們的家族〉，是原住民詩人瓦歷斯・尤幹的作品，總共有九篇，其中除了最後一篇〈家族第九——終站〉爲分行詩外，其他八篇全爲散文詩。從作者刻意模仿史傳體的命名來看，採用散文詩的方式也是可理解的。以上節錄的兩篇作品，採

24 瓦歷斯・尤幹《想念族人》（台中：晨星，1984），頁 24-39。

取了和前面一篇許達然的〈樹〉全然不同的筆調。瓦歷斯・尤幹不打算用控訴的語調，悲情的訴怨來反應原住民的不幸。相反的，他用十分平和的情緒敘述每一件故事，雖然我們也感到他的語氣中有些許的慨嘆，但絕不自艾，也未做強烈的譴責。他只是提出質疑，讓當政統治者甚至相對多數的漢族反省，自台灣墾拓以來原住民的地位究竟如何？例子中的兩個事件，後者很明顯的是原住民被迫成爲日軍發動太平洋戰爭時的軍伕，前者意圖比較不明，但應該是指白色恐怖。不管這兩件事情在現代是否還具有意義，但作者的重點仍在表現一部原住民的家族史，整個家族如何受政治、社會種種因素的影響而日漸凋零、分崩離析。政權雖然改變了，生活似乎改善了，但弱勢族群心中的隱痛，卻仍揮之不去。在看似平淡的文句裡，其實有不輸給吶喊的情緒，我們在閱讀這樣的作品時，勢必也會導入感同身受的情境，而對這個現象的本質有所反省。接下來這一篇作品，散文的效果更強，但在看似輕鬆愉快的「遊記」背後，卻隱藏了對台灣人民影響極深的「白色恐怖」的批判，全文如下：

> 太陽照耀的草地上，螳螂和蟋蟀在剪著那些人的影子。十一歲的小女孩用一支黃色的陽傘保護自己的影子，他看見一隻觸鬚發出訊號而且身體不斷蠕動的活蝦，在炭火上面由青灰變成鮮紅。這秋日的午後，童年在這裡做最後的野餐。
>
> 遠處山坡上成群的的小黃菊也是一支支小陽傘吧？

小女孩的媽媽用一把銀亮的刀子剖開一塊全麥麵包，反覆而無聊地塗抹鮪魚醬。小女孩的爸爸正煮著一壺咖啡，水已沸騰，咖啡豆在做最後掙扎。小女孩仍在陽傘下抱膝蹲坐，想像自己是一隻萎縮的蝦子。

從黨部派來的螳螂和蟋蟀終於把爸爸媽媽和另外那些人的影子剪的支離破碎了。只有小女孩能帶著自己童年完整的影子。並撐著黃色的陽傘走向遠處的山坡，和那群小黃菊站在一起，仰臉迎著落日餘暉，遙想未來的日子。

——蘇紹連〈童年最後的野餐〉[25]

蘇紹連這一篇作品，看起來只是描寫童年野餐郊遊的記敘而已，但要是將象徵一一解碼，我們就會發現這是一篇令人不寒而慄的「驚心」之作。簡單言之，這些象徵包括了：螳螂和蟋蟀代表迫害者，蝦子和影子代表被迫害者，陽傘和黃菊代表保護者，母親的刀和父親煮沸的咖啡代表抵抗，草地象徵危險，山坡象徵安全。在小女孩的童年裡，迫害悄悄地進行著，因爲小女孩擁有眾多的保護，當她發覺時，便只剩下她一個人了，於是她只能站在山坡上，迎著落日餘暉，遙想未來。這意味著童年所目睹的種種，在她心中留下了難以磨滅的傷痕，但她又不得不長大，面對現實。蘇紹連在自析此詩時感嘆道：「在黨政不分的白色恐怖年代，不斷發生著被抓被審被槍斃的事件，尤其是高級知識份子、反對份子等，往往就是事

---

[25] 蘇紹連《隱形或者變形》（台北：九歌），頁 216-217。

件中的主角，他們生活在不安的時間和空間中，包括他們的親友和妻子兒女，也一併遭到波及。讀詩集《隱形或者變形》裡的〈童年最後的野餐〉這首詩，讓我看到了白色恐怖年代那種哀傷悲痛的一幕」[26]，這是作者寫作時的心情。這樣子的主題以散文詩來表達，其情境可說更加鮮明，批判控訴的效力自然也就不在話下。統治者對被統治者的不信任與不安，是白色恐怖的原因，這是一種高壓手段，與此並行的還有一種懷柔政策，或者說是「愚民」政策，以下的作品就是對在位者的諷刺：

> 祭司們一字排開，高坐大會堂長桌後，以餐巾反覆擦亮刀叉和器皿銳利的眼光。祭典總是趁著午夜；攝影機把外頭廣闊的祭臺濃縮於長桌前一臺七十二吋螢光幕上。祭司們交頭接耳，摩搓拳掌，商量著何時該下手。而廣場上而旗海下百萬頭顱興奮地浮沈，正舉行著獻祭前的歌唱。為首的老祭司哼哼咳了兩聲，朝桌下痰盂阿ㄆㄧㄡ吐了一口濃痰。祭典於焉展開，子彈四處俘虜靈魂，坦克來回榨取血汁，火光沖高了血光，哭嚎遼闊了祭壇。血盆和名字和頭顱一長列送上來，老祭司興奮莫名，小祭司們露齒而笑，紛紛舉起刀叉，鏗鏘

---

[26] 見米羅・卡索《白色恐怖的象徵思維 ——自析散文詩〈童年最後的野餐〉》。蘇紹連評詩時化名為米羅・卡索，此篇論文收錄於「臺灣詩土——米羅・卡索的現代詩島嶼」網站「純文本特區・賞析」欄中，網址為 http://home.educities.edu.tw/purism/cc/27-5.htm（2001 年 10 月）。

了精緻的器皿……。

「沒有什麼是罪惡的。」老祭司撫著突出的肚皮說。黎明來臨時，他們在一場雨中洗手，大袍掩住杯盤狼藉，一一倒頭而睡。只有那幽靈似的老教主，一張肖像掛在城門上，楞楞地注視：民眾在紀念碑下種植著草皮，子弟兵們懶懶來回擦拭——坦克車隊上一根根亢奮發燙過巨大的鋼管。

——白靈〈祭典〉[27]

從幾個特定意象看來，白靈這篇作品似乎與一九八九年的天安門事件脫不了關係，但我們也可以不要直接套用，除了譴責當時的血腥鎮壓之外，這個作品其實可以賦予更廣泛的意義。「祭司」、「祭典」等字彙，無非就是暗指一種對「教徒」宗教式的洗腦，或是指教徒的「無知」，甘心以血獻祭而不自覺。有感覺的只有祭司，他們高坐「大會堂」裡，以一貫的步驟程序，以及訓練有素的武力（權力），執行一次次的無罪的暴行。這樣提煉出來的形象，任何對政治、歷史稍加關注的讀者應該都不陌生，作品所諷刺批判的，或許不專指兩岸的統治階層，更可延伸擴張，成爲一個超越時間及空間的鮮活形象。在本節的最後，附帶舉一個十分特別的例子，嚴格說起來，它並不能算是真正的散文詩，只是以散文以及報導文學爲包裝的「另類」詩作，茲引錄如下：

[27] 見白靈《沒有一朵雲需要國界》（台北：書林，1993），頁182-183。

3

本市行將大放光明

路燈擬改用美國製

【本報訊】台北市政府記者招待例會昨（廿七日）下午三時，在該府會客室舉行，由工務局長胡兆輝出席報告，略謂卅六年度總預算案中有關工務者有五七三八一四七〇元，省營建局擬補助七百餘萬元，又房屋委員會標售房屋之收益將撥為工程建設及整理防空空地之用，本市所有之路燈，不久將全部改為美國製燈泡，現已向貿易局訂購五千盞，諒十日內可交貨，但因燈泡尺寸不同，故原有之燈罩亦須改裝，屆時本市信能大放光明，此不特便利夜行，亦復有助治安之安寧。

7

本省舊法令

又廢止八種

【本報訊】日本侵據本省時期所頒布法令，省當局昨又廢止八種，計昭和十二年律令第四號頒行之台灣營業稅令，同年府令第二十九號頒行之台灣營業稅令施行規則，同年律令第七號頒行之台灣相續稅令，同年府令第三十二號之台灣相續稅令施行規則，大正十年律令第四號頒行之台灣所得稅令，同年府令第八十五號頒行之台灣所得稅令施行規則，昭和八年訓令第九號頒行之台灣所得稅令取极規則，昭和十五年法律第四十三號頒行之通行稅法。

14

長春情勢已趨嚴重

共軍離城僅十五哩

政府官員已自長春撤退

【本報電台收上海廿七電】據半官方消息：今日長春之情勢又較為嚴重。因共軍已進抵離城二十公里之地區。據稱共軍十五萬人(一稱二十五萬人)正猛烈攻擊吉長路之若干據點，及長春附近之其他重要地點。中央社亦承認萬寶山、米沙子、飲馬河（三地均離長春不及十公里）俱被共軍佔領，同時長春東北九十公里之德惠及七十公里之城子街（譯音）正被共軍包圍。魯中戰線，據半官方之情報，亦承認濟南周圍國軍勢危，但政府方面則稱；於過去二十四小時內，國軍堅守濟南外圍之地區，成萬軍隊與人民，正在從事增強濟南防線之工作。城中已進入戒嚴狀態，商業亦已停頓。博山萊蕪地區，則仍在進行拉鋸戰。

0

查緝私煙肇禍

昨晚擊斃市民二名

【本報訊】台灣省專賣局與警察大隊派赴市場查緝私售香煙之警員，今（廿七）日由迪化街開槍擊斃市民陳文溪，並在南京西路以槍筒毆傷煙販林江邁（女）。警員十個人今天下午七時許於南京西路天馬茶房附近之香煙市場搜查現年四十歲之女煙販林江邁之私煙，發生爭執，查緝員即以槍筒毀傷林江邁之頭部，出血暈倒，某警員逃避入永樂座戲院附近，市民陳文溪（非煙販）自住所下樓觀看時，某警員開槍一發，貫穿陳文溪之左胸，斯時圍觀之民眾擊毀該局卡車上之玻璃，並將該車推翻道旁，八時許憲警趕至，始告平靜，林江邁現已送入林外科醫院旋告斃命，陳文溪未被送到醫院時，即已斃命。該卡車旋被民眾拖入圓環公園路側燒毀，消防隊第二分隊聞訊後，隨即趕往撲滅，道側民房幸未延及，聞警察局李局長松堅曾親赴出事地點帶獲肇事員警四人送局訊問。（詳請續報）

——林燿德〈二二八〉節錄[28]

林燿德這篇作品篇幅相當長，共二十一篇，此處節錄其中四篇。作品後並有註云：「拼貼一九四七年二月二十八日《新生報》各版內容」，則表明了是「諧擬」報紙的一首所謂「前衛詩」。雖然它的外表是散文，但那只是為了讓它「看起來」像報紙，跟真正的散文詩並無多大關連。拼貼（collage）和諧擬（parody，或說戲仿）都是現代詩人的新實驗（泛稱前衛詩）的技法，帶有濃厚的遊戲性格，其目的最主要在強迫讀者參與，以及顛覆印刷術[29]。這二十一篇「報導」中，大到大陸動態、糧食調節，小到藥物、戲院廣告都並列雜陳。究其目的，不外乎是為了將二二八事件當時的整個社會、經濟、政治狀況一起呈現，我們今天不斷放大聚焦的「二二八事件」，在當天的新聞中，也只不過是報紙一角而已，歷史的真相，在經過時

28 林燿德《一九九〇》（台北：尚書文化，1990），頁 182-203。

29 見焦桐《台灣文學的街頭運動》（台北：時報，1998），頁 64。

間的淡化或增強後，常常與當初有所差距，這篇作品不作評斷，只作呈現，就是作者的隱藏意義。然而，作者也沒有忽略二二八帶來的無窮影響，在每一篇開頭的數字裡，就藏著隱喻。當二二八以大大的「0」出現時，就暗示了這個事件的無限發展性，或者，毀滅性。

這樣的拼貼、諧擬之作，看來似乎只是單純的遊戲，但作者對政治議題的關切及看法，則已傾注於其中了。這也就是何以我們要善加運用「政治批評」的原因，唯有透過這樣的考掘，許多的象徵及符號才會彰顯出它的意義。尤其是散文詩這種外在看似無甚出奇的文學作品，其隱含的寓意並不輸給分行詩，而張力或有過之，若是不積極加以解讀，就會錯失了許多豐富的內涵。

第四節　社會意識

其實依照廣義的「政治批評」定義，則「社會狀況」也應該納入其中，不過筆者並不打算將政治和社會合併討論，原因除了當前社會情況的變幻莫測，有太多現象值得獨立探討之外，更重要的，是保留散文詩因應法國當時的社會空間而崛起的線索。葉維廉在追索法國散文詩的 Lyric 時，曾引述阿多諾（Theodor Adorno）的說法，認為「現代詩、現代藝術、現代音樂保持著他們的自發性而與現行宰制性的社會形成一種張力，同時在他們超越現行社會狀況時指向失落的人性」[30]。台灣目前的社會狀況顯然不同於十九世紀中期的法

[30] 見葉維廉《解讀現代・後現代——生活空間與文化空間的思索》（台北：

國巴黎，詩人的社會地位、角色也改變了。但是，既然散文詩的產生和社會狀況不無關係，最少如讀者程度，詩的市場等等都與整個社會息息相關，詩人的創作雖然是個人活動，但也免不了一些「市場性」的因素。在這樣子的社會環境中，散文詩與社會的關係必然不同以往，其目不在「控告社會反詩」的態度，而在把社會中的人性，用不同於其他文類的方式，重新昇華起來，重新嶄新現代藝術的「張力」。以下舉的幾個例子，就是在這方面頗有成果的作品，以下便依序討論之。

> 自從她唯一的親人，當水手的阿兄漂赴異國杳無音訊，一幌十三年，她流落酒影燈綠的港都。三十歲的她，在傍河的窄巷裡學習冷暖人情，在煙蒂檳榔汁的違章建築兜售春天。一幌十三年，河水從清澈到混濁，兀自流向大海。
>
> 那晚，她發覺赤裸在床頭的客人竟是，暌違的阿兄。她來不及流淚來不及披衣就奪門而出，迅速把她的一生全部的愛交給茫然的河水。
>
> ——焦桐〈她的一生〉[31]

焦桐對這方面的題材十分關注，在《失眠曲》這本集子中，就

東大，1991）中〈散文詩——爲「單面人」而設的詩的引橋〉一文，頁198-199。

[31] 焦桐《失眠曲》（台北：爾雅，1993），頁94-95。

有一系列八篇以風塵女子爲主題的散文詩。她們的身份各有不同，有雛妓、老鴇、年老的流鶯、遭拐騙落入風塵的弱智女孩，但都擁有一段悲慘的際遇。平常在光天化日之下，我們根本看不到生存在邊緣，早已在正常世界消失的她們。作家有感於這些不幸的身世，於是將這些故事以散文詩的形式，化作一個又一個虛擬而又千真萬確的情境。以這篇〈她的一生〉來說，「她」只是一個無名無姓的代名詞，既不重要卻又可代換爲任何一個人。第一段的情境還只是無奈，到了第二段，作者安排她的阿兄上門，情境的張力達到最高點。她最後以投河爲解脫，散文詩的情境在此完成，讀者也有了暫時的發散，但更重要的是發散之後的反思。散文詩書寫這類弱勢、邊緣團體的題材，絕對比不上影像來得煽情而直接，散文詩也不同於報導文學，不限於真實的某個案例。散文詩只能在短小的篇幅中，以文字經營一個簡單的情境。但是在藝術表現上，一個情境完成的效果，卻能帶給讀者除了憐憫、哀傷之外的更多思考空間。

〈她的一生〉描寫的是低階層的心聲，但是在資本主義社會中，一個新的階級關係也慢慢產生，那就是現代社會中的男女關係。男女之間的交往，會不會是另一個場域的角力呢？我們可以看看下一篇作品：

> 華麗的背景音樂中，香醇的咖啡香裡，一個男人和一個女人來到餐廳的角落，隔著一株塑膠花和兩杯飲料開始交談。
>
> 男人從上衣左邊的口袋裡掏出了一張名片交給女人，女人看了一下，笑了一下，然後輕輕咳了一下，把名片收到皮包裡

男人又從口袋裡掏出了一朵鮮花交給女人，女人同樣看了一下，笑了一下，咳了一下，也把花收到皮包裡。

接著男人從口袋裡掏出了一包煙和一只打火機，開始抽煙並且等待，男人變得更加瀟灑，女人也變得更加漂亮了，於是用嫵媚的眼神向男人撒嬌：

「還有東西給我嗎？」

男人很高興，又開始忙碌起來，從右邊的口袋裡掏出一封密密麻麻的情書，女人同樣看了一下，感動了一下，又把東西收到皮包裡。

「還有嗎？」

男子站了起來，從右邊的褲袋掏出一疊支票，從左邊的褲袋掏出一把新車鑰是……。

「還有嗎……還有嗎……」

男人慢慢累了，坐了下來，又開始點煙、休息，把剩下的飲料喝光。夕陽西下。場景轉成臥室的一角。女人逐漸的老去，眼睛已經不能說話，便張開嘴巴對著男人大吼：

「把剩下的統統給我吧！」

白髮蒼蒼的男人只好流著淚，從最深的口袋裡掏出最好的東西，抖顫著雙手交給女人——

那是一張臉，廿年前，女人還覺得陌生的一張臉。

——杜十三〈口袋〉[32]

杜十三善於以各種情境來搬演現代社會的種種現象，男女之間的微妙關係，正是他最青睞的題材之一。杜十三與蘇紹連在情境的塑造上，常常有相類的手法，比如他們在情境發展時，就都非常重視「鏡頭」的效果，細節上的修飾，常使得讀者由閱讀產生極爲鮮活的形象。以這篇散文詩爲例，一開始的場景是餐廳，桌上有假花和飲料，男人與女人初識時，便不是以交談來溝通，此處就先預留了伏筆。男人負責獻殷勤，女人則負責變美麗，男人也因女人的美麗而更瀟灑，繼而付出更多的代價。當場景轉至臥室，這場建築在物質與外貌上的婚姻（或愛情），也因年歲的老去而難以支持。男人最後終於承認，自己交出了所有的青春，但仍無法瞭解（或滿足）女人，女人用盡了所有的青春，卻仍不能取得她全部的需要。整個情境傳達的訊息是，男女關係不過是相互地壓榨和利用，當剩餘價值用盡，也只能用嘶吼及無奈度過餘生。我們將這個形象相對照於

[32] 杜十三《新世界的零件》（台北：台明文化，1998），頁 206-207。

電視、傳媒上綜合出來的共相，除了震驚，大概也只能感慨了。我們雖然說這篇作品是「散文詩」，但也未嘗不能將它看作蒲島太郎式的「寓言」。只是因爲這個情境所揭示的真相太過驚人，說讀者由此得到昇華還不如說受到震慍，從此處來看，杜十三的「驚心」效應與蘇紹連是不分軒輊的。

科技的腳步在這個世紀大步前進，社會脈動緊跟在後，但人文思考似乎落後在更遠的地方。文學是文化的重要指標，那麼，文學能夠率先對科技做出反思嗎？其實，現代詩已經出現不少與科技相關的討論，散文詩當然也會受到影響，漸漸產生這樣的主題了。比如陳克華的〈地下鐵〉：

> 而且，從來就不曾是一座森林，一潭湖水，或一方浮雲飄遊而過的天空……而且不斷擴大著。我在其中經常迷失，因為陌生——但我其實更在意的是被我遺忘的部分——也正不斷擴大著……
>
> 地鐵。我遇見了修築地鐵者。
>
> 我秘密微笑起來。誰。是誰曾在我心裡挖掘了這錯綜複雜的地下坑道？
>
> 原來是修築地鐵者呵。
>
> 那似乎使得這座城市變得比較容易忍受了。
>
> 我隨時潛入陽光不見的地下，隨意出沒在我意想出沒的角落，通常只為尋找一只無關緊要的電腦零件……
>
> 但我不知道誰修築了他們，在我心底這麼一座散漫冷淡的城。

而且隨著這城市漫無章法的蔓延，地鐵也自動相對地如蛛網般複雜起來。

「你也上網嗎？」

是的。我猜，我已微笑得有些疲倦了。

猜是該再潛入地下的時刻……感謝修築地鐵者……

有一天，我該會遇見他，或他們罷。我不知道，我從沒有想過人的問題，在地下——

地鐵裡合該只有車。與片段被切斷的時光。與速度。與幽暗的人工的光。

我消失在車門匆匆闔上的那一剎那。徹底地。

我猜我會在網上遇見住在這城裡的另外一人，我問：

你修築過地鐵嗎？（我的指尖在鍵上顫抖）

而這次對方沈默了很久。很久。我幾乎以為他睡著了：

「這問題很重要……起碼，對我而言，」

我想知道到底誰擁有這巨大而沈默的善意。

對方沈默了。

像一封被不明理由退回的電子郵件，我無從猜測，網的另一端，或任何一端——

我只好潛入地下……沒有發問，沒有回答。

像一枚被手指反射所誤擊的鍵，我的追索迷失在無盡聯結的網路之中……

在數完這城市最後一班地下鐵之後，我想我也該睡了——

果真，我夢見我是座地鐵站，深深被築在地下，空蕩蕩地無人，而車早已駛離……

誰修築了這地鐵。我必須知道這秘密。我說。

我疾聲說：誰？

我掙扎醒來。醒在一座並沒有地下鐵的城。

我的心真幸福呵……我有時會這樣想，微笑。

當我笑得有些疲倦了，那我就是森林，湖水，還有一絲白雲飄過的天空……

——陳克華〈地下鐵〉[33]

網際網路與地下鐵，可能是世紀末台北這個城市最受矚目的聯絡方式。陳克華在這篇作品中，巧妙運用「複雜」以及「多通道」的象徵，將二者結合起來。網際網路崛起於九〇年代初期，短短不到十年之間，就已經從最原始的國防用途，發展成爲遍布全球的私人常用工具。在可見的將來，網際網路勢必顛覆許多傳統的觀念，上至戰爭型態，下至家庭生活，都有可能因此全盤改變，更遑論與社會關係密切的工商產業及教育文化了。微軟公司總裁比爾蓋茲（Bill Gates）在世紀末的一九九九年更宣告了「數位神經系統」（DNS，Digital Nervous System）網路世紀的來臨，將來無所不在的網路，即是文明的表徵。而地鐵的完善，代表一個都市的進步程度，完善的捷運設施，將有效縮段時間空間的距離，使生活更便捷，更少限制。

這些看來都是科技的好處，但事實真的如此嗎？凡事上過網際

---

[33] 見一九九八年十月二十四日聯合報《聯合副刊》，「聯合報文學獎新詩獎」第二名作品。

網路或搭過進步國家地鐵的人都知道，網絡的便捷隨之而來的就是越來越無盡的繁複，網際網路中成千成萬的網頁，距離緊密而建築費用不貲的地鐵站，我們是真的需要，還是迷失於表面的假象？資訊的大量吸收、交通的迅速無誤差，其目的無不是爲了因應工商業社會的需求，Microsoft 的軟體與 Intel 的硬體間的競逐，有多少是成千上萬的基礎使用者消費造成的循環？當我們迷失於社會角色的認知，其實就跟迷失在廣大的網路與地鐵中無異。陳克華描寫出一種見不到人的交談、一種見不到陽光的交通，這是安全感，還是人我的疏離？當人渴望森林、湖水、白雲而不可得時，我們是否還能驕傲於地鐵的便捷與網路的無遠弗屆？這些疑問，就是這篇作品在感念科技背後的反省。這篇作品在這個時候出現，確實給這個迷失於網絡中的社會，破譯了一些真相。

最後，我們舉一篇凸顯強烈不滿與控訴的作品，以表現散文詩作家對社會的獅子吼：

> 就在今夜，西門町，我們最現代化的叢林中，仍是潛伏著一群雄師與雌虎，溫習十萬年前，最精緻、純淨的野性與獸性。
>
> 用尖亮的沙啞聲，解釋原始祭典中，最神秘、飢渴的一刻，也是最坦白、滿足的一刻，請看看唇齒的開閉，如何搭配絃管的挑撥，但各位觀眾，抱歉，請先付款。
>
> 就在今夜，勢必撕裂知識份子虛矯的身段，踏爛中產階級拘謹的魅力，一齊回味蠻荒時代，未沾染任合理性的污垢前，

那一蓆原野的天然色，仔細聆聽二次大戰後，勝、敗雙方誇飾和平的呻吟聲，夢想以爆裂而滾燙的血肉，在僵硬的世代中，脫胎出一個，中古世紀後，宣告絕種的新生命——永遠的非功利主義者。

就在今夜，我們把所有崎嶇的道路，留給未來削足的兒女，將全部幽暗的山谷，留給以後盲目的子孫，當他們知道，所有的路都不是路，而全部的危險，卻祇有一種時，必在殘缺的倖存與完美的殞落中，如一顆星球般，暈轉著。

為了敬祝最後一顆沈溺於昏眩的頭顱，就在今夜，我們慢慢享用最精緻的野蠻飯，也是最粗俗的文明渣，因為科學家們說：不要懷疑，過了二十世紀的最後一刻，也就是進化，不，是退化成猿猴的偉大時刻，我們將掌握億萬個星球，發光的原理，以及公開性的奧秘，斯時，我們丟擲一顆地球，宛如一塊愈縮愈小的銅板，誰會在乎？因為，就在今夜，沒有人在乎，削足與退化，盲目與進化，所以在明天的辦公室中，我們水泥森林裡的動物，仍在背誦生存儀式中，每一個微不足道，卻又隆重莊嚴地如婚禮與葬禮般繁瑣的細節，用最虔誠而污穢的字眼，從星期一到星期六下午永遠不停地，背誦著。

——黃智溶〈就在星期六的今夜——一隻脫離地球的靈魂〉[34]

強烈的字眼加上接二連三的鮮明意象，構成一幅野獸派的繪畫，這就是黃智溶這篇作品所要顯現的情境。都市叢林的說法並不新穎，但是作家採取的策略是，反其道而行，以醜爲美來撼動讀者的感官與神經。我們反觀波特萊爾，就會發現二者詩作的神似。原因很簡單，因爲他們都感受到社會對墮落放縱的麻木不仁，於是只好予以重擊。作者嘗試在文明中尋找自然的野性，並加以放大、宣揚，希望以此來重省面對文明社會應有的態度。這篇作品不像前面幾個例子那樣具有特定的主題，或鎖定社會的某個族群、或集體意識，並嘗試加以諷刺、批判、喚醒。這篇雜敘雜議、幾乎沒有章法的散文詩，是對整個社會表達不滿，向所有在夜晚愈加瘋狂墮落的靈魂宣告，在失去價値觀的世界裡，退化的產生是必然的，更可悲的是人們全無感覺。在經歷各種恫嚇、恣罵後，最後以宣告無救的口吻放棄。其實作者並沒有放棄，他以作品向社會負責，並因這樣的散發而得以繼續面對毫無悔悟、一成不變的社會。所以當我們閱讀時，也應該同時得到發散的效果，並由此瞭解這怒吼中的意涵。

從以上四節十八篇散文詩例中，我們看到了主題如何與情境相輔相成。當作者採用了散文詩這個媒介，主題和情境就結合在一起，情境爲載體，主題爲籌載物，配合得宜，散文詩的任務也就大功告成了。

[34] 黃智溶《今夜，妳莫要踏入我的夢境》（台北：光復，1988），頁 139-141。

第七章 結論

緒言

台灣現代散文詩的發展，其實不論是將源頭上溯至民初新文學運動，或是日治時期台灣的漢文白話文學，乃至於一九四九年之後合流的台灣現代詩，其歷史都不下於主流的「分行詩」；只是散文詩長久以來處於以分行詩為主的現代詩脈絡中，其特質一直無法彰顯。尤其是大多數的散文詩家，又身兼優秀的分行詩作者身份，在以這些詩人的看法為主的詮釋策略中，散文詩便無法擺脫只是現代詩中一種「詩型」的身份。這種定位一旦成為共識，我們就更難以「形式」之外的觀點去瞭解散文詩了。

本篇論文的目的，也就是希望除去散文詩只是現代詩中一詩型的迷思，重新剖析散文詩的構成，以及何以不應將散文詩視為「詩型」的原因；然後再為散文詩尋找在整個現代文學的網絡中，一個比較適合的位置，也就是，一個獨立的「文類」。從這個觀點出發，我們便會發現以「文類」定位的散文詩，不但具有閱讀及文學發展上的多重意義，更重要的是對文類的權力結構產生了衝擊，散文詩與其他文類間的拉扯牽連，也會隨著散文詩的發展而逐漸頻繁，這其中所產生的種種現象，都值得我們仔細觀察。

在全篇論文的最後，筆者準備以兩個展望方向爲收束，分別是散文詩未來的發展，以及未來研究散文詩的方向，以下就以兩節分別說明。

第一節　散文詩創作的展望

相對於其他文類而言，散文詩無論在作品或作者的數量上，都無法相提並論，但這並無損於散文詩成爲一獨立文類的價值；也正因爲如此，散文詩反而擁有更大的發展空間。本文也一再強調，我們並不希望以幾部散文詩的經典作標準，來做爲散文詩的規範。相反地，我們更期待有不同於目前所有作品的新型態出現。

接下來，我們就以前面幾章的考察結果爲基礎，對散文詩未來可能的發展作一些揣測或建議。

一、文類地位的強化

散文詩在近幾年開始逐漸受到重視，無非就是因爲在質量上都有了相當的成績；但是，要取得一個「公認」的文類地位，散文詩還有很多地方還必須加強。一般而言，文類特質的增強表現在兩方面，一個是創作，另一個則是理論。理論部分暫時留待下一節再討論，此處我們先將焦點集中在作品的創作。早在第二章本文就已經先提出一些數據，顯示散文詩與其他文類在數量上的差別。根本上，散文詩專集或選集的量就十分稀少，絕大多數的散文詩，只是依附在以分行詩爲主的集子裡，散文詩也常常只是詩人的「玩票」之作，說的比較嚴重一點，稱作「詩餘」也不爲過。因此，在少數幾位認真經營散文詩的作者之外，其他曾經有散文詩寫作經驗的作者，似乎還可以更專注於此，或是促使更多人投入這個領域，待到數量更多時，專集與選集的出版，也不會像現在這樣寥寥可數了。

在文類權力方面，文學媒體的「散文詩徵文」也許是個不錯的試驗，更進一步，在文學獎的文類分配上，散文詩也應與極短篇取得等同的待遇。如果目前散文詩還不夠符合文學獎中文類的定義，而不得不將它納入「現代詩」的脈絡時，最少最少，在徵文規定裡可以顧及散文詩的特殊身份（譬如重新對行數作定義），而給予公平競爭的機會。文類的地位，除了作品本身的表現之外，更需要大環境的配合；不同的文學環境必定影響文類地位的消長。在確立文類地位的路途上，散文詩不過剛起步而已，在達到目的之前，可以作的當不止於此，本節只是略舉數端罷了。

二、技巧的創新

在第五章藝術論中，我們已經探究了幾種散文詩的藝術技巧，包括了情境設計以及段落結構等等，不過這些並非永遠一成不變的。以情境設計爲例，要讓一篇散文詩的情境完滿具足，其手法絕對不只四種；情境的完成只是目的，在塑造的過程中，當然還可以更活潑。比如在情境導入時，製造更多的轉折點，或是更多新情境的創造，這都有助於提高散文詩的閱讀效果。另外我們也看到在所謂的特殊型製裡，有將標點符號去除的手法，但實際上，更靈活的運用標點符號（或各式符號），都有助於散文詩技巧的變化，而不至於讓散文詩看起來都是同一個樣子。在段落結構方面，多節連綴式的散文詩，已經給散文詩帶來新的發展方向。這代表作者已經可以運用散文詩這個文類，創作比較具有企圖心、比較大格局的作品，而不僅僅限於「小感觸」、「小感想」。往後散文詩的技巧創新，應該可以在情境、語言符號，以及段落結構這三方面謀求轉變，一方面開發一個成熟文類的技巧及相關理論，另一方面，也能增強文類的特質，有助於文類的定位。

三、主題的擴展

散文詩與整個現代詩同時發展，照理來說其廣度應當不下於一般的分行詩，不過因爲數量上的劣勢，所以總體而言，散文詩的題材似乎比較不那麼放的開。再者，目前大多數人（包括詩壇及讀者）對散文詩的印象，仍然受到幾位重量級散文詩作家的影響，這幾位作家的特色風格均十分鮮明，他們所擅長的題材雖各有不同，但是卻無法面面俱到。因此，在散文詩增加媒體曝光率、去除經典迷思的同時，散文詩的題材也應該不斷作新的嘗試，以成爲與時代相密合的新文類。

以現今散文詩的成果來看，其主題有很大部分仍是偏重情感抒發、內心思維、哲理探討等環繞作者爲中心的書寫。這些主題雖然不容易被淘汰，但是長久下來卻容易造成題材的窄化。因此，有不少應運時代之風而起的新題材，就很值得散文詩作者注意。例如陳克華的〈地下鐵〉表現了關於網路與捷運系統的思考，蘇紹連的〈童年最後的野餐〉表現了對白色恐怖的反思，焦桐一系列以娼妓爲重心的散文詩作的文類，則表現了對社會邊緣族群的關切，甚至林群盛一貫的融合科幻與傳說，極具炫麗色彩的特殊題材，都可說是絕佳的示範。散文詩當初在法國因時代而起，現代散文詩要成爲一個獨特文類，同樣不能忽視這個重點，題材的豐富多變，正是在後現代詭譎不定的環境中，必須具備的質素。

四、文類界線的再泯滅

先前我們曾經提出要加強散文詩的文類地位，但這裡又說要泯滅文類界線，這樣前後不同的主張，看來似乎非常矛盾。但筆者之所以在結論提出這個看法，並不是無緣無故。在本篇論文的第四章，就已經討論過文類跨越及相亂互滲的問題。我們可以很清楚的看到，文類在發展的過程中，借用其他文類的技巧或精神來加以融合的現象，是非常普遍的，散文詩自然也不會例外。所以蕭蕭及蔡明展兩位在探討散文詩的特色時，都曾提出所謂「小說企圖」、「戲劇企圖」[1]的看法。

其次，在本文第五章討論到散文詩的特殊型製時，也舉出了分行詩與散文詩混用間雜的例子，這雖然是形式上的問題，但卻足以作爲文類混合的證據，這種新的文體（目前無以名之）雖然失去了不少散文詩的特徵，但卻又在分行詩中帶入了散文詩的影子。這個現象其實告訴我們，文類的互滲並不是在文類地位完全確立、發展完全成熟之後才會發生的，在文類初具規模，甚至在還沒有引起廣泛重視之前，文類的跨越現象就已經開始了。在這樣的循環之下，造成的結果就是文類界線越來越模糊不清。在本文第二章觸及散文詩的文學史意義時，就曾談到散文詩本身，其實就有很濃厚的「反文類」意味。散文詩的出現不但打破了原有文學權力的分配，更模糊了文類定義的界線。在新的體系尚未重整，散文詩本身成爲一獨立文類的權力還未成形，地位還不明朗的時候，這個「反」、「解」文類的現象又已經出現了。

筆者在這裡強調文類界線的「再泯滅」，就是基於散文詩本身即泯滅文類界線而產生的文類，若把它放進整個後現代思潮的「反文類」模式中[2]，用不著等到散文詩發展完備，各式各樣的新型態也

---

[1] 見蕭蕭〈台灣散文詩美學〉（上），載於《台灣詩學季刊》（1997 年 9 月），頁 137-139。蔡明展《台灣「散文詩」研究》（暨南國際大學中國語文研究所八十七年碩士論文），頁 37-38。

[2] 或稱「反體裁」，genre 一詞依本文脈絡譯爲文類，見王岳川《後現代主義文化研究》（台北：淑馨，1993），頁 294-299。

許早就爭先恐後地冒出來了。因此，往後若是有逸出本文討論範圍的「散文詩」作，或是出現更五花八門的「特殊型製」，那可是一點都不足爲奇的。

第二節 散文詩研究的展望

散文詩的研究，是在近幾年才受到重視，雖然如此，但散文詩並沒有完全爲眾人所瞭解。相較於散文詩作者的創作成績，散文詩的相關研究好像就顯得有些跟不上腳步。所以在論文的最後，筆者就以在這個領域摸索出的一些心得，再加上一些自覺未盡或力有未逮之處，提出散文詩研究以後值得繼續的方向，冀望能對尚未成氣候的「散文詩學」有所幫助。

一、散文詩的創作理論

任何一種文類在發展到一定程度之後，相關理論必定隨之蓬勃。理論的建立，不但有助於剖析文類的本質，更重要的是，理論對文類進一步的發展有指標作用；除了以系統性的方式加速文類的傳播，也能改進文類的缺點，洞察未來的方向。這裡我們準備從文學活動的兩個面向繼續深入，其一是文學創作，另一個則是文學批評。[3]散文詩的創作，本篇論文看來似乎談了不少，但是要夠的上理論的建立，則恐怕還有一段距離。如果要繼續深入的話，有兩點應該可以加以注意。第一是散文詩的寫作方法，若要加強散文詩的傳播，必要的入門基礎是不可或缺的，目前在這方面的研究幾乎是等於零。既然是創作理論，那麼在進入複雜的動機論以前，總該整理出一些能引入門檻的要訣。觀諸詩、散文、小說等其他文類，都十分注重「新手」的「教材」，如果能將散文詩的寫作方法整理出來，這不但表示對散文詩的瞭解已經十分明晰，將龐雜的理論化爲簡約，也表示研究者對散文詩的特質已有相當的掌握。除了便於入門者找到門徑，也可當成基礎的評論標準。第二則是創作者的心理運作，作者如何從題材產生散文詩想，又如何謀篇佈局，營造情境。本篇論文因爲筆者能力的限制，這一部份只能很含糊地交代過去，未能就作者的意識層面，徹底探討在創作散文詩時與其他文類的的狀態有何不同。若能將這些問題釐清，除了廓淸散文詩在本體論上的疑團，也能使作者更瞭解自己的創作過程，開展新的可能，在整個散文詩學的建構上，則具有如同磐石般的重要性。

二、散文詩的批評理論

文學活動的另一個面則是批評。批評的目的，狹義而言是鑑別作品的優劣，廣義而言，則是探求作品的意義。說到評判作品的優

---

[3] 見周慶華《台灣當代文學理論》（台北：揚智，1996），頁129。

劣，最重要的是要先有對於此一文類美學觀。台灣許多評論者對於中國大陸散文詩的不以為然，就是兩岸散文詩不同的美學標準所導致。可是話說回來，對岸在散文詩的研究上極下功夫，雖然我們可能不認同他們的美學觀念，但我們的美學觀又如何呢？蕭蕭雖然寫過〈台灣散文詩美學〉一文，但是其中並沒有告訴我們應以何種標準評判散文詩。在作品日益增加之時，何謂佳篇何謂劣作都必須有個標準，本文雖主張消除經典，但這只是研究時顧及公正普遍的權宜，只要是文學作品，就必須經過考驗，否則將會產生劣幣逐良幣，甚至偽作充斥的亂象。評鑑的第一步，是判別作品的真偽，關於這一點本篇論文已經有些許成果，如何使其完備，則是未來的課題。其次，則是鑑賞的美學依據，這方面的研究目前則是付之闕如，值得研究者多加用心。

至於作品意義的探求，現在頂多只做到散文詩作品的「賞析」，更別說專屬於散文詩的分析理論了。一篇作品的真正意涵，常常不止於字面透露的意思，而隱藏在整個結構、語言、甚至音韻的的暗示之中。許多現成的文學理論，固然可以為我們所用，不過我們必須注意，這些批評理論有許多還尚未用在散文詩上，其效用如何，有待於我們繼續觀察。除了現成理論，建構本土的批評觀念，也是可行之道。另外本文無力處理的還有散文詩的閱讀效果的問題，創作論是以作者為出發點，批評論在某個程度上也可以說是以讀者為主。散文詩不同的情境或結構設計，讀者的反應究竟如何，在作者、作品、讀者三者的互動之間，散文詩怎樣尋找新的出路，都是十分耐人尋味的研究主題，可以繼續追索。

三、散文詩史

本文的第二章曾用了不少篇幅說明散文詩從古至今的發展經過，但不論如何，一個文類的文學史絕不是以兩萬字便可完全講清楚的。更何況，前面也強調過，這個粗疏的「文學史」產生斷裂的地方實在太多，這些空隙有些可能還可填補，有些恐怕是永遠的謎團。文學史在當代文學研究中是個非常重要的領域，史觀的不同往往造成文學本質的異變。因此，台灣這種以漢文寫作的散文詩，其來源如何？何以產生？怎樣流佈？流傳的方式有哪些？發展過程中有何變化？哪些作品堪稱經典？哪些又遭到淘汰的命運？任何一個問題，都可以賦予現代散文詩新的意義，左右我們對現代散文詩的看法。再者，散文詩還在變化，未來將如何還不可知，文學史的研究，一方面是基礎的史料整理，一方面則是在文學的潮流中，爲散文詩作定位（或再定位）。當然，最好是能洞悉潮流，爲文類的興衰作預備。舉個具體的例子來說，台灣現代散文詩在這麼優異作品出現之後，新一代的作者在創作散文詩時是否又將產生「影響的焦慮」，若答案是肯定的，他們又如何制訂策略誤讀前人，然後寫出新的作品，這樣的作品，又會和前行代散文詩有什麼差異。這是一個活生生的文學發展歷程，不是已經開始，就是即將發生，在發掘過去史料的同時，我們也不該忘記，文學史正在當下不斷湧現。

討論完散文詩創作及理論的遠景，本篇論文也終於可以告一個段落。但是筆者知道，這僅能算是一個起點。因爲在散文詩作者的努力下，其成績有目共睹，我們在閱讀而受到感動之餘，也不禁感到責任的重大。一個人以及一本專論能做出的成果畢竟有限，衷心期盼在更多研究者的投入之下，有朝一日「散文詩學」的成就，也足以和散文詩創作相輝映，使得台灣現代散文詩的體系完滿具足，取得一個獨立文類應有的尊嚴。

參考資料編目

（按姓氏筆畫排列）

一、古典文獻

王國維　《靜安文集續編》（王觀堂先生全集冊五）　台北：文華　1968

《人間詞話》　徐調孚校注　台北：漢京　1980

何文煥輯　《歷代詩話》　北京：中華書局　1981

郭茂倩　《樂府詩集》　北京：中華書局　1979

郭慶藩輯　《莊子集釋》　台北：華正　1991

張湛注　《列子》　上海：上海古籍《二十二子》版　1986

清聖祖御纂　《全唐詩》　北京：中華書局　1996

焦循　《雕菰集》　台北：鼎文　1977

劉延陵編註　《明清散文選》　台北：正中　1980

劉勰著、王師更生注譯　《文心雕龍讀本》　台北：文史哲　1991

蘇軾著、孔凡禮點校　《蘇軾文集》　北京：北京新華　1986

顧炎武　《日知錄》　台北：台灣商務　1956

二、散文詩集

杜十三　《新世界的零件——世紀末法門九十九品》　台北：台明文化　1998

《愛情筆記》　台北：時報，1990

商禽著、Malmqvist 譯　《冷藏的火把——商禽散文詩選 The frozen torch:selected prose poems / Shang Ch'in》 London:Wellsweep Press,1992

渡也　《面具》　豐原：台中縣立文化中心　1993

魯迅　《野草》（魯迅全集第三卷）　台北：唐山　1989

劉克襄　《小鼯鼠的看法》　台北：合志文化　1988

蘇紹連　《驚心散文詩》　台北：爾雅　1990

《隱形或者變形》　台北：九歌　1997

三、散文詩選集

陶文鵬主編　《中外散文詩鑑賞大觀》（共三冊）　桂林：漓江　1992

莫渝編　《情願讓雨淋著》　台北：業強　1991

四、詩集

王信　《冰戀》　台北：爾雅　1996

王添源　《如果愛情像口香糖》　台北：書林　1988
王鼎鈞　《有詩》　台北：爾雅　1999
水蔭萍　《水蔭萍集》　台南：台南市立文化中心　1995
瓦歷斯・尤幹　《想念族人》　台中：晨星　1984
白靈　《沒有一朵雲需要國界》　台北：書林　1993
白家華　《陽光集》　台北：河童　1997
羊令野　《羊令野自選集》　台北：黎明　1979
朵思　《飛翔咖啡屋》　台北：爾雅　1997
杜十三　《人間筆記》　台北：時報　1984
　　《地球筆記》　台北：時報　1986
吳明興　《蓬草心情》　台北：采風　1986
李魁賢　《祈禱》　台北：笠詩刊社　1993
林泠　《林泠詩集》　台北：洪範　1998 三版
林群盛　《聖紀暨琴座奧義傳說》　自印　1988
　　《星舞絃獨角獸神話憶》　自印　1995
林煥彰　《牧雲初集》　台中：笠詩刊社　1967
　　《斑鳩與陷阱》　台北：田園　1969
林燿德　《都市終端機》　台北：書林　1988
　　《一九九〇》　台北：尚書文化　1990
周鼎　《一具空空的白》　台北：創世紀詩雜誌社　1991
孟樊　《S.L.和寶藍色筆記》　台北：書林　1992
紀小樣　《十年小樣》　台北：詩之華　1996
　　《實驗樂團》　彰化：彰化縣立文化中心　1997

《想像王國》　新店：詩藝文　1998
紀弦　《第十詩集》　台北：九歌　1996
《飲者詩抄》　台北：現代詩社　1963
《檳榔樹甲集》　台北：現代詩社　1967
《檳榔樹乙集》　台北：現代詩社　1967
《檳榔樹丁集》　台北：現代詩社　1969
《紀弦自選集》　台北：黎明　1978
《晚景》　台北：爾雅　1986
《半島之歌》　台北：現代詩季刊社　1993
《第十詩集》　台北：九歌　1996
洛夫　《雪崩——洛夫詩選》　台北：書林　1994
侯吉諒　《星戰紀念》　台北：海風　1989
苦苓　《緊偎著淋淋的雨意》　台北：德華　1981
《不悔》　台北：希代　1988
風堤（李魁賢）　《枇杷樹》　台北：葡萄園詩社　1964
施善繼　《傘季》　台北：田園　1969
胡適　《嘗試集》（胡適作品集２７）　台北：遠流　1986
施懿琳編　《楊守愚作品選集——詩歌之部》　彰化：彰化縣立文化中心　1996
桓夫　《不眠的眼》　台中：笠詩刊社　1965
《野鹿》　台北：田園　1969
桓夫、杜國清　《剖伊詩稿・伊影集》　台中：笠詩刊社　1974
夏宇　《腹語術》　台北：現代詩季刊社　1991

夏菁 《澗水淙淙》 台北：九歌 1998

唐捐 《暗中》 台北：文史哲 1997

孫家駿 《軍旗下》 台北：國立藝術廣播電視學會 1973

孫維民 《異形》 台北：書林 1997

陳千武（桓夫） 《陳千武作品選集》豐原：台中縣立文化中心 1990

陳大爲 《治洪前書》 台北：詩之華 1994

陳克華 《欠砍頭詩》 台北：九歌 1995

《星球記事》 台北：元尊文化 1997

《別愛陌生人》 台北：元尊文化 1997

陳斐雯 《貓蚤札》 台北：自立晚報 1988

陳黎 《親密書》 花蓮：花蓮縣立文化中心 1992

《陳黎詩集 I》 台北：書林 1998

陳鴻森 《期嚮》 台中：笠詩刊社 1970

張自英 《駝鈴》 台北：中原 1958

張拓蕪（沈甸） 《張拓蕪自選集》 台北：黎明 1979

張彥勳 《朔風的日子》 台北：笠詩刊社 1986

張默 《上昇的風景》 台北：巨人 1970

《陋室賦》 台北：創世紀詩社 1980

《愛詩》 台北：爾雅 1988

《光陰・梯子》 台北：尙書 1990

張錯 《春夜無聲》 台北：漢藝色研 1988

《檳榔花》 台北：大雁 1990

許悔之 《肉身》 台北：皇冠 1993

許達然　《違章建築》　台北：笠詩刊社　1986

莫渝　《浮雲集》　台北：笠詩刊社　1990

梅新　《家鄉的女人》　台北：聯合文學　1992

《履歷表》　台北：聯合文學　1997

《梅新詩選》　台北：爾雅　1998

商禽　《夢或者黎明及其他》　台北：書林　1988

《用腳思想》　台北：漢光　1992 二版

渡也　《手套與愛》　台北：故鄉　1980

《空城計》　台北：漢藝色研　1990

須文蔚　《旅次》　台北：創世紀詩社　1996

彭邦楨　《花叫》　台北：華欣文化　1974

馮青　《天河的水聲》　台北：爾雅　1983

《雪原奔火》　台北：漢光　1989

焦桐　《失眠曲》　台北：爾雅　1993.

溫健騮　《苦綠集》　台北：允晨　1989

路寒袖　《早，寒》　豐原：台中縣立文化中心　1991

《我的父親是火車司機》　台北：元尊文化　1997

黃智溶　《今夜，妳莫要踏入我的夢境》　台北：光復　1988

楚戈　《散步的山巒》　台北：純文學　1984

楊平　《空山靈雨》　台北：詩之華　1991

《年輕感覺》　台北：詩之華　1991

楊牧　《楊牧詩集Ⅰ》　台北：洪範　1978

《楊牧詩集Ⅱ》　台北：洪範　1995

楊桃英 《湖邊》 台北：林白 1977

楊傑美 《一隻菜蟲如是說》 台北：笠詩刊社 1986

葉維廉 《愁渡》 台北：仙人掌 1969

《葉維廉自選集》 台北：黎明 1975

《松鳥的傳說》 台北：四季 1982

《三十年詩》 台北：東大 1987

楊澤 《薔薇學派的誕生》 台北：洪範 1977

《彷彿在君父的城邦》 台北：時報 1980

《人生不值得活的》 台北：元尊文化 1997

詹冰 《綠血球》 台中：笠詩刊社 1965

《詹冰詩選集》 台北：笠詩刊社 1993

零雨 《城的連作》 台北：現代詩季刊社 1990

《消失在地圖上的名字》 台北：時報 1992

瘂弦 《瘂弦詩集》 台北：洪範 1981

碧果 《碧果人生》 台北：采風 1988

管管 《管管詩選》 台北：洪範 1986

鄭愁予 《鄭愁予詩集 I》 台北：洪範 1979

《雪的可能》 台北：洪範 1985

《刺繡的歌謠》 台北：聯合文學 1987

黎明 《金陽下》 台北：中國青年詩人聯誼會 1965

靜修 《爬蟲》 台北：笠詩刊社 1986

鴻鴻 《黑暗中的音樂》 台北：現代詩季刊社 1993

《在旅行中回憶上一次旅行》 自印 1996

羅任玲　《逆光飛行》　台北：麥田　1998
羅英　《二分之一的喜悅》　台北：九歌　1987
羅智成　《光之書》　台北：龍田　1979
　　　　《傾斜之書》　台北：聯合文學　1999
羅葉　《蟬的發芽》　台北：書林　1994
蘇紹連　《茫茫集》　彰化：大昇　1978

五、詩選集

王志健　《中國新詩淵藪》　台北：正中　1993
白萩等編　《中國現代文學大系・詩・第一輯》　台北：巨人　1972
羊子喬、陳千武編　《亂都之戀》（光復前台灣文學全集9）　台北：遠景　1982
　　《廣闊的海》（光復前台灣文學全集10）台北：遠景　1982
　　《望鄉》（光復前台灣文學全集12）　台北：遠景　1982
向明編　《七十三年詩選》　台北：爾雅　1985
　　　　《七十九年詩選》　台北：爾雅　1991
向明、張默編　《八十一年詩選》　台北：現代詩季刊社　1993
向陽編　《七十五年詩選》　台北：爾雅　1987
余光中、蕭蕭編　《八十五年詩選》　台北：現代詩季刊社　1997
李敏勇編　《綻放語言的玫瑰》　台北：玉山　1997

何雅雯等　《畢業紀念冊——植物園六人詩選》　台北：台明文化　1998
李瑞騰編　《七十四年詩選》　台北：爾雅　1986
辛鬱等編　《創世紀詩選（二）》　台北：爾雅　1994
辛鬱、白靈編　《八十四年詩選》　台北：現代詩季刊社　1996
洛夫編　《1970 詩選》　台北：仙人掌　1971
洛夫、杜十三編　《八十三年詩選》　台北：現代詩季刊社　1995
洛夫、張默、瘂弦編　《七十年代詩選》　高雄：大業　1967
紀弦等編　《八十年代詩選》　台北：濂美　1976
高醫阿米巴詩社　《阿米巴詩選》　高雄：阿米巴詩社　1985
梅新、鴻鴻編　《八十二年詩選》　台北：現代詩季刊社　1994
張漢良編　《七十六年詩選》　台北：爾雅　1988
張漢良、蕭蕭編　《半流質的太陽》（幼獅文藝四十年大系新詩卷）台北：幼獅　1994
張默編　《七十一年詩選》　台北：爾雅　1983
　　《七十七年詩選》　台北：爾雅　1988
　　《感風吟月多少事》　台北：爾雅　1982
　　《剪成碧玉葉層層》　台北：爾雅　1981
張默、蕭蕭編　《新詩三百首》　台北：九歌　1995
張錯編　《千曲之島》　台北：爾雅　1987
楊牧、鄭樹森編　《現代中國詩選》　台北；洪範　1989
瘂弦等編　《創世紀詩選》　台北：爾雅　1984
瘂弦、張默編　《六十年代詩選》　高雄：大業　1961

蕭蕭編　《七十二年詩選》　台北：爾雅　1984
　　　　《七十八年詩選》　台北：爾雅　1990

六、外國（散文）詩集

韓波著　莫渝譯　《韓波詩文集》　台北：桂冠　1994
莫渝編譯　《白睡蓮——法國散文詩精選》　台北：桂冠　2001
屠格涅夫著　巴金譯　《散文詩》　台北：東華　1990
馬拉美著　莫渝譯　《馬拉美詩選》　台北：桂冠　1995
泰戈爾著　梁錫華等譯　《泰戈爾詩集》（諾貝爾文學獎全集8）
　　台北：遠景　1981
波德萊爾著　胡小躍譯　《波德萊爾詩全集》　浙江：浙江文藝　1996
佩斯著　莫渝譯　《聖約翰・佩斯詩集》（諾貝爾文學獎全集36）
　　台北：遠景　1981
比埃・魯易著　莫渝譯　《比利提斯之歌》　台北：志文　1984
井上靖著、喬遷譯　《乾河道》　台北：九歌　1998

七、一般文學作品

沈臨彬　《泰瑪手記》　台北：普天　1972
　　　　《方壺漁夫——泰瑪手記完結篇》　台北：爾雅　1992
渡也　《歷山手記》　台北：洪範　1978
楊牧　《方向歸零》　台北：洪範　1991

魯迅　《南腔北調集》（魯迅全集第六卷）　台北：唐山　1989
《二心集》（魯迅全集第六卷）　台北：唐山　1989
韓少功　《馬橋辭典》　台北：時報　1997
羅任玲　《光之留顏》　台北：麥田　1994
羅英　《羅英極短篇》　台北：爾雅　1988

八、散文詩論專著

莫渝　《閱讀台灣散文詩》　苗栗：苗栗縣立文化中心　1997

九、詩學論著

毛峰　《神秘詩學》　台北：揚智　1997
古遠淸　《詩歌分類學》　高雄：復文　1991
古遠淸、孫光萱　《詩歌修辭學》　台北：五南　1997
白靈　《一首詩的誘惑》　台北：河童　1998
《一首詩的誕生》　台北：九歌　1991
向明　《新詩５０問》　台北：爾雅　1997
林以亮　《林以亮詩話》　台北：洪範　1976
孟樊　《當代台灣新詩裡論》　台北：揚智　1995
紀弦　《紀弦論現代詩》　台中：藍燈　1970
封德屏主編　《台灣現代詩史論》　台北：文訊　1996
旅人　《中國新詩論史》　台中豐原：台中縣立文化中心　1991

陳芳明　《鏡子和影子》　台北：志文　1974
莫渝　《法國詩人二十家－中世紀至十九世紀》　台北：台灣商務　1983
張漢良　《現代詩論衡》　台北：幼獅　1977
張默編　《台灣現代詩編目》（修訂篇）　台北：爾雅　1996
覃子豪　《覃子豪全集》　台北：覃子豪全集出版委員會　1968
楊匡漢、劉福春編　《中國現代詩論》　廣州：花城　1985
葛雷、梁棟　《現代法國詩歌美學描述》　北京：北京大學　1997
葉維廉　《中國詩學》　北京：三聯　1992
瘂弦　《中國新詩研究》　台北：洪範　1981
　　《劉半農卷——中國新詩史料之二》　台北：洪範　1977
蕭蕭、張漢良編　《現代詩導讀》（五冊）　台北：故鄉　1979
羅青　《從徐志摩到余光中》　台北：爾雅　1978
　　《詩的照明彈》　台北：爾雅　1994
Aristotle 著、姚一葦箋註　《詩學箋註》　台北：台灣中華　1993
Bloom,Harold 著　徐文博譯　《影響的焦慮——詩歌理論》　台北：久大　1990

十、一般學術論著

小田晉著、蕭志強譯　《生與死的深層心理》　台北：方智　1998
王志健　《文學概論》　台北：正中　1987
王岳川　《後現代主義文化研究》　台北：淑馨　1993

司馬長風　《中國新文學史》　板橋：駱駝　1987
朱光潛　《悲劇心理學》　台北：駱駝　1987
伍蠡甫、林驤華編著　《現代西方文論選》　台北：書林　1992
李曰剛　《中國辭賦流變史》　台北：國立編譯館　1997.
何寄澎編　《當代台灣文學評論大系‧散文批評卷》台北：正中　1993
阿英編　《中國新文學大系‧史料索引》　台北：業強　1990.
孟樊　《台灣文學輕批評》　台北：揚智　1994
周慶華　《臺灣當代文學理論》　台北：揚智　1996
　　《臺灣文學與「臺灣文學」》　台北：生智　1997
林燿德編　《當代台灣文學評論大系‧文學現象卷》台北：正中　1993
洪炎秋　《文學概論》　台北：華岡　1979.
涂公遂　《文學概論》　台北：五洲　1991
高宣揚　《存在主義》　台北：遠流　1993
孫惠柱　《戲劇的結構》　台北：書林　1994
郭沫若　《郭沫若論創作》　上海：上海文藝　1983
張容　《法國當代文學》　台北：遠流　1993
張健　《文學概論》　台北：五南　1983
陳鼓應編　《存在主義》　台北：台灣商務　1992 增訂二版
張漢良　《比較文學理論與實踐》　台北：東大　1986
　　《文學的迷思》　台北：正中　1992
張毅　《文學文體概說》　北京：中國人民大學　1993
傅佩榮　《荒謬之超越》　台北：黎明　1985
焦桐　《台灣文學的街頭運動》　台北：時報　1998

童慶炳主編　《文學概論新編》　北京：北京師範大學　1995
楊大春　《傅柯》　台北：生智　1997
楊昌年　《現代散文新風貌》　台北：東大　1988
　　　　《現代小說》　台北：三民　1997
葉維廉　《解讀現代・後現代—生活空間與文化空間的思索》
　　　　台北：東大　1992
瘂弦等著　《極短篇美學》　台北：爾雅　1992
趙滋蕃　《文學原理》　台北：東大　1988
劉大杰　《中國文學發展史》　台北：華正　1991
劉介民　《比較文學方法論》　台北：時報　1990
鄭明娳　《現代散文類型論》　台北：大安　1987
　　　　《現代散文》　台北：三民　1999
鄭振鐸編　《中國新文學大系・文學論爭集》　台北：業強　1990
龍協濤　《讀者反應理論》　台北：揚智　1997
薛鳳昌　《文體論》　台北：商務　1968
簡政珍　《語言與文學空間》　台北：漢光　1989
Dreyfus ,Hubert L.　Rabinow ,Paul 著、錢俊譯　《傅柯——超越結構
　　　　主義與詮釋學》　台北：桂冠　1992
Eagleton ,Terry 著、吳新發譯　《文學理論導讀》　台北：書林　1993
Fokkema ,Douwe　Ibsch ,Elrud 著、袁鶴翔等譯《二十世紀文學理論》
　　　　台北：書林　1987
Freund ,Elizabeth 著、陳燕谷譯《讀者反應理論批評》　板橋：駱駝
　　　　1994

Kottler ,Jeffrey A.著、莊安琪譯 《聽眼淚說話》台北：天下文化 1997

Pojman ,Loius P. 編著、魏德驥等譯 《解構死亡》 台北：桂冠，1997

Scholes ,Robert 著、劉豫譯 《文學結構主義》 台北：桂冠 1995

Wellek ,Renè Warren ,Robat Penn 著、王夢鷗 許國衡譯 《文學論》 台北：志文 1976

十一、學位論文

黃美煖 《列子神話、寓言研究》 台北：台灣師範大學 國文研究所碩士論文 1985

黃瓊英 《宋代散文賦研究》 台北：台灣師範大學 國文研究所碩士論文 1991

蔡明展 《台灣「散文詩」研究》 南投：暨南國際大學 中國語文學研究所碩士論文 1998

十二、期刊論文

孫玉石 〈《野草》與中國現代散文詩〉 《文學評論》1991 年 第 5 號 頁 48-58

黃伯謀 〈中國散文詩發展管窺〉《廣西師院學報社哲版》1995 年 第 4 號 頁 43-49

楊宗翰 〈〈台灣散文詩美學〉再議〉 《台灣詩學季刊》 第二十三期 1998 年 6 月 頁 93-98

葉維廉　〈散文詩探索〉　《創世紀詩雜誌》第八十七期
　　1992 年 1 月　頁 102-109
蕭蕭　〈台灣散文詩美學〉(上)　《台灣詩學季刊》第二十期
　　1997 年 9 月　頁 129-142
蕭蕭　〈台灣散文詩美學〉(下)　《台灣詩學季刊》第二十一期
　　1997 年 12 月　頁 121-127

十三、相關網站（二〇〇一年十月）

現代詩網路聯盟——詩路

http://www.poem.com.tw

臺灣詩土——米羅・卡索的現代詩島嶼

http://home.educities.edu.tw/purism

後記

這部初出茅廬之作完成於一九九九年，原是師大國文所的碩士論文。這兩年多來所學所思，其實已經使我原作中的一些重要論點有所修正。但我並未將論文做大幅度修改，一方面是新的架構尚未完備，一方面也是想將狂悖而疏漏的少作稍加保留，以警惕自己的腳步加緊向前邁進。

此篇論文得以完成，主要必須感謝我的指導教授楊昌年老師。楊老師在我撰寫論文期間多所鼓勵，即使我下筆狂妄，或是頑固地堅持己見，老師也從不加以指責，只囑我多作考慮。事後證明，老師的想法多是正確的，我也才爲自己的無知感到羞赧，是故論文成果倘若不算太差，多要歸功於老師的裁成。

說起來既可笑又慚愧，剛入大學時，我一直以爲自己的第一本著作會是文學作品，跟寫作比起來，唸書還只是其次。一開始編織著小說家的夢，後來又抱著成爲詩人的憧憬，接下來不知怎麼地主客易位，竟走向學術研究的不歸路，理想也開始逐漸便成夢想了。現在只希望這份夢想別變成幻想，哀莫大於心「未」死，我寧願悲哀，也不希望死心。學術研究當然是得認真的分內之事，但可以的話，我還是有點非份之想，希望將份外之事也作作。

其實創作與學術，也不見得無法兼顧，有人便能左右逢源，游刃有餘，比如我必須感謝的另外一個人——陳大爲學長。若不是學長的引薦，我也沒想到這部青澀的著作還有出版的可能。在作品得以面世的喜悅之餘，學長的成績也提醒了我，這只不過是一個小小的起步而已。

今年夏秋之際，整個世界跟臺灣都過得不太平靜，在這詭譎的氣氛中，我也準備開始撰寫博士論文了，或許在寫完論文之後，我會有更多的時間來思考，關於我的夢想，以及夢想的實現……

二〇〇一年十月於台北不仁齋

國家圖書館出版品預行編目資料

臺灣現代散文詩新論. 2001 / 陳巍仁著. -- 初版. -- 臺北市 : 萬卷樓, 民90
面 ; 公分
參考書目:面
ISBN 957-739-372-1(平裝)

1. 中國詩 - 現代(1900-) - 評論

821.88 90019108

台灣現代散文詩新論(2001)

著　　者：陳巍仁
發 行 人：許錟輝
出 版 者：萬卷樓圖書有限公司
台北市羅斯福路二段 41 號 6 樓之 3
電話(02)23216565・23952992
FAX(02)23944113
劃撥帳號 15624015
出版登記證：新聞局局版臺業字第 5655 號
網站網址：http://www.wanjuan.com.tw/
E- mail：wanjuan@tpts5.seed.net.tw
經銷代理：紅螞蟻圖書有限公司
台北市內湖區文德路 210 巷 30 弄 25 號
電話(02)27999490
FAX(02)27995284
承印廠商：晟齊實業有限公司
電腦排版：浩瀚電腦排版股份有限公司
定　　價：280 元
出版日期：民國 90 年 11 月初版

ISBN 957-739-372-1